Das Auge von Callanish

Moyra Caldecott

Das Auge von Callanish

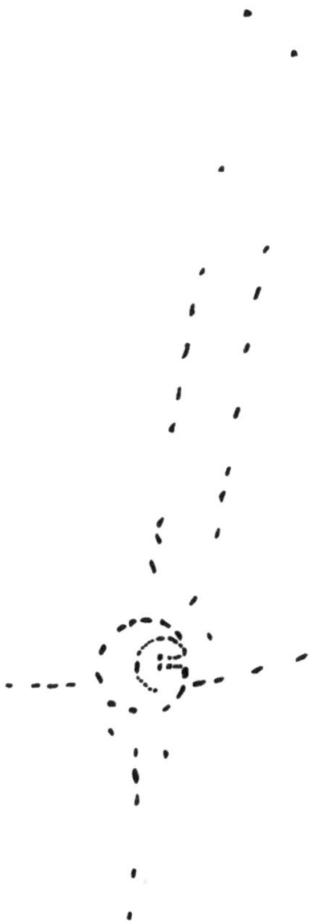

NEUE ERDE

1 2 3 4 5 6 7 02 01 00 99 98 97 96 95 94

Das Auge von Callanish
Moyra Caldecott

Titel der englischen Ausgabe:
The Eye of Callanish

Übersetzung: Andreas Lentz

Titelseite
Illustration: Bettina Harders
Gestaltung: Fred Hageneder

Vignetten, Buchschmuck, Typographie:
Fred Hageneder

Printed in Germany

Satz: Neue Erde/Dragon Design

Gesamtherstellung:
Fuldaer Verlagsanstalt GmbH, Fulda

ISBN 3-89060-115-4

NEUE ERDE Verlag GmbH
Rotenbergstr. 33 – D-66111 Saarbrücken
Deutschland – Planet Erde

Inhalt

Weitere Bücher von Moyra Caldecott

Die Hohen Steine

Der Tempel der Sonne

Schatten auf den Steinen

Der Silberne Strudel

Die Grüne Göttin und der König der Schatten

Kristall-Legenden

Demnächst im selben Verlag:

Tochter des Amun

Weitere Titel in Vorbereitung

»Oh Gott, entzünde in meinem Herzen
Einen Abglanz der Sonnenwärme für meinen Nachbarn,
Für meinen Feind, für meine Anverwandten, für meinen Freund,
Für die Freien, für die Sklaven, für die Leibeigenen -
Oh Söhne der Erde, sanft und gerecht,
Vom niedersten der Geschöpfe
Bis zu dem höchstheiligen Kreis.«

Altes gälisches Gebet, das beim Entzünden der Maifeuer zu Beltane gesprochen wurde.
(aus: »The Islands of Western Scotland« von W. H. Murray; Eyre Methuen 1973)

Die Fahrt

Die Sumpflande waren zu dieser Zeit des Jahres voll von Wasservögeln, und es kam Neil manchmal so vor, als sei seine Insel für sie gemacht und nicht für Menschen. Allenthalben spiegelte Wasser das Blau des Himmels wider, und oft schienen die Hufe seines Pferdes an den Rändern der Weiher durch Wolken zu waten.

Es war ein guter Tag für den Beginn einer Fahrt... ein guter Tag zu leben. Er sang. Die Vögel sangen. Die Wolken zogen über und unter ihm dahin, und eine kühle, saubere Brise nahm die seidigen Fäden des Sumpfgrases mit sich, um sie zu weit entfernten Orten zu tragen.

Das Gerücht, daß in Kirkoway an den östlichen Ufern des Loch Roag eine reinweiße Stute zu verkaufen sei, hatte seinen Hof vor zwei Tagen erreicht. Es war genau die Art Pferd, die seine Schwester Fiona so sehr liebte. Neils Vater, Lorn, hatte ursprünglich die Absicht gehabt, sie Stute selbst zu holen, hatte dann aber zu viel zu tun. Also wurde Neil geschickt, war er doch der beste Reiter der Familie. Er war hoch erfreut, seinen täglichen Pflichten für eine Weile zu entkommen und in die Welt hinauszureiten.

»Als Bauer werde ich nie zufrieden sein«, dachte er. Die Hügel, in den spiegelglatten Teichen widergespiegelt, glitten an ihm vorbei.

Als er ein Junge war, hatte er sich unter dem Kapitän Baldur auf einem Wikingerschiff nach Island davongemacht. Erschöpft war er nach dem Tode Baldurs nach Hause zurückgekehrt, der gefährlichen Abenteuer überdrüssig und froh, auf dem Hof seines Vaters wieder Ruhe zu finden. Er war oft zu Durstons Füßen gesessen, jenes Einsiedlers, der auf unbeackertem Gebiet in der Nähe wohnte, und hatte versucht alles zu lernen, was dieser zu lehren bereit war. Er erinnerte sich, wie er das aktive, gewalttätige Leben mit den Wikingern, als er um der Bewegung selbst willen von einem Ort zum anderen zog und nichts von der Schönheit der durchfahrenen Welt bemerkte, mit dem ruhigen, beschaulichen Leben des Einsiedlers verglichen hatte, welcher sich aufs tiefste der reichen Abenteuer gewahr war, die der Geist durchleben konnte, während der Körper an einem Ort blieb.

Neil erinnerte sich, wie er gesagt hatte, daß der Hof und die Insel ihn krank machten.

»Hier gibt es nichts als Wind und Wasser und Schafe und Kühe!« hatte er gemurrt.

Da hatte Durston spöttisch gelächelt und geantwortet: »Hast du denn nicht die Flechten und das Moos gesehen, schöner als die herrlichsten Tapeten in königlichen Palästen – Heidekraut, krauser und voller als der dickste Teppich – Sumpfdotterblumen und blühendes Moorgras, Beinbrech und Lilie, großartiger gewandet als die edelsten Damen? Hast du nicht den pfiffigen Sonnentau gesehen, der die Wasserjungfer überlistet? Hast du nicht die Sumpflande gesehen und die grünen Küstenberge, die von Vögeln wimmeln? Hast du nicht den Gründler gesehen, der Steine umdreht am Grunde von klar fließenden Bächen? Hast du die Felsenklippen nicht gesehen, die Burgen des Goldadlers, des Merlinfalken und des Bussards? Welche Krankheit hat dich blind gemacht für den prächtigen Goldregenpfeifer, den schwarzblauen Raben, das rote Moorhuhn und die tapfere Sturmschwalbe? Die Dickichte sind voller Tiere, da ist der Otter, der Hase, das Reh... Die Flüsse...«

Alles, was Durston an jenem Tag gesagt hatte, war richtig – die Welt seiner Insel war wunderschön, reich, aufregend – und dennoch...

Plötzlich flog ein Vogel auf, fast unter den Hufen seines Pferdes, und schwang sich in den Himmel. Es durchzuckte Neils Herz: Wenn er doch auch so weit und so schnell reisen könnte. Wenn er doch nur nicht an die Erde gebunden wäre durch Fleisch und Knochen... Er hatte von Durston viel gelernt und war nicht mehr der dumme Junge von einst – doch er hatte nicht den weiten und freischweifenden Geist, den der Einsiedler zu haben schien. Ihn lockte noch die Fahrt in seinem Körper zu Orten, die man anfassen konnte.

Er stieß seinem rotgoldenen Hengst die Fersen in die Flanken und galoppierte los.

»Los, Flamme, los!« rief Neil aus, und – als sei er vom Gedanken an Freiheit angesteckt worden – erwiderte Flamme die Laune seines Herrn, und fort war er, hinweg über dunkles, weiches Moos und Torf. Seine Hufe wirbelten Stücke davon auf und seine Mähne flatterte hinter seinem Kopf wie die Flamme, die ihm den Namen gab.

Neils Augen glänzten, sein Atem kam in kurzen, freudigen Stößen und sein Herz klopfte in demselben Rhythmus wie die Hufe. Erde... Luft... Wasser... und das Feuer seines Pferdes! Alle Elemente! Er war Meister aller Elemente!

Da er beim ersten Licht eines langen Sommertages aufgebrochen war, hätte Neil Kirkoway vor dem Einbruch der Dunkelheit erreichen können, aber er hatte nicht den Wunsch, seine Fahrt so schnell zu endigen. Er und Flamme genossen das Gefühl von Freiheit und die Erwartung von Abenteuern zu sehr. Wilde Galoppaden wechselten mit Strecken im ruhigen Schritt, und eine ganze Weile saß er träumend an den silbrigen Wassern des Kleinen Loch Roag. So geschah es, daß er, als der Abend kam, noch um einiges von seinem Ziel entfernt war. Am nahen Ufer des Loch Ceann Hulavig fand er einen Fischer, der ihm für die Nacht Unterkunft bot und seinen Fisch und sein Bier mit ihm teilte. Lange saßen sie neben einander am stillen Wasser und erzählten sich gegenseitig Geschichten, während sich die Farbe des Himmels allmählich erst zu einem Purpur und dann ins Schwarz vertiefte und die Landzungen und Inseln des Lochs langsam in den Schatten verschwanden. Der Fischer erzählte, wie er auf die See entkommen war, als der entsetzliche norwegische König, Magnus Bareleg, die Insel durch

Feuer verwüstet und den letzten Baum und die meisten Menschen vernichtet hatte. Neil wußte, daß auch sein Vater als kleines Kind zu jener Zeit knapp dem Tode entronnen war, wenn er auch nie davon sprach. Für Lorn waren die wichtigen Dinge im Leben der stetige Rhythmus der Jahreszeiten, das Wachsen der Feldfrüchte von der Saat bis zur Ernte und die Liebe seiner Familie. Kriege mochten kommen und gehen – so wie Stürme. Er trotzte beiden so gut er konnte, und ihrer ungeachtet lebte er sein Leben auf seine Art so gut er es vermochte.

Der Fischer war jedoch ein geborener Geschichtenerzähler, und bevor er zu dunkel war, zeigte er Neil all die Berge, die mit Bäumen bedeckt gewesen waren, bevor die Nordmänner ihre Fackel an sie gelegt hatten. Und er beschrieb hingebungsvoll die Schreie, die er gehört hatte, bevor er von der Küste fortgerudert war, und die schrecklichen Bilder am Strand, als zu viele Menschen, außer sich vor Angst, versucht hatten, in die wenigen kleinen Fischerboote zu gelangen. Er erzählte, wie er sie hatte fortstoßen und eine Frau mit dem Ruder hatte schlagen müssen, weil sie den Rand des Bootes nicht loslassen wollte, das bereits überladen war.

Neil schauderte und sah zu dem unendlichen, sternenübersäten dunklen Himmel über ihnen hinauf. Er hoffte, daß ihm niemals eine solche Macht über Leben und Tod gegeben wäre.

Schließlich gähnte der Fischer herzlich und sagte, er ginge jetzt schlafen. Neil verharrte kurz an der niedrigen Tür und sog einen letzten tiefen Atemzug der frischen Luft ein und warf ein letzten, ehrfürchtigen Blick zurück in den unermeßlichen Himmel, bevor er die dunkle Hütte betrat. Da schien es ihm plötzlich, als löse sich ein Stern von seinem uralt angestammten Platz und flöge über den Himmel. Das geschah so schnell und war so bald vorüber, daß Neil sich nicht sicher war. Ein leichtes Zittern lief durch seine Muskeln. Die Sterne waren so sehr ein Teil des ewig unwandelbaren Hintergrundes des flüchtigen Menschenlebens, da war ihm unbehaglich bei dem Gedanken, daß auch sie nur etwas Vorübergehendes waren und so leicht vom Himmel fallen konnten wie Äpfel von einem Baum.

Lange lag er wach auf dem groben Teppich, den ihm der Fischer auf den Boden gelegt hatte, und lauschte dem Atem des alten

Mannes, der sich in tiefem Schlaf wälzte. Endlich übermannte auch ihn die Müdigkeit. Wo immer er hintrat in seinem Traum, da war Wasser, und in jeder Wasserpfütze sah er die Widerspiegelung eines fallenden Sterns.

Wie die Nacht voranschritt, fühlte er sich immer unwohler, so als sei der fallende Stern eine Warnung, das herrliche und einfache Leben, das er führte, nicht als allzu selbstverständlich zu nehmen. Niedergeschlagen wachte er auf, und es überraschte ihn nicht, daß die Sonne fort war und schwere, niedrighängende graue Wolken die Berge verhüllten. Als es Zeit war aufzubrechen, hatte der Wind einen beständig fallenden Regen gebracht. Er schnallte seinen Schaffellüberwurf von Flammes Rücken los und legte ihn sich um. Voll Bedauern dachte an das warme goldene Sonnenlicht vom Vortag. Er wünschte jetzt, er hätte sich mehr beeilt und wäre schon in Kirkoway im Trocknen.

Er dachte an seine Schwester, nicht viel mehr als ein Jahr älter als er, die dennoch schon heiraten würde. Im Jahr zuvor war eine Gruppe junger Edelleute vom schottischen Hof auf der Insel Lewis gewesen, Gäste des norwegischen Jarl in Stornoway. Einige von ihnen waren nach Westen geritten, darunter einer, Sir Kenneth, dessen Familie von hier stammte und der nach Kindheitserinnerungen suchte, obgleich seine Eltern schon lange tot waren und er die längste Zeit seines Lebens auf dem Festland gelebt hatte. Neils Eltern hatten sie willkommen geheißen, und Sir Kenneth, der schönste und am wenigsten normannisierte unter ihnen, hatte an seiner Schwester ein besonderes Interesse gezeigt. Kurz vor seiner Abreise hatte er um ihre Hand angehalten, doch ihr Vater hatte gesagt, die Verliebtheit sei zu plötzlich und er solle noch ein Jahr warten. Dann waren Botschaften hin und her gegangen, und die letzte kündigte Sir Kenneths Kommen für Ende Juni an verbunden mit der Hoffnung, daß Fionas Familie ihn nun als Bräutigam annehmen würde.

Jetzt war es bald Ende Juni, und Sir Kenneth war nach Uig unterwegs. Und damit seine Schwester ein würdiges Roß habe, auf dem sie ihren zukünftigen Gemahl begleiten konnte, war Neil auf seiner Fahrt nach Kirkoway. Es hieß, daß neben dem Glanz des Felles der Stute die Seide eines Bischofsmantel verblaßte. Da mußte Neil trotz des Regens lächeln als er an seine hochgewachsene, wunderschöne Schwester mit ihrem flammenroten Haar dachte, wie sie ihrem neuen Gebieter auf einem solchen Roß entgegenreiten würde. Sie würden diesen Leuten vom Festland schon zeigen, daß sie mit ihrer Eleganz mithalten konnten. Er lächelte wieder, als er an die besorgten und oft wiederholten Warnungen seines Vaters dachte, sich beim Handel nicht übers Ohr hauen zu lassen– einen angemessenen Preis zu zahlen, aber nicht mehr. Wenn die Stute all das verkörperte, was er gehört hatte, würde Neil jeden Preis für sie zahlen, wenn es um das Ansehen der Insel ging.

Der Regen trieb Neil ins Gesicht, und er hielt seine Augen halb geschlossen. Seine Gedanken schweiften in die Nähe, in die Ferne. So geschah es, daß er nicht merkte, wie er von der Hauptstraße abkam, bis ihm auffiel, daß der Pfad unerwartet holprig und mit Löchern übersät war. Das Heidekraut ließ nur noch einen schmalen Durchlaß frei. Flamme stolperte und warf ihn fast ab, als sein Huf sich in einem versteckten Schlagloch verfing.

Aufgeschreckt zügelt Neil Flamme und sah sich um. Er befand sich unterhalb eines düsteren Berges, der aus dem wallenden Nebel herausragte und gekrönt war von einer Ansammlung hoher, finsterer Schatten. Sein Herz setzte einen Schlag aus. Es war, als hätten sich dort die unterweltlichen Dämonen an diesem wilden Tag versammelt, um den Untergang der Menschheit zu beschließen.

Er hatte von diesem Platz gehört. Die Norweger hatten diese hügelige Halbinsel »Callanish« genannt, doch die Ansässigen hatten die stehenden Steine stets »Teufelssteine« geheißen.

Ihm schauderte. Der Wind heulte, der eisige Regen bohrte sich in seine Haut. Und dennoch war er zu bezaubert um fortzugehen. Er besann sich auf Geschichten, die er über die Steine gehört hatte... von einem, der es gewagt hatte, den Weg zum zentralen Kreis zu gehen und darüber verrückt geworden war... wie ein Kind in der Gegend verschwunden war und die Dorfbewohner überzeugt waren, die »Steine« hätten es geholt...

Neil bekreuzigte sich und murmelte dabei ein Gebet um Schutz von seinem Gott.

»Flamme«, flüsterte er, »wir müssen weg von hier.« Aber Flamme hatte entdeckt, daß es endlich etwas zu Fressen gab in dieser verlassenen Landschaft, und zufrieden zupfte er an dem feinen Gras, das zwischen der Heide und den Seggen wuchs.

»Flamme!« wiederholte Neil jetzt lauter. Seine Stimme klang ihm fremd, als er sich ängstlich zum Berggipfel umsah.

Ein Schatten bewegte sich. Etwas bewegte sich zwischen den Steinen!

Neil brach der Schweiß aus.

»Flamme!« rief er laut und trieb seine Fersen wild in die Flanken seines friedlich grasenden Pferdes. Das Roß bäumte sich widerstrebend auf, laut wiehernd, und Neil wurde mit seinem Rücken hart auf den nassen Boden geworfen.

»Oh Herr, rette mich!« Fast schluchzte er. Er war fest davon überzeugt, jetzt hole ihn der Teufel. Flamme trottete unbekümmert davon und ließ seinen Herrn allein mit den glitschigen Heidezweigen und dem Schlamm kämpfen, in dem seine Füße feststeckten. Schließlich kam Neil auf die Beine und rannte stolpernd zu seinem Pferd. Flamme graste wieder in geringer Entfernung. Er fühlte keine bösen Einflüsse.

Zweimal fiel Neil hin, als er auf sein Pferd zulief, und zweimal rutschte er auf Flammes nassem Rücken ab, als er versuchte aufzusteigen. Überzeugt, da sei ein gräßlicher Geist, der ihn zurückzuhalten suchte, zitterte er vor Angst. Aber endlich saß er oben – voll Schlamm, zerzaust und durcheinander – und ohne einen Blick zurück galoppierte er über das Heideland zur Straße zurück, von der er törichterweise abgekommen war.

Er sah es nicht mehr, aber hinter ihm hoben sich die Nebel, und die Sonne berührte die Steine, so daß sie wie Silber glänzten auf dem Gipfel der Anhöhe. Eine junge Frau stand zwischen den Steinen, löste sich und bestieg eine weiße Stute.

Sie folgte Neil nicht, sondern wählte auf dem gegenüberliegenden Abhang sorgsam ihren Weg auf das schimmernde Meer zu.

Die Frau und die silberne Stute

Als er Kirkoway erreichte, hatte Neil sich wieder gefaßt. Aber vorsorglich, falls ihm noch ein Schatten von den bösen Steinen anhaftete, band er Flamme an und ging in die kleine graue Kirche, die auf dem das Dorf überragenden Hügel stand. In dem Dämmerlicht im Inneren kniete er sich auf den kalten Steinboden und betete um Schutz vor bösen Geistern. Die Gestalt des toten Christus, der an seinem Kreuz hing, überschattete den ganzen Ort. Schwer war das Schweigen, und er war genauso froh, diesen Platz zu verlassen wie die Teufelssteine.

Draußen fand er Flamme von neugierigen Kindern umringt. Er stampfte scheu und nervös mit den Füßen und warf seinen Kopf hin und her. Er war nicht sicher, ob er den vielen kleinen Händen trauen konnte, die ihn streichelten und an Schwanz und Mähne zogen. Neil nahm seinen Zügel und führte ihn fort. Die Kinder begleiteten sie aufgeregt und waren nur zu erfreut, Neil das Haus zu zeigen, wo der Besitzer des weißen Pferdes wohnte.

Es war eine Frau, die Neil begrüßte, als die Kinder an der Tür gerufen hatten. Und als sie hörte, daß er interessiert war, die weiße Stute zu kaufen, entschuldigte sie ihren Mann, der nicht zu Hause war. Sie lud Neil ein, hereinzukommen. Die Kinder wollten sich mit hereindrängen, aber die Frau jagte sie mit einem zornigen Blick davon. Die Kinder zerstreuten sich lachend und schwatzend und hatten es eilig, die Kunde von der Ankunft eines Fremden im Dorf zu verbreiten – eines Fremden, der nach der weißen Stute gefragt hatte.

Die Frau sah älter aus als sie war. Ihr Gesicht war müde und traurig, und wenn sie ging, zog sie ihre Schultern zusammen als sei sie gewohnt, unvermittelt Schläge abzuwehren. Neil merkte schnell, daß sie nicht über die Stute reden wollte und beschloß, die Sache auf sich beruhen zu lassen, bis ihr Mann zurückkehrte. Er sah ihr zu, wie sie einen großen Eisenkessel mit Hammelbrühe umrührte, der über dem Herdfeuer in der Mitte hing. Wie glücklich konnte er sich doch schätzen, in einem Haus mit mehreren Räumen zu wohnen. Der Dampf stieg zum Dach auf, und der Duft durchdrang die ganze Hütte.

Neil bekam heraus, daß ihr Mann ein Freier war, dem ein kleines Stück bebaubaren Landes gehörte und Weide für vier Tiere, während die anderen Dorfbewohner hauptsächlich Fischer waren. Der Meerarm reichte bis nah an den Hügel, auf dem die Kirche stand, und bildete einen guten Hafen. Das Paar hatte eine Tochter, aber die Frau schien über sie genau so wenig reden zu wollen wie über die weiße Stute.

Neil fing an sich zu fragen, wie solche Leute zu einem normannischen Pferd gekommen sein mochten. Selbst die stämmigen kleinen Pferde der Insel waren in solch kleinen Dörfern fast unbekannt. Ein Pferd jedoch, das von jenen abstammte, die die Normannen aus Frankreich mitgebracht hatten, war in der Tat äußerst selten. Solche Tiere fand man gewöhnlich nur bei den großen norwegischen Herren oder bei einer Familie wie der seinen – Nachkommen eines Stammesoberhauptes und der Tochter eines norwegischen Jarl.

Neil wurde allmählich des langen Wartens müde, als er draußen das Klappern von Hufen vernahm. Als er zu Tür ging, um nachzusehen, kam es ihm vor, als bedächte ihn die Frau mit einem ängstlichen Blick. Aber er vergaß sie gleich vollkommen. Vor seinen Augen öffnete sich ein fesselndes Bild. Die schweren, grauen Wolken, die an diesem Morgen während seiner Reise über ihm gehangen hatten, hatten sich verzogen, und ein Lichtstrahl fiel genau auf die weiße Stute und ihre Reiterin. Nichts von dem, was er gehört hatte, hatte ihn auf diesen Anblick vorbereitet. Die Stute war Quecksilber und Mondlicht, die Reiterin eine junge Frau von außerordentlicher Schönheit, schlank und anmutig, Haare wie Mitternacht und Augen wie Mittag, und die beiden, Reiterin und Beritt, waren so vollkommen im Einklang, daß Neil in seinem Herzen sogleich wußte, er würde es nicht ertragen, die beiden zu trennen.

Er hörte die Frau von hinten herannahen und spürte, wie sie ihn beiseiteschob, als sie sich in der Tür aufstellte.

»Wo bist du gewesen?« schalt sie, und ihre Stimme war zugleich zornig und angsterfüllt.

Die junge Frau sah ihre Mutter an und dann, ohne zu antworten, Neil. Er war verlegen und unbeholfen und hatte das Gefühl, ihr eine Erklärung schuldig zu sein.

Er tat einen Schritt vor, vermochte aber keinen klaren Gedanken zu fassen. Ihr starrer Blick blieb fest. Ob sie schon gehört hatte, weswegen er gekommen war oder nicht, war nicht zu sagen. Ihre Augen waren wachsam, aber nicht feindselig. Er ging zu ihr hinüber und berührte die Nüstern der weißen Stute. Ängstlich zuckte sie vor seiner Hand zurück. Die junge Frau murmelte etwas und streichelte ihr beruhigend über die Ohren.

»Sie ist sehr schön«, brachte er schließlich hervor. »Wie nennst du sie?«

Eine lange Weile saß die junge Frau vollkommen still, den Blick starr auf die silbrige Mähne der Stute geheftet. Ihre Mutter war wieder ins Haus gegangen, und sie waren in einem Kokon aus Stille allein, der sie von der übrigen Welt schied.

»Sie heißt Mondglanz«, sagte sie endlich mit sehr leiser Stimme, »weil...« Und dann hielt sie inne.

»Weil...«, hakte er nach.

»Weil sie bei Vollmond zu mir kam... glänzend wie Silber.«

Das verwirrte ihn, aber er war nicht überrascht, daß die Stute auf außergewöhnliche Weise zu dieser Familie gekommen war.

»Und dein Name?« fragte er freundlich.

»Mairi«, sagte sie schlicht. Die Art, wie sie es sagte, erinnerte ihn an ein Lied, das er als Kind gehört hatte – ein Lied, das noch aus den Zeiten stammte, als die Feuer auf den Lichtenbergen regelmäßig entzündet wurden.

Sie hörten eine rauhe Stimme rufen. Als sie sich umsahen, erblickten sie einen riesenhaften, dicken Mann mit einem roten Gesicht auf sich zukommen.

»Mein Vater«, sagte Mairi schnell, und alles Licht schien aus ihrem Gesicht zu schwinden. Ohne ein Wort des Grußes berührte sie Mondglanz' Flanken mit ihren Fersen und ließ sie hinter dem Haus verschwinden.

Neil fiel es schwer zu glauben, daß Mairi die Tochter dieses ungehobelten Riesen und jenes dünnen Zweiges von einer Frau sein sollte. Sie mochte vielleicht etwas von ihrer Mutter haben... denn es war noch eine Spur davon in dem müden Gesicht, daß jene Frau einstmals schön gewesen... aber es war nichts von ihrem Vater in ihr, und die Hast, mit der sie sich bei seinem Herannahen davongemacht hatte, ließ nicht gerade auf eine große Zuneigung zwischen ihnen schließen.

»Ihr seid gekommen, euch die Stute anzusehen«, grummelte der Mann sobald er nahe genug war. Seine Augen waren äußerst mißtrauisch und kein Willkommenslächeln zeigte sich auf seinen Lippen.

»Das bin ich«, sagte Neil schnell. »Ich hatte gehört, sie sei zu verkaufen. Aber wenn das nicht stimmt...«

»Wer sagt, daß es nicht stimmt!« schnappte der Mann. »Wenn der Preis in Ordnung ist...«

»Eure Tochter scheint sie sehr zu lieben. Ich würde nicht wollen...«

»Meine Tochter hat da nichts zu sagen!« sagte der Mann scharf. »Die Stute ist zu verkaufen.«

Neil schwieg still. Er wünschte, seine Familie hätte nie etwas von dieser Stute gehört.

»Vielleicht... wenn ich eine Vorstellung davon hätte, was ihr als einen angemessenen Preis anseht...«

»Alles zu seiner Zeit«, sagte Mairis Vater, und seine harte Stimme wurde ein wenig weicher. »Spreche ich zu einem Mann ohne Namen?«

Neil nannte ihm seinen Namen und seines Vaters Namen und den seines Großvaters.

»Aus Uig... von jenseits der hohen Gipfel?«

»Ja.« Er war froh, daß seine Familie bekannt war. So war es weniger wahrscheinlich, betrogen zu werden.

»Ihr habt einen weiten Weg zurückgelegt, zweiter Sohn des Lorn.«

»Der Ruhm der weißen Stute hat sich weit verbreitet.«

Die Augen des Mannes verengten sich. Er sah Neil scharf an.

»Was habt ihr gehört?«

»Von ihrer Schönheit... von ihrer Schnelligkeit... daß sie Nachkomme von sarazenischen Pferden sei, die die Normannen vom heiligen Kreuzzug mitgebracht haben.«

»Und ist das alles?«

»Gibt es noch mehr?«

Der Mann schwieg. Sein Gesicht war verschlossen und nachdenklich.

»Nein«, sprach er zuletzt. »Mehr gibt es nicht.«

Neil sah Mairi am Nachmittag nicht. Sie saß schweigend bei ihnen, als sie etwas von der widerlichen Brühe tranken und etwas säuerliches Fladenbrot aßen, verschwand aber, sobald sie die Schüssel und Teller abgeräumt hatte.

Ihr Vater, Braden, bestand darauf, ihm die weiße Stute selbst zu zeigen. Neil fiel gleich auf, wie unwohl sich die Stute fühlte und wie sie scheute, wenn Mairis Vater mit ihr umging. Bei ihm selbst schien sie sich zu beruhigen. Braden riß heftig am Gebiß und sprach grob mit ihr. Um ihr Leid zu ersparen, bat Neil, sie reiten zu dürfen. Nur widerwillig erhielt er die Erlaubnis. Als er durch das Dorf ritt, hoffte er, Mairi zu treffen. Er wollte mit ihr über die Stute sprechen, bevor er genötigt war, eine endgültige Entscheidung zu treffen.

Als er so dahinritt, überkam ihn das Gefühl, dies sei eines der unfreundlichsten Dörfer, die er je gesehen hatte. Alle, die ihm begegneten, starrten ihn an, aber keiner grüßte ihn. Wenn er lächelte und den Leuten zuwinkte, nickten sie nur, und keiner ließ sich auf ein Gespräch mit ihm ein oder hieß ihn willkommen, wie es einem Fremden zukam. Sogar die Kinder, die zuerst so freundlich gewesen waren, kamen zwar herbeigerannt, als er vorbeikam, oder sammelten sich in Gruppen und starrten ihm hinterher, aber es lag etwas in ihrem Blick, was ihm unerklärlich war. Es war, als warteten sie, daß etwas geschähe.

Sobald sie ihre Scheu überwunden hatte, war es eine Freude, die silbrige Stute zu reiten. Er lenkte sie aus dem Dorf und galoppierte mit ihr zum offenen Heideland, glücklich dem brütenden Schatten, der über dem Dorf zu hängen schien, entronnen zu sein. Die Stute vereinte Anmut, Schnelligkeit und Empfindsamkeit. Er wünschte, auf der Stelle nach Hause reiten zu können, ohne sich der Traurigkeit der jungen Frau und der Gier des Mannes stellen zu müssen. Er besann sich mehrere Male – den einen Augenblick war er entschlossen, die Stute bei Mairi zu lassen, und gleich darauf begehrte er das wunderbare Geschöpf für seine Schwester. Er dachte daran, wie ihre Augen bei dem Gedanken an die Stute dermaßen geleuchtet hatten, daß ihre Familie sie scherzhaft gefragt hatte, wen sie denn mehr liebe, Sir Kenneth, ihren Bräutigam, oder die weiße Stute, ihr Roß.

Das Meer war jetzt, da das Licht durchgedrungen war, mit silbrigen Flecken übersät. Das tiefgraue Wasser hielt der Sonne unzählige leuchtende Spiegel entgegen. Von der Höhe der Heide konnte er die Inseln sich nach Westen erstrecken sehen, während hinter ihm das Heideland und die Moore sich formlos ausdehnten, bis sie in den Wolken verschwanden, die noch am Horizont hingen.

Er wendete Mondglanz und kehrte zu den niedrigen Häusern zurück, die zerstreut am Berghang lagen. Abgesehen von einem jungen Burschen, der vom Jäten aufblickte und hinter ihm herstarrte, ohne auf den Gruß seiner Hand zu antworten, sah er niemanden. Selbst die Kinder waren woanders, wahrscheinlich auf ihren Weiden, wo sie die Schafe oder die wenigen mageren Kühe hüteten, die er auf seinem Ritt gesehen hatte. Mairi war noch immer nicht zu sehen, genauso wenig ihr Vater. Ihre Mutter spann grobe, schwarze Wolle im Eingang der Hütte.

In der Nacht sollte er in dem leeren Kuhstall, einem Anbau an den langen Raum des Hauses, auf Stroh und Wolldecken schlafen. Er vermied es, sich im Hinblick auf die Stute festzulegen, und sagte nur, daß er ihnen am nächsten Morgen seine Entscheidung mitteilen wolle. Er wußte, daß Mairi jetzt den Zweck seines Besuches kannte, aber sie sagte nichts. Sie schien wie von einer sehr starken aber unsichtbaren Schale umschlossen zu sein, die zu durchdringen Neil unmöglich war. Wann immer er versuchte, sie während des abendlichen Mahles in ein Gespräch zu verwickeln, antworteten die Eltern, und sie ließ es geschehen. Das eine oder andere Mal hatte er das Gefühl, nur die Schale sei überhaupt noch am Tisch anwesend und der Rest von ihr irgendwo anders.

Braden redete und redete, schimpfte endlos über die Schwierigkeiten, der Erde das Lebensnotwendige abzuringen, und wieviel besser es ihm ginge, wenn er Söhne hätte. Neil sah Mairi an. Sie hatte das schon oft gehört und ihr Gesicht zeigte keine Regung. Nur ihre Hände bewegten sich plötzlich und schoben den hölzernen Teller von sich, das Essen unberührt. Neil sah, daß ihre Hände schwielig waren. Zweifellos sorgte Braden dafür, daß sie die Arbeit der Söhne tat, die er nicht hatte, auch wenn er ihr dafür nie Anerkennung zollte.

Das nicht angerührte Essen entfachte einen Sturm, der sich erst legte, als Neil verkündete, daß er müde sei und darauf bestand, gezeigt zu bekommen, wo er schlafen solle.

Er lag im Kuhstall und wartete darauf, daß die Familie sich zur Ruhe begäbe. Alles, was seit seinem Aufbruch von zu Hause geschehen war, ging ihm im Kopf herum. Er wünschte, er könnte verstehen, was ihn an der Gemeinde, in die er geraten war, beunruhigte. Die Menschen hier schienen etwas zu wissen, was er nicht wußte. Die reizvolle Gestalt der Stute und die zerbrechliche Schönheit des Mädchens paßten nicht hierher. Bei seiner Familie würde sie mehr zuhause sein als bei ihrer. Etwas in den Blicken, die der Mann und die Frau wechselten, wenn das Gespräch auf die Stute oder Mairi kam... etwas in der Art, wie die Dorfleute ihn angesehen hatten...

Braden hatte immer wieder den Wert der Stute betont, und Neil wußte, auch wenn noch kein Preis festgelegt war, der würde nicht eben niedrig sein. »Vielleicht«, dachte er, »vielleicht kann ich Fiona sagen, die Stute sei nicht zu verkaufen oder der Preis sei zu hoch gewesen...« Doch irgendwie wußte er in seinem Herzen, daß er so leicht nicht von Mondglanz würde fortreiten können. Mit jedem Augenblick spürte er sich mehr und mehr in eine Gegebenheit verwickelt, die er nicht verstand, die er aber auch nicht abwenden konnte. Es war, als wende sich mit seinem Kommen sein Schicksal, aus dem es jetzt kein Entrinnen mehr gab.

So verging eine lange Zeit, bevor er in Schlaf fiel. Seine Träume waren sonderbar, doch als er in der frühesten Morgenstunde aus dem Schlaf fuhr, konnte er sich ihrer nicht mehr entsinnen. Mit aufgerissenen Augen lauschte er nach dem, was ihn geweckt hatte. Braden schnarchte so laut wie der Fischer in der Nacht zuvor, und es war unmöglich in der Hütte ein anderes Geräusch auszumachen. Vorsichtig setzte er sich auf und starrte in die Dunkelheit. In dem Teil der Hütte, den die Familie bewohnte, glühte noch schwach das Herdfeuer. Braden gab einen besonders lauten Schnarcher von sich und wälzte seinen massigen Körper im Bett auf die andere Seite. Dem Schnarcher folgte ein tiefes, schweres Atmen. Im Hintergrund, von außerhalb der Hütte, vernahm Neil den Laut, der ihn geweckt haben mochte. Ohne zu zögern stand er auf und kroch zur Tür. Er bückte sich unter der Tür und richtete sich draußen im Dunkeln zu seiner ganzen Größe auf. Die frische, kalte Luft war süß, der Himmel vollkommen wolkenlos und ein schmaler Mond ging auf.

Aus seinem Augenwinkel bemerkte er rechts ein blitzartige Bewegung, und als er seinen Blick dorthin wandte, sah er gerade noch die undeutliche weiße Gestalt der Stute und ihres Reiters hinter einem Buckel verschwinden.

Er lief zum Gatter zurück, fand Flamme und führte ihn so leise er konnte aus dem Dorf hinaus. Dann stieg er auf und ritt hart in die Richtung, die die weiße Stute genommen hatte.

Der Mond gab jetzt Licht, und die Berge waren einigermaßen hell. Die Wasserpfützen, die in den Vertiefungen der Felsen standen, blinkten wie geisterhafte Augen. Sie fingen das Mondlicht auf – und strahlten es unheimlich wider. Eine kurze Weile befürchtete Neil, die weiße Stute verloren zu haben, da hörte er ein schwaches Wiehern in der Ferne. Es wurde in der klaren Luft und über das leere, baumlose Land weit getragen. Er fühlte sich unbehaglich. Mairi war ein stiller, geheimnisvoller Mensch. Sie würde es nicht mögen, wenn man ihr auf einem ihrer heimlichen nächtlichen Ausritte folgte. Auch machte er sich Sorgen, daß sie sich zu weit vom Dorf entfernte und daß sie nicht mehr rechtzeitig vor der Morgendämmerung zurück sein würden.

Er dachte schon daran, umzukehren und das Mädchen auf ihrem einsamen Ritt allein zu lassen, möglicherweise ihrem letzten auf ihrem silberglänzenden Roß. Doch dann kam ihn ein anderer Gedanke an. Wenn sie sich mit der Stute davonmachte? Wenn sie sie versteckte, damit sie nicht verkauft werden konnte? Wieder war er zwischen wiederstreitenden Gefühlen hin und her gerissen: Mitgefühl für sie, denn auch er würde die Stute verstecken wollen, wenn sie ihm gehört hätte, und Zorn darüber, die Stute für seine Schwester zu verlieren.

Er drängte Flamme zu größerer Eile über das verschattete und felsige Gelände und war bemüht, den Abstand zwischen sich und der Stute zu verringern. Er würde mit ihr reden, ihr erklären, wie liebevoll und achtsam seine Schwester sein würde und was für ein gutes Leben Mondglanz haben würde im Vergleich mit den armseligen Bedingungen auf dem kleinen Fleckchen Land ihres Vaters. Wenn Mairi sie nicht gehen ließe, dann müßte die Stute den Winter mit Schweinen, Schafen und Kühen eingepfercht im Stall stehen. Ihr Fell würde stumpf und rußig werden vom Rauch des Herdfeuers.

Unvermittelt umrundete Neil eine felsige Kuppe und hatte einen freien Blick nach vorn. Scharf sog er den Atem ein und zog die Zügel. In der Ferne, sich gegen den Himmel abhebend, waren die stehenden Steine, denen er am Vortag begegnet war, die Teufelssteine – und das Mädchen ritt geradewegs auf sie zu!

Einen schlimmen Augenblick lang schwankte er. Sollte er sie ihrem Schicksal überlassen oder es wagen, sich den übernatürlichen Gefahren auszusetzen, um sie zu retten? Sie hatte ihn vom ersten Augenblick an bezaubert. Und genau die Tatsache, daß er so wenig von ihr wußte und daß sie ihm ausgewichen war, zog ihn zu ihr. Was dachte sie sich dabei, so unerschrocken zu jenem verrufenen Platz hinauf zu reiten? War ihr Pferd besessen und wurde sie gegen ihren Willen dorthin getragen? Bei diesem Gedanken durchfuhr ihn zuckend die Furcht, aber er trieb seine Fersen in Flammes Weichen und ritt eilig weiter. Dennoch war er noch nicht in der Nähe der Steine, als sie den Zugang betreten hatte. Er konnte sie gerade langsam und bedächtig, die silbrige Stute am Zügel führend, zwischen die hohen Monolithe schreiten sehen.

»Mairi!« rief er, aber seine Stimme verlor sich in der unermeßlichen hohlen Nacht.

Er konnte sie nur hin und wieder sehen, eine kleine schwarze Gestalt, die die weiße Stute führte, zwergenhaft vor den Steinen, die für einen Augenblick aus den Schatten im Mondlicht auftauchte und dann gleich wieder verschwand.

»Ihr heiligen Engel, schützt uns!« flüsterte Neil und stieg ab. Er würde Flamme nicht der Gefahr aussetzen und ließ ihn an einen Heidebusch gebunden zurück. Er lief, kaum des sanft ansteigenden Hügels achtend, der vor ihm lag. Oben angekommen, blieb er wie angewurzelt stehen. Er blickte geradewegs den Zugang zu dem Kreis hinauf, wo der höchste Stein, der dem Meer und den Inseln zugewandt war, sich zum Himmel erhob. Die junge Frau stand ganz still und blickte zu ihm hinauf.

Neil konnte sich nicht überwinden, den Weg hinauf zu gehen, sondern er lief seitlich davon, bis er nahe genug heran war, um Mairi recht deutlich zu sehen. Der Platz war eigentümlich still. Mondlicht ergoß sich auf die grauweiße Oberfläche der hohen Steine. Die See lag friedlich und silbern unterhalb der Landzunge. Er spürte nichts Böses.

Die junge Frau begann, von Stein zu Stein zu wandern ... und es sah gar nicht nach einem teuflischen Ritual aus, sondern so, als habe sie einfach Freude an der Schönheit des Platzes.

Es war offensichtlich, daß sie Neil nicht bemerkt hatte, und da er sich nicht einmischen wollte, zog er sich zurück, bis er unter dem Schatten einer kleinen Steinreihe verborgen war, die in ost–westlicher Richtung von der Mitte des Kreises ausging. Hin und wieder berührte sie einen Stein und blickte neben ihm stehend nachdenklich an ihm hinauf. Einmal ging sie zu Mondglanz hin und legte ihre Wange gegen den Hals der Stute.

Schließlich nahm sie die Zügel auf und führte Mondglanz den Zugangsweg hinab fort. Sie bestieg das Pferd erst, als sie weit von den hohen Steine entfernt war.

Nachdem sie gegangen war, wartete Neil noch ein paar Augenblicke. Das Mädchen und das Pferd waren ein gutes Stück entfernt, bevor er sich entschließen konnte zu gehen. Doch da, als er ihr gerade folgen wollte, wurde er von einer Bewegung aus den Schatten der anderen Seite der ost–westlichen Steinreihe aufgeschreckt. Eine Gestalt löste sich und glitt an der dem Land zugewandten Seite des Berges hinab.

Neils Herz schlug schnell. Er war also nicht der einzige, der das Mädchen beobachtet hatte. Er zögerte unschlüssig. Und dann bewegte er sich geschwind vorwärts in der Hoffnung, etwas mehr von dieser Person erkennen zu können. Ohne sich bewußt zu sein, was er tat, ging er quer durch den Steinkreis und auf der anderen Seite wieder hinaus. Kein Übel befiel ihn. Kein sonderbarer, finsterer Schatten bemächtigte sich seiner Seele. Er sah die andere Gestalt für einen kurzen Augenblick sich von den Steinen fortbewegen, dann verlor sie sich in den Schatten des Berges.

Er kehrte zu Flamme zurück, stieg auf und ritt zurück. Die junge Frau und ihre weiße Stute waren nirgends zu sehen. Er nahm die Landschaft nicht wahr. Seine Gedanken kreisten immer nur um die Szene, deren Zeuge er eben geworden war.

Er erreichte das Dorf Kirkoway gerade vor dem ersten Licht des Tages und es gelang ihm, in seine Decken zu kriechen, bevor Braden und seine Frau erwachten. Die junge Frau lag in ihrem Bett, das Gesicht der Wand zugewandt, und nur ihr wirres schwarzes Haar schaute unter der Decke aus Schaffell hervor. Ob sie wach war oder nicht, vermochte er nicht zu sagen.

Das Untier mit dem bleiernen Herzen

Am Morgen ließ Mairi sich nichts davon anmerken, daß sie in der Nacht fort gewesen war, noch schien sie Neil zu verdächtigen, er könne ihr gefolgt sein. Sie fütterte die Hühner und säuberte den Kuhstall so schweigsam, wie sie es jeden Morgen tat. Ihrer Mutter antwortete sie einsilbig, wenn es erforderlich war, aber vermied das Sprechen, wo es ging.

Auch Neil erwähnte die nächtliche Reise nicht – beobachtete Mairi jedoch mit größtem Interesse. Sie bewegte sich mit Anmut – mit einem leichten und federndem Schritt, als würde ihr Geist nicht von der schweren Plackerei ihres Lebens herabgezogen.

Er dachte an ihr Mittel, diesem harten Leben zu entkommen: an die Stute, die ihr ein gewisses Maß an Freiheit gab. Er befand sich in einem unlösbaren Widerstreit, was das beste sei. Er haßte den Gedanken, sie in einem freudlosen, schweren Leben mit einem gewalttätigen Vater gefangen zurückzulassen. Auf der anderen Seite – täte er ihr nicht auf lange Sicht einen Gefallen, wenn er ihr das Mittel, zu den Teufelssteinen zu gelangen, entzöge? Welchen entsetzlichen Einfluß hatten sie auf sie? Wäre es nicht besser, ihr Körper war unterjocht als ihre unsterbliche Seele? Außerdem – wie konnte er mit leeren Händen zu seiner Schwester zurückkehren?

Er entschloß sich, die Stute zu kaufen.

Braden nannte einen Preis.

Neil sagte, der sei zu hoch.

Braden nannte einen niedrigeren.

Wieder lehnte Neil ab.

Braden war betroffen. Er wußte, der Preis, den er verlangte, war wohl unter dem, was die Stute wert war. Aber es lag ihm viel daran, dieses Geschöpf loszuwerden. Er ging wieder mit dem Preis herunter und wieder wurde er abgelehnt. Bradens Gesicht verdüsterte sich. Er sah Neil lange und eindringlich an. Seine Lippen waren zu einer schmalen, geraden Linie geworden.

»Wenn ihr die Stute nicht wollt«, sagte er, »dann gibt es viele, die sie mir aus der Hand reißen würden.«

»Hier?« sagte Neil verächtlich und blickte sich im Dorf um. Da gab es nicht einen, der auch nur die Hälfte von dem bezahlen konnte, was Braden verlangte, geschweige denn einen angemessenen Preis.

»Ihr seid nicht der einzige Fremde, der hier durchkommt«, sagte Braden scharf.

»Warum tue ich dies?« dachte Neil. »Ich will die Stute.« Doch tief im Inneren wußte er, daß er sie Mairi nicht wegnehmen konnte – was auch immer dabei herauskommen mochte. Mairi würde welken und sterben wie eine Pflanze ohne Wasser und Sonnenlicht. »Aber es ist verkehrt für sie, von etwas so abhängig zu sein«, sagte er zu sich selbst. »Es ist verkehrt für sie...«

»Welchen Preis würdet ihr zahlen?« fragte Braden ärgerlich.

Neil trat von einem Fuß auf den anderen und versuchte wenigstens so auszusehen, als sei er Herr der Lage.

Nach einer langen Pause sagte er etwas, das ihn genauso überraschte wie Braden. »Ich habe mich entschlossen, sie nicht zu kaufen.«

»Warum?« Braden spuckte das Wort fast aus.

Neil zuckte die Schultern.

»Was habt ihr gehört?«

»Nichts«, erwiderte Neil, erstaunt über die Heftigkeit und Feindseligkeit – vielleicht sogar Furcht – in der Stimme des Mannes. »Warum? Was soll ich gehört haben?«

Braden gewann nur mit Mühe seine Selbstbeherrschung wieder. Neil konnte den Kampf in seinem Gesicht ablesen.

»Es gibt immer Gerede in diesem Dorf«, murrte er. »Als wenn es nicht genug Arbeit gäbe. Nur Gerede. Man könnte meinen, es gäbe nichts anderes auf der Welt, als über die Angelegenheiten anderer Leute zu reden.«

»Was meintet ihr, sollte ich gehört haben?«

»Nichts.«

»Nun, ich habe nichts gehört. Es war nicht das Gerede, was mir den Sinn gewandelt hat. Ich habe einfach das Gefühl, die Stute ist nicht das richtige für meine Schwester. Außerdem möchte ich sie nicht von eurer Tochter trennen.« Kaum hatte er die Worte ausgesprochen, da wußte er, daß er einen Fehler gemacht hatte. Bradens wütende Augen suchten das Mädchen, das Wasser aus einem Eimer in den Abflußgraben goß.

»Je eher das Mädchen von diesem Untier getrennt wird, desto besser – es gehört euch für jeden Preis, den ihr zu zahlen bereit seid.«

»Mondglanz?« rief Neil überrascht aus.

»Mondblutglanz!« fauchte der Mann. »Heidnischer Name für ein Untier, das mehr Umgang mit dem Teufel hat als mit ehrbaren Leuten.«

»Ich will kein Teufelspferd!« sagte Neil scharf.

Das Gesicht des Mannes lief rot an, und eine Ader schwoll an seinem Hals. Er wandte sich ab und schlug wild mit der Hacke auf den Boden ein. Er war jetzt über sich selbst ebenso wütend wie über Neil. Er hatte die Gelegenheit, das Pferd loszuwerden, verpatzt.

Neil beobachtete ihn eine Weile schweigend und wandte sich dann den offenen Feldern zu. Mondglanz graste neben seinem Pferd, Flamme.

»Silber und Gold«, dachte er. »Eis und Feuer.«

Er schlenderte zu den Pferden hinüber, setzte sich auf einen breiten Grenzstein an der Ecke von Bradens Feld und sah ihnen eine lange Zeit zu. Wildes Heidemoor und Felsen erstreckten sich hinter ihnen, und der Himmel, fahl und klar, schien sich in einer gewaltigen Kuppel über ihnen zu wölben. Er hatte ein Empfinden von Zeitlosigkeit, so als sei das, was vor ihm lag, für immer so da und als gäbe es sonst nichts in seinem Leben, nur diesen endlosen

Augenblick, da er auf einem Stein saß und den friedvollen Anblick genoß. Er wollte diesen Ort nicht verlassen. Es gab hier etwas Ungelöstes.

Es gab eine Bewegung neben ihm, und er blickte in Mairis Augen. Ihre blaue Tiefe war voller Schatten.

»Denkst du daran, mir Mondglanz wegzunehmen?« fragte sie mit leiser, gepreßter Stimme. Er antwortete nicht sogleich, und das Mädchen verstand sein Schweigen als Zustimmung. »Sie ist nicht zu verkaufen, weißt du das«, fügte sie in scharfem Ton hinzu. »Sie war ein Geschenk. Ich kann sie nicht verkaufen.«

»War sie ein Geschenk für dich oder für deinen Vater?«

»Für mich.«

»Dann hat dein Vater kein Recht, sie zu verkaufen, und solange du dich nicht von ihr trennen willst, kann ich sie nicht kaufen.«

Die junge Frau nickte kurz und machte auf dem Absatz kehrt. Enttäuscht starrte er ihr nach. Für sein Gefühl hatte er sich ihr gegenüber ehrenhaft und großzügig gezeigt und hatte gehofft, sie würde darauf mit Dankbarkeit antworten. Er hatte Freudentränen erwartet, vielleicht eine herzliche Umarmung oder gar einen Kuß, zumindest aber ein Lächeln. Sie gab ihm nichts dergleichen, sondern schien seine Geste als selbstverständlich und seine Entscheidung, die ihm so viel Kopfzerbrechen bereitet hatte, als die einzig mögliche anzusehen.

»Warte!« rief er ihr nach. Sie hielt inne, drehte sich aber nicht nach ihm um. Wieder hatte er das Gefühl, es sei nur die äußere Schale, die geduldig auf ihn wartete, während ihr verborgenes Selbst irgendwo anders war. »Ich möchte mit dir reden«, sagte er.

»Es gibt nichts zu bereden«, erwiderte sie.

Er sprang vom Stein herab. »Es gibt eine Menge zu besprechen«, sagte er. »Warum wendest du dich einfach so von mir ab? Ich habe dir gesagt, daß ich dir die Stute nicht wegnehmen werde, wenn du es nicht willst.«

»Dafür danke ich dir«, sprach sie ruhig und wandte ihm das Gesicht zu. Ihr Ausdruck war jetzt sanfter, aber es gab immer noch Barrieren zwischen ihnen, die sie nicht abzubauen bereit war.

»Ich werde bald fortgehen. Können wir uns nicht als Freunde trennen?«

»Freunde?« Sie wiederholte das Wort mit erstaunter Stimme, als verstünde sie nicht ganz, was es bedeutete.

»Ja. Wir könnten zusammen reiten. Du könntest mir zeigen, wo du am liebsten reitest, und ich könnte dir von meinem Zuhause auf der anderen Seite der Berge erzählen.« Er beobachtete ihr Gesicht scharf, als er sie bat, ihm zu zeigen, wo sie am liebsten ritt, und tatsächlich schien ein Flackern von Wachsamkeit über es hinweg zu ziehen. Doch am Ende nickte sie und lenkte ihre Schritte zu den beiden Pferden. Da waren keine Sättel noch Zügel, doch sie schwang sich auf den Rücken der weißen Stute und trabte, die silbrige Mähne haltend, davon. Sie blickte herausfordernd zurück, wo Neil unschlüssig neben Flamme stand und überlegte, ob er ihn ohne Sattel und Zügel würde reiten können und ob sie ihn wieder zu den Teufelssteinen führen würde. Aber sie ließ ihn schon hinter sich, und so überlegte er nicht mehr lange und folgte ihr.

Sie hatte nicht den Weg eingeschlagen, den er erwartet hatte, und es war klar, sie würde den Ritt der vergangenen Nacht nicht wiederholen. Sie wandte ihre Schulter den Heiden zu und nahm den Küstenweg an der steinernen Kirche vorbei. Davor war ein dichtes Menschenknäuel, fast das ganze Dorf. Ein Mann sprach und gestikulierte, die anderen hörten zu und nickten und blickten ernst drein. Einen Augenblick lang wähnte Neil, ein dunkler Brodem umhülle die Leute, als schmiedeten sie finstere Pläne. Die Düsternis ihrer Herzen erschien im Äußeren und bildete eine fast fühlbares Kraftfeld um sie herum. Dann schüttelte er seinen Kopf und verscheuchte das Bild. Als er wieder hinsah, konnte er sie nicht mehr sehen, und er schalt sich ob seiner übersteigerten Vorstellungskraft. Ihn ärgerte die Tatsache, daß die eigenartige Atmosphäre des Ortes scheinbar sein klares Denken beeinträchtigte.

Mairi war weitergeritten, ohne die Menge eines Blickes zu würdigen, und schon weit voraus. Neil trieb Flamme zur Eile an und holte Mairi auf dem Pfad ein, der den Meerarm einfaßte, hoch über dem kleinen Hafen.

»Was ist bei der Kirche los?« fragte er sie, als er auf einer Höhe mit ihr war.

Sie schüttelte den Kopf, zuckte die Achseln und ritt mit einem plötzlichen Spurt davon.

»Sie weiß es«, dachte er. »Sie weiß es.« Und da war ein eisiges Gefühl einer Vorahnung in seinem Herzen.

Der Tag war angenehm und die Sonne schien warm. Neil schob die Erinnerung an das, was er gesehen hatte, bald beiseite und richtete seine Aufmerksamkeit darauf, mit Mairi Schritt zu halten. Ihr schwarzes Haar flatterte hinter ihr her, und ihre Beine, nackt und braungebrannt, umschlossen die Flanken ihres Pferdes stark und voll Vertrauen. Da war nichts mehr von der widerspenstigen Scheu, die er zuvor an ihr beobachtet hatte.

Auf der Höhe des dritten Berges streckte Mairi die Hand nach Flammes Hals aus als Zeichen zu halten. Dann wies sie mit weit ausholender Armbewegung auf das, was sich ihren Augen darbot. Er spürte, daß sie ihm etwas zeigte, das etwas ganz Besonderes für sie war, und daß sie erwartete, er würde beeindruckt sein. Unter ihnen, auf der seewärtigen Seite des Berges, lag ein breiter Bogen aus reinem weißen Sand, der sich um die ganze Bucht erstreckte. Das Wasser war so tief blau und klar, daß es den Anschein hatte, man könne sogar die Wurzeln der Insel unter seiner Oberfläche sehen. Und dann, nachdem sie lange genug angehalten hatte, um sicher zu sein, daß er den Platz angeschaut und den Anblick genossen hatte, flüsterte sie Mondglanz etwas zu und begann den Abstieg zum Strand. Langsam, zuerst vorsichtig Schritt vor Schritt setzend, folgten Flamme und sein Herr.

Als sie das kühle, klare Wasser eines kleinen Baches erreichten, der sich vom Heideland zum Meer schlängelte, hielten die beiden Tiere an. Beide Reiter stiegen ab und tranken durstig aus ihren hohlen Händen.

»Das ist fast ein so guter Strand wie bei uns in Uig«, sagte Neil und strich sich mit dem Handrücken über den Mund.

»Fast?« sagte sie ungehalten

»Fast«, beharrte er.

Sie lachte und war auf Mondglanz' Rücken noch bevor er einmal blinzeln konnte.

»Es gibt keinen Strand so schön wie diesen!« rief sie aus, und sie und die weiße Stute waren wieder auf und davon, wateten durch das Uferröhricht und hinaus aufs Flache. Dort galoppierten sie über den Sand, wobei die dünnen, scharfkantigen Muschelschalen unter den Hufen knackten.

Er folgte ihr, spürte den Salzwind vom Meer seine Wangen stechen, sah das Wasser glitzern, als die Sonne sich in der Gischt fing, hörte die schrillen Rufe der Baßtölpel.

»Mairi!« rief er aus reiner Freude am Klang ihres Namens. »Mairi!«

Er wußte, daß der Ton zurückgeblasen wurde und sie nie erreichen würde. Mondglanz... weißes Pferd am weißen Strand, umhüllt von Gischt und Sonnenlicht! Flamme konnte sie nicht einholen!

Nach einer Weile gab Neil es auf und verlangsamte den Schritt. Er saß bequem und freute sich an den fliegenden Vögeln und dem sich kräuselnden Wasser.

Als Mairi das Ende des Strandes erreichte, wo die Klippen unvermittelt zum Meer hinabreichten, drehte sie um und kam dann im Schritt zurück. Er konnte sie in der Ferne sehen wie eine schwarze Feder auf einem weißen Vogel. Er wurde daran erinnert, wie sie zwischen den Teufelssteinen ausgesehen hatte – eingeschlossen in ihre eigene Welt – stark und glücklich.

Er glitt von Flammes Rücken und blieb, wo er war. Verträumt warf er flache Steine über die Wasseroberfläche hin, sah sie flitzen und blitzen, als sie von Welle zu Welle hüpften. Er sah den Baßtölpeln zu, sah sie eintauchen und wieder und wieder aus dem Meer die Frucht der Fische ernten.

Als sie zu ihm zurückkehrte, leuchteten ihre Wangen und ihre Augen glänzten. Jetzt waren keine Schatten zwischen ihnen, und er wußte, er war als Freund angenommen worden, vielleicht der einzige Freund neben der silberweißen Stute, den sie je gekannt hatte.

Sie gingen gemeinsam am Strand entlang. Nicht viele Worte wurden zwischen ihnen ausgetauscht – aber viele Gedanken.

Erst als sie den Strand verließen, um zum Dorf zurückzukehren, die Pferde im Schritt, beschrieb er ihr Uig. Er erwähnte seine Familie nur kurz – hauptsächlich sprach er von Bruder Durston, seinem großartigen Freund, dem christlichen Einsiedler. Er beschrieb ihn als einen sonderbaren, linkischen Mann, der wie ein Tier in einem Kuhstall lebte und dennoch gebildeter war, als die großen Grafen vom Festland – einen Mann, der die Welt bereist und mit Adligen und Königen gesprochen und sich dennoch dazu entschlossen hatte, in einer einfachen Hütte aus Stein und Torf hoch über dem Ozean auf dem Hochland in der Nähe des Hofes seines Vaters zu leben.

Neil erzählte ihr, er könne diesen Mann nicht verstehen. »So viel reisen und Abenteuer erleben zu können, in der Lage zu sein, überall hinzugehen, so gebildet zu sein, alles tun zu können, allen anderen gleich oder gar überlegen zu sein – und doch alles aufzugeben und damit zufrieden zu sein, allein zu leben – mit nichts!«

Sie hörte aufmerksam zu, und es war klar, daß sie besser als Neil jene Wahl verstand, die der Einsiedler getroffen hatte.

»Er ist nicht allein«, sagte sie. »Er hat mehr als die großen Grafen, mehr als Könige und Prinzen.«

»Und du, wirst du nicht unruhig«, fragte Neil sie. »Hast du nicht das Verlangen, fortzugehen und mehr von der Welt zu sehen, neue Menschen kennenzulernen, feine Kleider und Juwelen zu tragen und köstliche Mahlzeiten zu genießen...«

Sie lächelte und schüttelte den Kopf.

Er dachte an die Mühsal ihres Lebens. Wie konnte sie damit zufrieden sein? Er dachte an die hohen Steine. Würde sie auch dann noch so zufrieden sein, wenn sie nicht mehr in den verschwiegenen Stunden der Nacht dorthin reiten konnte?

Als wolle sie von weiteren Fragen verschont werden, ließ sie Mondglanz traben und zog sich von ihm zurück. Den Rest des Weges sprachen sie nicht mehr.

Der Hafen war wie ausgestorben, als sie vorbeiritten. Die Boote lagen jetzt, bei Ebbe, hoch am Ufer. Es gab kein Anzeichen von Menschen, die Netze flickten oder ihre Boote für den nächsten Fang vorbereiteten. Niemand wanderte auf den Kais entlang. Niemand saß an den Hummertöpfen. Ohne sich dessen bewußt zu sein, wie ungewöhnlich dies war, fühlten sie sich unwohl.

Als sie den Bergkamm erklommen hatten, von dem sie das übrige Dorf überblicken konnten, konnten sie sofort sehen, daß sich die Menge vor Mairis Haus versammelt hatte.

So als hätten Flamme und Mondglanz ihre Gedanken erraten,

kamen sie unvermittelt zum Halten.

»Was ist das?« flüsterte Neil stirnrunzelnd. Das Mädchen sagte nichts, aber Neil konnte sehen, daß sie es wußte. Alles Licht war aus ihrem Gesicht geschwunden.

»Warte hier«, sagte er. »Ich werde hinabreiten und nachsehen, was los ist.«

Aber sie folgte ihm.

Sobald sie näher kamen, konnten sie sehen, wie die aufgebrachte Menge vor der verschlossenen Tür von Mairis Haus schrie und mit den Fäusten dagegen schlug, Flüche ausstieß und Steine warf. Ihre Eltern hatten die Tür von innen verrammelt und kauerten wahrscheinlich voll Angst in der Dunkelheit. Manche versuchten sogar, durch die Stalltür einzudringen, aber auch die war verschlossen.

»Um der Liebe Jesu willen....!« rief Neil aus. »Was ist hier los?« Er sah auf Mairi. Die war aschfahl und zitterte, sah aus wie ein Geist auf ihrer gespensterweißen Stute.

Plötzlich wußte er es – und ihm war klar, daß er sie fortbringen mußte, schnell. Doch jemand hatte sie gesehen.

»Da ist sie!« gellte der Ruf, und die ganze wütende Menge wandte sich vom Haus ab und ihnen zu. Sie waren jetzt nahe genug, um ihre Gesichter zu erkennen, doch waren ihre Gesichter kaum wiederzuerkennen. Ihre Augen sprühten Haß, ihre Münder waren verzerrt von den scheußlichen Worten, die sie riefen. Es schien, sie hatten aufgehört, Einzelwesen zu sein, und bildeten nun ein zusammengehörendes Wesen, das zusammengehalten war von einer einzigen dunklen Macht. Fast das ganze Dorf war da, aber es waren auch ein paar unbekannte Gesichter darunter. Offenbar waren Leute aus anderen Dörfern gekommen, um sich der Jagd anzuschließen.

Die Kinder, die, abgesondert von den anderen, eher zugeschaut hatten als sich zu beteiligen, liefen jetzt aufgeregt auf sie zu und plapperten dabei die Worte nach, die sie von ihren Eltern gehört hatten. »Teufel« und »Hexe« schrien sie, und ihre hohen, gellenden Stimmen gaben ein schrilles Gegengewicht ab zu dem tiefen und zornigen Poltern der Männerstimmen. Ein dicker Mann, nicht aus diesem Dorf, bückte sich und nahm einen Stein auf, und plötzlich taten es ihm alle nach.

Die Tür des Hauses wurde aufgestoßen und Mairis Mutter kam schreiend herausgerannt. Dünn nur hörten sie ihre Stimme, die da rief: »Geht! Geht! Geht!«

Neil hatte Flamme schon gewendet und zog mit der anderen Hand an der Mähne von Mairis Stute, als der erste Stein flog. der Stein verfehlte Mairi, aber sie war so erschrocken, daß sie wohl wie angewurzelt auf der Stelle geblieben wäre, unfähig zu begreifen, was ihr geschah, wenn Neil nicht so schnell gehandelt hätte. Mit seiner Hilfe blieb sie auf Mondglanz Rücken und mit seiner Hilfe galoppierte sie davon. Mondglanz und Flamme... Quecksilber und Feuer... so flohen sie vor einem blinden und gefährlichen Untier...

Neil und Mairi wußten nicht, wohin sie ritten. Sie wußten nur, daß sie weit fort mußten. Und hinter ihnen lag der Tag, der so strahlend schön gewesen war – tot.

Als die Pferde sich ausgelaufen hatten und Neil ihre Müdigkeit spürte, erlaubte er ihnen anzuhalten. Sanft hob er Mairi herab, und sie sank ermattet auf einen Fels. Er rieb die Pferde mit Büscheln von Heide und Gras ab, wobei er leise mit ihnen sprach um sie zu beruhigen, denn auch sie hatten Angst gehabt. Es gibt kaum etwas Furchterregenderes, als wenn das, was einem vertraut und alltäglich ist, plötzlich fremd und feindselig wird. Als er fertig war, brachte er in seinen hohlen Händen Mairi etwas Wasser vom Bach. Dankbar trank sie davon und barg anschließend ihr ganzes Gesicht in seinen kühlen, nassen Händen. Er spürte, wie ihre Haut heiß war vom Weinen, und holte noch mehr Wasser, ihr Gesicht darin zu baden. Er brauchte nicht zu fragen, warum die Dörfler sich gegen sie gewandt und sie »Hexe« genannt hatten. Er erinnerte sich an die andere dunkle Gestalt, die er bei den Teufelssteinen hinter ihr herspionieren gesehen hatte.

»Sag mir«, fragte er zögernd, »besuchst du oft diese... diese... jenen Platz?«

Sie antwortete nicht, sondern senkte ihren Kopf auf ihre Knie und saß so gebeugt da. Ihr ganzer Körper drückte eine solche Hoffnungslosigkeit, eine solche Einsamkeit aus, daß er wünschte, er hätte diese Frage nie gestellt, und entschlossen war, sie nie wieder zu fragen. Es war klar, daß die Dorfleute überzeugt waren, sie verkehre mit dem Teufel, wenn sie die hohen Steine aufsuchte. Und es war ihm jetzt genauso klar, wenn auch noch nicht letzte Nacht, daß sie es nicht tat. Er war überzeugt, was auch immer sie getan hatte, sie war frei von jeder bösen Absicht. Neils Gesicht verdüsterte sich vor Zorn, als er an die Szene dachte, derer sie gerade Zeuge gewesen waren. »Wenn irgend jemand mit dem Teufel Verkehr hat...« dachte er bitter, als er sich an die Veränderung in den Gesichtern erinnerte, die er gesehen hatte.

Doch die Wut wurde abgelöst von nüchterner Überlegung. Was sollten sie tun? Es war Sommer und nachts nicht lange dunkel, aber es würde kalt werden. Keiner von beiden hatte eine Jacke. Sie waren müde und sie waren hungrig. Der Wind war schon stärker und kälter geworden.

»Ich muß nach Hause«, sagte sie auf einmal. »Ich muß nachsehen, ob meiner Mutter nichts fehlt.«

»Du kannst nicht nach Hause zurück«, sagte er streng.

»Ich muß.«

»Du kannst nicht«, wiederholte er. »Wir werden einen versteckten Unterschlupf finden für dich und Mondglanz, und dann werde ich alleine zurückgehen.«

Sie war zu erschöpft, um sich auf einen Streit einzulassen, und folgte ihm stumm, als er die Pferde zu einer windgeschützten Mulde führte. Er rupfte Heide und Gras und weiche Kräuter, bis er ihr daraus ein warmes Nest bereitet hatte. Es gab, dank der Wikinger, keine Baumäste für ein Dach, aber manche der Heidebüsche waren groß genug, um sie einigermaßen zu bedecken.

»Du bist fürs erste in Sicherheit... gut versteckt«, sagte Neil und sah auf sie hinab. Sie antwortete nicht, aber aus ihrem Blick sprach Dankbarkeit.

»Ich mache so schnell ich kann«, versprach er. »Du brauchst keine Angst zu haben.«

Sie sagte nichts.

Er stand da und starrte sie an. Warum schlich sie sich in der tiefsten Nacht davon, um die Teufelssteine zu besuchen? War etwas dran an den Anschuldigungen der Menge?

Als hätte sie seine Gedanken erraten, verfinsterte sich ihr Gesicht. Sie wandte ihm den Rücken zu und schmiegte sich in das Heidekraut.

Es war fast, als sei sie ein Teil der Erde geworden. Ihre dunklen Haare verschmolzen mit den Schatten. Abgebrochene Heidezweige hingen in ihren Kleidern.

Er stand noch lange da, zögernd, und wollte sie nicht verlassen. Doch schließlich wandte er sich ab.

»Ich komme wieder«, sagte er ruhig, »sobald ich weiß, daß deine Mutter in Sicherheit ist.«

Sie lag unbeweglich. Die uralte Erde hatte sie in ihre Arme genommen. Sie war ihr Kind.

Der Traum

Das Dorf war still, die einzige schmutzige Straße wie ausgestorben, als Neil endlich ankam. Er führte Flamme langsam zu der langgestreckten, niedrigen Hütte von Mairis Eltern.

Da er nicht wußte, wie die Dinge standen, beschloß er, die Aufmerksamkeit von Mairis Mutter zu erregen, ohne daß ihr Vater etwas merkte. Er war überzeugt, Bradens Sympathien lagen mehr bei der Menge als bei seiner Tochter.

Er entsann sich einer Melodie, die er am Abend zuvor gepfiffen hatte. Die Melodie stammte aus der Zeit der Wikingerüberfälle. Es war ein Signal der Inselbewohner zur Warnung oder um Gefangenen die nahende Rettung mitzuteilen. Jetzt, da die Zeiten von Furcht und Feuer wohl vorbei waren, pfiffen die Inselbewohner – in vieler Adern floß auch Wikingerblut – diese Melodie nur noch aus Spaß. Er hatte sie gepfiffen, als er am Vorabend sein Pferd abgerieben hatte. Da hatte Mairis Mutter ihn so angelächelt, als erkenne sie die Melodie wieder. Er hoffte jetzt, sie würde sie abermals wiedererkennen.

Ganz leise begann er die Melodie zu pfeifen. Er stand am Eingang und streichelte Flammes Nacken, um ihn zu beruhigen. Dabei schaute Neil ständig um sich, ob niemand anders ihn hörte. Bei der dritten Wiederholung gab es ein Geräusch aus dem Inneren der

Hütte. Neil spannte sich und ballte seine Fäuste für den Fall, daß es Braden war. Er hörte, wie der hölzerne Riegel vorsichtig beiseitegeschoben und die Tür einen kleinen Spalt geöffnet wurde. Er konnte das Auge nicht sehen, das ihn anblicken mußte, aber er wußte, es war da. Er wiederholte die Melodie, aber es war jetzt nur ein Zischen ohne Klang, und sein Herz spürte die Furcht, die die Melodie in den alten Zeiten stets begleitete.

Die Tür tat sich weiter auf, und er war erleichtert zu sehen, daß Mairis Mutter allein war. Ihr Gesicht war rot und tränengefleckt.

»Ist euer Mann...?« flüsterte er.

Sie schüttelte den Kopf. Aber sie hatte Angst.

»Sie darf nicht herkommen«, hauchte sie. »Ihr müßt sie von hier fernhalten.«

»Sie ist in Sicherheit. Macht euch keine Sorgen. Ich bin nur wiedergekommen, weil sie sich um euch Sorgen gemacht hat.«

Die Frau fing wieder an zu weinen, schüttelte ihren Kopf und versuchte, ihn fortzustoßen.

»Ich muß mit euch reden«, drängte er sie.

»Nein... nein... ihr müßt gehen!« schluchzte sie.

»Ich muß mit euch reden«, wiederholte er, nahm ihren Arm und stieß sie ins Haus zurück. Flamme noch an der Hand, führte er ihn durch die niedrige, schmale Tür. Drinnen führte er ihn durch den Raum zum Kuhstall am anderen Ende und kehrte dann zum Herd zurück, wo die Frau verstört das fast erloschene Torffeuer schürte. Sie wollte den schwarzen Kessel, der an einer langen Eisenkette darüberhing, wieder warm machen. Da ist Hammelbrühe drin, dachte Neil, und er war hungrig.

»Ich muß etwas zu essen und warme Kleider für sie haben«, sagte er, »aber zuerst muß ich wissen, warum die Leute in diesem Dorf sie so sehr hassen. Was hat sie getan?«

Stumpf rührte die Frau im Topf. Köstlicher heißer Duft stieg auf. Neil schluckte, seine Augen schmerzten von dem Rauch, den das neu entfachte Feuer machte.

Die Frau machte keine Anstalten zu antworten. Ihr Gesicht war so verschlossen wie Mairis es gewesen war. Er trat auf sie zu, nahm ihr den langen Kochlöffel aus der Hand und stieß sie grob vom Feuer zurück.

»Hör mir zu. Antworte mir. Wenn ich ihr helfen soll, dann muß ich es wissen!«

»Sie... sie glauben, sie sei eine Hexe«, schluchzte die Frau.

»Und ihr... glaubt ihr, sie sei eine Hexe?« fragte Neil in scharfem Ton.

»Ich... ich weiß nicht...«

»Deine eigene Tochter?«

»Es ist, seit das Pferd...«

»Ihr habt mir nie gesagt, wer es ihr gab.«

»Der Teufel.«

»Na, das wißt ihr aber, daß das nicht wahr ist«, sagte Neil, selbst überrascht, mit welcher Überzeugung er es aussprach. »Wer gab es ihr? Sag es mir.« Er legte den Kochlöffel weg, nahm die Frau an beiden Armen und schüttelte sie. Sie antwortete nicht, sondern ließ nur ihren Kopf hängen. Sie hatte entsetzliche Angst. Wovor? Vor der Heftigkeit, mit der er sie überfiel, oder vor etwas anderem – etwas, das unaussprechlich schrecklich war.

»Sag es mir!«

»Sie... sie fand es...«

»Fand es! Wo?«

»Bei den Teufelssteinen. Sie ging dort hin. Ich verbot es ihr – aber sie tat es trotzdem.«

»Sie fand es zwischen diesen Steinen!« Neil konnte jedes einzelne Haar auf seiner Kopfhaut prickeln und ein merkwürdiges Kältegefühl in seinen Muskeln fühlen. Er wußte, er war verpflichtet, dem Mädchen zu helfen. Er wußte, er konnte sie jetzt nicht im Stich lassen, wo sie sonst niemanden hatte. Aber – zum ersten Mal erkannte er, daß er sich auf etwas einließ, dem er nicht gewachsen war. Er war ein erfahrener Kämpfer und hatte in seinem Leben schon viele Feinde geschlagen. Zuhause in Uig kam ihm nur einer seiner Brüder an Stärke gleich. Aber der Teufel und seine finsteren Horden.... ! Er bekreuzigte sich und flüsterte inbrünstig ein Gebet. Er wünschte, Bruder Durston, der Einsiedler aus Uig, wäre hier. Diese Art Kampf war mehr seine Sache.

»Es ist eine sarazenische Stute«, hörte er sich selbst sagen, »vom Festland. König Wilhelm brachte solche Pferde aus der Normandie mit. Mein eigenes Pferd, Flamme, ist auch so eines.« Er hatte noch nicht zu ende gesprochen, da fiel ihm ein, daß die Sarazenen – wie man meinte – mit dem Teufel im Bunde standen. Hatten nicht die christlichen Engländer seit König Wilhelms Tagen Kreuzzüge unternommen, um ihnen die Heiligen Stätten zu entreißen?

Die Frau hatte aufgehört zu weinen und sah ihm zum ersten Mal in die Augen.

»Warum geschah es bei jenen Steinen?« fragte sie. »Kein Sattel und kein Zaumzeug? Warum suchte es niemand? Warum erhob niemand Anspruch darauf?«

Neil schwieg. Er hatte ihre Arme losgelassen, und sie hatte den Kochlöffel wieder aufgenommen und füllte ihm etwas Brühe in eine hölzerne Schale. Dankbar trank er. Seine Sinne nahmen den Geschmack, den Geruch und die Wärme war, während seine Gedanken ein Dutzend Erklärungen für die Anwesenheit der Stute bei den Steinen in Erwägung zogen.

»Wenn es eine Teufelsstute wäre – warum ist sie so gutmütig und sanft?« fragte er.

Skena zuckte die Achseln. »Der Teufel kennt viele Schliche.«

Neil runzelte die Stirn.

»Ich glaube nicht, daß es eine Gabe des Teufels ist«, sagte er mit fester Stimme.

»Aber es ist nicht nur die Stute«, sagte sie. »Es gab noch... andere Dinge.«

»Was für Dinge?«

»Zeichen.«

»Was für Zeichen?«

»Kurz bevor ihr kamt, fragten die Leute Mairi aus... über Dinge, die sie gesagt und Dinge, die sie getan hatte... Man beschuldigte sie, eine Hexe zu sein und sie stritt es ab. Und in eben diesem Augenblick fiel ein Stern vom Himmel.«

»Ich habe es gesehen!« rief Neil aus. »Ich sah es mit eigenen Augen.«

»Seht ihr!« sagte die Mutter und zuckte hoffnungslos die Schultern.

»Aber das heißt nicht... «

»Es war ein Zeichen Gottes, daß sie log...«

»Es kann ein Zeichen von Gott gewesen sein, daß sie die Wahrheit sagte!«

Skena schüttelte traurig den Kopf. Sie hatte versucht, das zu sagen, aber man hatte sie niedergeschrieen. Die Leute hatten gesagt, es sei der Beweis für das Teufelsmal auf Mairi, denn Luzifer sei aus dem Himmel gefallen, genau wie dieser Stern.

Neil schwieg eine Weile nachdenklich still. Er konnte nicht, wollte nicht glauben, daß die Maid, die auf ihrer silbrigen Stute am Meeresufer entlang galoppierte, Freude und Lebenslust ausströmend wie Lichtstrahlen, in irgend einer Weise in den Klauen des Bösen hängen konnte. »An ihren Taten sollt ihr sie erkennen«, sagt die Heilige Schrift... Gewiß war das Fluchen und das Steinigen eines lebendigen Geschöpfes eher Teufelswerk als alles, was sie getan haben mochte?

»Glaubt ihr, eure Tochter ist eine Hexe?« fragte er und sah ihr dabei tief und ernst in die Augen.

»Mein Mann sagt...«

»Nein. Ich will nicht wissen, was euer Mann sagt. Ich frage euch, was ihr denkt. Ihr habt dieses Kind zur Welt gebracht. Ihr habt euch immer um es gekümmert, in jedem Augenblick seines Lebens. Was glaubt ihr?«

Es gab eine lange Pause. Neil sah sie unverwandt an. Er konnte den Widerstreit an ihr ablesen, der in ihr vorging zwischen ihrer Liebe als Mutter und dem, was ihr Mann und ihre Nachbarn ihr eingeredet hatten.

»Ich... glaube... «, sagte sie schließlich, und ihre Worte brachte sie nur sehr mühsam hervor aus den Tiefen ihres Herzens, das unberührt war von den harten Verdächtigungen und den Vorurteilen der Gesellschaft, in der sie lebte. »Ich glaube, sie ist keine Hexe. Sie hat Gaben, die Gott ihr gegeben hat und weil... weil wir sie nicht besitzen... fürchten wir sie...«

Neil hätte die Frau umarmen und herzen können.

»Mutter, ihr habt wahr gesprochen. Ich weiß es. Ich fühle es in meinem Herzen. Und jetzt müßt ihr mir mehr von diesen Gaben erzählen... und wir müssen gemeinsam überlegen, wie wir ihr helfen können.«

Zum ersten mal, seit er sie gesehen hatte, sah die Frau jetzt glücklich und stark aus. Er hatte das Gefühl, jetzt die wahre Person hinter der Schattenmaske vor sich zu haben. Sie begann zu sprechen, aber ein Geräusch von draußen schreckte beide auf und sie verstummte, die Angst kehrte zurück.

»Ihr müßt gehen«, flüsterte sie furchtsam. »Die einzige Möglichkeit, ihr zu helfen, ist, sie von hier wegzubringen. Bringt sie weit weg. Laßt niemanden aus diesem Dorf wissen, wo sie ist. Laßt sie neu anfangen unter Menschen, die keine Angst vor ihr haben...«

»Ihr Vater...?«

»Ihr Vater wird sie schlagen, wenn sie zurückkommt und sie den Dorfleuten übergeben. Er hat sie schon früher geschlagen...« Das Gesicht der Frau war wieder dunkel von der Erinnerung an den Schmerz, als sie hilflos dagestanden hatte, wenn ihr Mann das junge Mädchen prügelte. Er nannte es, »ihr den Teufel austreiben«.

Neil überlegte schnell. Ihre Mutter hatte recht. Er würde Mairi mitnehmen und erst wiederbringen, wenn sich die Dörfler beruhigt hatten und er ihre Unschuld beweisen konnte. Jetzt mußte er gehen und durfte sie nicht auf ihre Spur führen.

Er sah sich um. Der Bauer würde bald durch die Tür kommen. Er sah Flammes Sattel und daneben den leichten, den Mairi für Mondglanz nahm. Er eilte durch die Tür zum Kuhstall und zog an dem Tisch, der vor dem Ausgang verkeilt war, um die Tür gegen die wütende Menge zu verstärken. Skena suchte schnell warme Kleider und etwas zu essen zusammen und drückte ihm ein Bündel in die Hand, gerade als er die Tür freibekommen hatte. Die Sättel und das Bündel ergreifend pfiff er nach Flamme, und zusammen drängten sie sich hinaus, während sich gleichzeitig die andere Tür öffnete und Mairis Vater eintrat.

Als er die kleine Mulde erreichte, wo er Mairi zurückgelassen hatte, entdeckte er, daß sie nicht mehr da war. Tief waren die Schatten, da die kurze nordische Nacht die Insel festhielt. Er dachte, er hätte sich vielleicht im Platz geirrt, und ritt wieder die Anhöhe hinauf, um die Umgebung zu erforschen. Aber alle Landmarken, an die er sich erinnern konnte, waren an Ort und Stelle. So ging er zu der Mulde zurück, rief Mairi und pfiff nach Mondglanz. Vielleicht versteckten sie sich, weil sie ihn für einen Fremden hielten.

Aber das ganze Land war still. Er spürte, es war kein Lebewesen in der Nähe, einmal abgesehen von den winzigen Insekten, die in der Erde und im Heidekraut lebten. Doch selbst die hatten ihr feines Knacken und Rascheln eingestellt, als warteten sie, bis er wieder fort war.

Er glitt von Flammes Rücken und ließ sich erschöpft zu Boden fallen. Er steckte den Kopf zwischen die Knie. Was sollte er tun? Ein Teil von ihm sagte, er solle nach Uig zurückkehren und das Mädchen vergessen. Ihre Schwierigkeiten waren nicht die seinen. Er war gekommen, eine Stute zu kaufen. Die Stute war nicht zu verkaufen. – Doch der andere Teil von ihm, der tiefere, wußte, er konnte sie nicht verlassen. Er dachte an sie, allein und voll Angst, auf der Flucht von Zuhause und allem und jedem, den sie kannte. Was würde sie tun? Wo sollte sie hingehen? Sie hatte nichts bei sich; keinen Familiennamen, den sie wagen konnte zu benutzen, um in einem anderen Dorf einen Herd zu finden. Sie würde immer eine Fremde bleiben, eine Landstreicherin, überall begleitet von der Furcht vor Schändung und plötzlichem Tod in den Händen anderer Fremder oder Wanderer. Ohne eine Familie und einen Herd war die Welt ein öder und leerer Ort. Das Reisen war Neils größte Lust, aber er hatte immer die Gewißheit, da war der Herd zu Hause, der ihn erwartete, wenn er müde war, und die Augen seiner Familienangehörigen würden leuchten, wenn er zurückkehrte, sei er auch noch so lange fort gewesen. Ihre Arme würden ihn umschließen. Eine Bett würde bereitet sein.

Flamme und er waren ausgelaugt. Müde legte er sich in dem leeren Nest nieder, das sie verlassen hatte. Er versuchte, nicht zu denken.

»Wenn ich ausgeruht bin...«, sagte er zu sich. »Wenn ich geschlafen habe...«

Fast im selben Augenblick war er eingeschlafen.

Und dann schien es ihm, als würde er eins mit dem Nebel, der sich in der Nacht gebildet hatte, sich durch die Täler und über die Seen windend wie ein Geist unter Geistern, gezogen von irgend einer unsichtbaren Macht, bis er am Fuß des Berges von Callanish lag. Und dort – ohne Muskeln, sich zu bewegen, und ohne Zunge, zu rufen – sah er Mairi auf dem langen Zugangsweg in dem fahlen, allerersten Dämmerlicht und die Steine, frei von Nebeln, leuchtend und machtvoll. Mairis Rücken war gerade, ihre Augen klar. Sie war bekleidet mit einem langen Umhang, der wie silbriges Wasser hinter ihr herfloß. Sterne leuchteten von ihrem mitternachtsschwarzen Haar.

Bei ihr waren andere, Männer und Frauen, Säuglinge in den Armen, und Kinder... und sie alle folgten einer hohen Gestalt in einem langen, fließenden Umhang aus Federn, bekrönt mit einer Haube aus Adlerfedern. Und über ihrem Kopf, ihn wie eine zweite Krone umkreisend, die sich immer wieder neu bildete, war ein Wolke von winzigen Vögeln, von Zaunkönigen...

Neil erfüllte eine Sehnsucht, sich der Prozession anzuschließen, ein Gefühl, daß sich bei diesen Menschen eine Freude fand, wie sie tiefer nicht sein konnte, die Freude nämlich, sich im Einklang zu finden mit einem großartigen und edlen Sinn... Kurz hatte er das Empfinden, vom Tal zum Berg hinauf zu schweben, doch dann durchkreuzte ein Schatten sein Denken, und in ihm fand er Zweifel und Verbot. Was für ein Gott war es, den diese fremden Leute verehrten? Doch bestimmt nicht der Gott, von dem die Heilige Schrift sprach. Er glitt zu der Mulde zurück. Und danach, mochte er es auch noch so angestrengt versuchen, konnte er nicht mehr zu den Steinen gelangen. Das letzte, was er gesehen hatte, bevor der Nebel davonzog, war der gefiederte Priester, der seine Arme gegen die aufgehenden Sonne erhob.

Als er wieder bei Bewußtsein war, fand er sich wieder in dem Nest aus Heidekraut, das er Mairi bereitet hatte. Die scharfen Zweige hatten sich in seine Haut gedrückt. »Warum nicht...?« hörte er sich murmeln, als er erwachte. »Warum nicht derselbe Gott ... immer... von vor dem Anfang... bis nach dem Ende... derselbe Gott – aber mit unterschiedlichen Namen, in verschiedener Gestalt – nicht weil Er/Sie verschieden ist, sondern weil es keine Möglichkeit gibt, sich die wahre Form der letztgültigen Göttlichkeit vorzustellen. So müssen wir die Bilder nehmen, die uns vertraut sind.«

Das prickelnde, kristallklare Licht des Morgens verbannte die Schatten.

Er schüttelte sich und stand auf. Als er aus der schützenden Mulde hinausgeklettert war, stand er bald auf dem Berg und zitterte in der Brise. Er sah hinaus über das weich schimmernde Wasser, das sich zwischen den Inseln des Loch Roag ausbreitete. War sie zu den Steinen von Callanish gegangen? Er bemerkte nicht, daß er sie nicht mehr Teufelssteine nannte. Er versuchte, sich einzureden, daß es nur ein Traum gewesen war, was er so lebendig erlebt hatte. Aber es verblaßte nicht, so wie ein Traum. Es war so klar in seinem Gedächtnis wie die Erinnerung an den vorherigen Tag.

Mit einem lauten, fröhlichen Ruf, daß der Tag gekommen war, flog ein Vogel über ihn hinweg. Er mußte einen Entschluß fassen. Er erinnerte sich, wie glücklich und friedvoll Mairi gewesen war, als er sie zum ersten Mal bei den hohen Steinen gesehen hatte. Mochte es auch töricht sein, dorthin zu gehen, nun, da der Verdacht der Dorfbewohner geweckt war, sie konnte es durchaus getan haben. Sie klammerte sich vielleicht an das Gefühl der Sicherheit und des Friedens, das sie dort früher gefunden hatte und das sie jetzt nirgend sonst finden konnte.

Ja, er würde zuerst dort nachsehen.

Um das Hochland zu erreichen, mußte er Kirkoway in weitem Bogen umgehen. Der Ritt war lang und die Sonne stieg immer höher. Er bewegte Flamme zu einem Galopp.

Er begegnete niemandem auf dem Pfad und war froh darüber. Die einzigen, die ihn sahen, waren ein paar Schafe, die an einem Hang grasten, und ein wildes Pony, das vom Grasen aufsah, als es Flammes Hufe auf den Torfboden hämmern hörte. Als er der Steine ansichtig wurde, dachte er an den ersten Eindruck, den er von ihnen gehabt hatte, und er lächelte bedauernd. Wer war er, die Dörfler des Aberglaubens zu zeihen, wenn er selbst so sehr in Angst und Schrecken versetzt worden war?

Jetzt, im Sonnenlicht, war der Platz wunderschön und hell. Er zügelte Flamme und ritt langsam und ruhig den Berghang hinan, überzeugt, Mairi dort zu finden, und sorgsam vermeidend, sie zu erschrecken.

Erst sah er sie nicht. Es war das Wiehern von Mondglanz, die Flamme begrüßte, das ihre Herrin verriet. Mairi kauerte am Fuß des höchsten Steines, ihre Stirn gegen ihn gelehnt und ihn mit den Armen umfassend, zerbrechlich und müde. Sie begrüßte Neil nicht, als er sich näherte, sondern wandte ihr Gesicht dem Stein zu wie ein kleines Kind, das sich an der Schulter seiner Mutter versteckt, wenn ein unheimlicher Fremder sich naht.

Neil saß noch auf Flammes Rücken und überragte Mairi hoch. Sie war nicht so, wie er sie in seinem Traum gesehen hatte. Ihr Überkleid aus selbstgesponnener Wolle war verdreckt, ihre Haare vom Wind zerzaust und strähnig, ihre Schultern schmal und zusammengezogen. Die Hand, die den rauhen Stein umklammert, war zerkratzt und blutete.

»Mairi«, sprach er sanft. Sie sah nicht auf.

Er stieg ab, und Flamme ging zu Mondglanz hinüber. Die beiden standen friedlich grasend beieinander, während Neil bei der jungen Frau im inneren Kreis stand. Es verlangte ihn, seine Hand auszustrecken und sie zu berühren, aber er zögerte.

Der Platz war sehr still. Die Brise, die ihn in der Morgendämmerung hatte frösteln lassen, war jetzt etwas wärmer, aber sie verursachte keinen Laut, als sie über die Heide und das Gras strich. Neil glaubte, das sie wohl ein Geräusch machte, daß er es aber nicht mehr hören konnte. Er runzelte leicht die Stirn. Es lag letztendlich doch ein Anflug von Zauber über diesem Platz. Er streckte mehrmals die Hände nach der jungen Frau aus, stellte aber fest, daß er sie immer wieder zurückziehen mußte. Ob es seine Ehrfurcht vor diesem Platz war und vor dem Bild von ihr, das er in seinem Traum gesehen hatte, oder ob es hier tatsächlich eine Anwesenheit gab, die ihn davon abhielt, sie zu berühren, vermochte er nicht zu entscheiden.

»Mairi«, sagte er noch einmal.

Diesmal drehte sie den Kopf und schaute zu ihm auf. Aus ihren Augen sprach tiefer Schmerz und Angst.

Er hockte sich neben ihr nieder. »Hier können wir nicht bleiben«, sagte er warmherzig. »Hier werden sie bestimmt nach dir suchen.«

»Hier ist mein Zuhause«, hauchte sie mit so leiser Stimme, daß er sich zu ihr hinüberbeugen mußte, um etwas zu verstehen. »Hier gehöre ich her.«

»Das darfst du nicht sagen«, sprach er und versuchte dabei, seine Stimme fest und gebietend klingen zu lassen. »Niemand gehört hier her, außer dem Wind... und Geistern,« fügte er hinzu.

»Keine Geister«, sagte sie. »Mein Volk. Meine Freunde.«

»Was für ein Volk? Was für Freunde?«

»Ich sah sie in der letzten Nacht. Ich habe sie schon früher gesehen.«

»Wer sind sie?«

»Es ist das Volk, das in uralter Zeit hierher kam.« Sie deutete auf das silbrige Wasser des Lochs. »Sie kamen in Schiffen über das Meer und bauten diesen Tempel.«

»Tempel?« Trotz seiner Vision der letzten Nacht, trotz der Gedanken, die ihm beim Aufwachen kamen, schauderte ihm bei dem Wort »Tempel«. Er verband es mit heidnischen Göttern, heidnischen Dämonen.

Mairi klammerte sich jetzt nicht mehr an dem Felsstein fest und sah ihn geradewegs an. Sie wollte, daß er sie verstand.

»Mein Freund, der Hohepriester, ist gut. Es ist nichts Böses in ihm. Er spricht vom Großen Geist, der alle Dinge geschaffen hat, und er trägt einen Umhang aus Federn, um zu zeigen, daß sein Geist fliegen kann wie ein Vogel und so den Großen Geist erreichen kann. Wirkliche Vögel, Zaunkönige, fliegen ohne Angst zu haben um seinen Kopf, zeigen ihm den Weg...«

Neil sprang auf, seine Haut prickelte.

Sie stand auch auf, und ihr Gesicht war plötzlich voller Licht.

»Du hast sie auch gesehen! Du hast sie gesehen!«

»Nein«, sagte er in scharfem Ton. »Nein, das habe ich nicht.«

»Ich sah Wiedererkennen in deinen Augen.«

»Es war nur etwas in einem Traum. Ich hatte einen Traum letzte Nacht.«

»In Träumen manchmal... so sagten meine Leute mir... wenn das oberflächliche Denken schläft, dann ist es möglich, in die großen Tiefen zu blicken, wo alle Dinge sind...«

»Es war bloß ein Traum.«

»Manche Träume sind anders. Konntest du nicht spüren, daß er anders war?«

»Wie anders?«

»Die meisten Träume sind angefüllt mit Dingen vom Tag... mit Sorgen, Ängsten und Erinnerungen... Fetzen, die eine Weile herumschweben und dann verschwinden. Aber manche Träume sind sehr stark. Sie werden uns gegeben, um uns etwas Bestimmtes zu zeigen. Sie lehren uns etwas, das wir wissen müssen. Und wenn wir aufwachen, gehen sie nicht fort, sondern bleiben klar bis in jede Einzelheit in unserem Gedächtnis.«

Neil schwieg. Er konnte sich an jede Einzelheit in seinem Traum genau so erinnern, wie an die Einzelheiten des Vortages.

»Die Heilige Schrift berichten uns von solchen Träumen«, sagte sie. »Und es gibt Seher und Propheten, die gerufen werden, um sie zu deuten.«

»Die Heilige Schrift warnt uns auch vor Hexen und falschen Propheten, die versuchen, uns von der Wahrheit fortzuführen.« Kaum hatte er das ausgesprochen, da wünschte er, er hätte es nicht gesagt. Denn das lebhafte, vertrauensvolle Leuchten verschwand aus ihrem Gesicht, ihre Schultern sackten zusammen und sie wandte ihr Gesicht wieder dem Stein zu.

Leidenschaftlich trat er vor und legte seine Hände auf ihre Schultern. Mairi versuchte, die Hände abzuschütteln, aber er hielt Mairi fest. Er versuchte, sie zu sich umzudrehen, aber sie widerstand.

»Mairi«, sagte er, »es tut mir leid. Ich meinte nicht... Mairi, ich bin dein Freund. Vertraue mir. Das ist alles so neu für mich. Ich weiß nicht mehr, was ich glauben soll. Ich möchte dir helfen. Wende dich nicht so von mir ab.« Aber sie versuchte weiter, sich ihm zu entziehen. »Sieh mich an. Fühle mich. Ich bin Fleisch und Blut. Kein Traum.« Er legte seine Hand auf eine Seite ihres Gesichtes und zwang sie, ihren Kopf zu drehen. Sie schloß ihre Augen. Tränen drangen zwischen den Lidern hervor und rollten ihre blassen Wangen hinab.

Still sah er sie einige Augenblicke an und beugte sich dann vor und küßte sie sanft auf die Stirn. Er spürte ihr Zittern als er es tat. Die Spannung ihres Körpers löste sich ein wenig, und sie versuchte nicht mehr so heftig, von ihm loszukommen. Er berührte ihre Wange mit seinen Lippen. Ihr Mund war fest verschlossen. Er zögerte, spürte seinen eigenen Körper zittern, erkannte, daß sich ihre Nähe plötzlich ganz anders anfühlte.

Sie öffnete ihre Augen und schaute ihm in die Augen.

Anscheinend verharrten sie so eine lange Zeit. Sie sahen sich in die Augen und hatten beide Angst, den nächsten Schritt zu tun. Es kam ihm so vor, als höre er sein eigenes Herz in der Mitte der großen Ruhe und Stille schlagen. Es kam ihm so vor, daß er sich nicht bewegen könnte, auch wenn er es gewollt hätte. Seine Gedanken schienen hinter den Ecken seines Verstandes zu lauern. Er wußte, sie waren da, aber er wußte nicht, was sie waren

Auf einmal geschah es, daß Flamme, der zu einem üppigen Grasfleck in ihrer Nähe gewandert war, schnaubte. Neil sprang erschrocken auf und griff instinktiv zu seinem Messer an seinem Gürtel. Aber es war kein Messer da. Dann, als er sah, daß es nur Flamme war, blickte er fassungslos zu Mairi hinüber. Sie lachte, als sie ihm das Messer entgegenstreckte, das er ihr zum Schutz in dem Heidenest überlassen hatte. Er grinste und nahm es. »Es ist dieser Platz«, sagte er. »Er macht mich nervös.«

Sie sah jetzt gefaßter aus und stand auf, um zu Flamme zu gehen und seinen Kopf zu tätscheln. Flamme knabberte liebevoll an ihr. Neil beobachtete sie und dachte daran, daß Tiere immer das Böse und das Übernatürliche spüren konnten. »Hüte dich vor jemandem, den Tiere hassen und fürchten«, hatte seine Mutter ihm gesagt. Er schämte sich, immer wieder an Mairi gezweifelt zu haben. Sie war keine Hexe, keine Buhlin des Teufels, dessen war er sich nun sicher. Er blickte neugierig zu Mondglanz hinüber, sich erinnernd, was Skena ihm über sie erzählt hatte. Wie konnte es sein, daß eine solch kostbare Stute unbeaufsichtigt zu einem solchen Platz gewandert kam? Es war ganz offensichtlich, sie war kein wildes Geschöpf, sondern liebevoll versorgt und ausgebildet worden. Dieses Geheimnis erinnerte ihn daran, daß die Dorfleute, was auch immer er von Mairi hielt, sie noch immer fürchteten und noch vor wenigen Stunden bereit gewesen waren, Mairi zu steinigen. Ob sie es sich inzwischen anders überlegt hatten oder nicht, er wollte nicht das Wagnis eingehen, zu ihrer Familie zurückzukehren. Er beschloß, Mairi mit zu sich nach Hause zu nehmen.

Er drehte sich um und sah, daß sie Flammes Seite verlassen hatte und vor dem höchsten Stein stand, welchen sie kurz zuvor umklammert hatte. Sie stand in genügend Abstand vor dem Stein, so daß sie zu seiner Spitze hinaufsehen konnte. Dort sah sie etwas mit großer Eindringlichkeit an. Neugierig folgte Neils Blick der

Richtung ihrer Augen, halb in der Erwartung, ein Dämonengesicht zu erblicken. Was er sah, erschreckte ihn fast ebenso. Er hatte schon vorher die flache, weiße, kristalline Oberfläche angeschaut, hatte aber nicht bemerkt, daß in der Mitte und in der Nähe des oberen Endes sich, gleich dem Auge eines Zyklopen, ein einzelner großer, schwarzer Kristall befand.

Dort starrte sie mit all ihrer Aufmerksamkeit und einem ganz seltsamen Gesichtsausdruck hinein.

»Mairi!« sprach er in scharfem Ton. Aber sie schien ihn nicht zu hören.

»Mairi!« rief er noch einmal und lief dabei an ihre Seite und zog sie am Arm. »Was tust du da? Was denkst du dir dabei? Wir müssen auf der Stelle weg von hier.« Er riß sie ziemlich grob von dem Erdhaufen, der ihr die Höhe gegeben hatte, in das unheimliche schwarze Auge blicken zu können.

Sie sah verstört aus, stolperte ihm entgegen und fiel fast hin.

»Nein, Neil, nein...« Sie schluchzte fast. »Laß mich bleiben. Dies ist mein Platz. Hier muß ich bleiben.«

»Unsinn«, sagte er brüsk und gab ihr einen Stoß in Richtung auf die Pferde.

»Du gehst«, sagte sie und entzog sich ihm. »Dies ist mein Volk. Hier gehöre ich hin.« Er wußte, daß sie nicht ihre Familie und ihr Dorf meinte, sondern das uralte Volk von den Steinen... das schon lange tot war.

»Du kommst hier weg!« sagte er wütend und hob sie in seine Arme. Sie wehrte sich. »Wir gehen zu meinem Zuhause, und dort werden wir uns darüber unterhalten, ob diese Leute dein Volk sind oder nicht. Und wenn du, wenn wir fort sind von diesem Platz... weit fort... wenn du mich dann davon überzeugen kannst, daß du hierher gehörst, dann werde ich dich zurückbringen. Das verspreche ich dir«, fügte er hastig hinzu, als er ihren Gesichtsausdruck sah. Da hörte sie auf, sich zu wehren. Ob sie glaubte, er würde sie zurückbringen, oder ob sie erkannt hatte, daß er einfach zu stark für sie war und sie seinem Griff nicht entkommen konnte, vermochte er nicht zu sagen. Er hob sie auf Flammes Rücken und stieg hinter ihr auf. Tränen strömten ihr Gesicht hinab, als sie über seine Schulter zurückblickte.

Als sie davongaloppierten, standen die hohen Steine teilnahmslos gegen den Himmel aufgerichtet, den uralten heiligen Platz bewachend und mit ihrem einen dunklen Auge auf die Wasser des Lochs hinausblickend, auf die jenseitigen Inseln und weiter hinaus über den unermeßlich großen Ozean, der sich jenseits des dem Menschen Faßbaren in Gegenden erstreckte, von denen nur die Sage wußte und vielleicht jenes uralte Volk, das einstmals diesen sonderbaren und machtvollen Tempel erbaut hatte.

Mondglanz folgte ihnen dicht auf, und ihre silberne Mähne flatterte im Wind.

Der Sturm

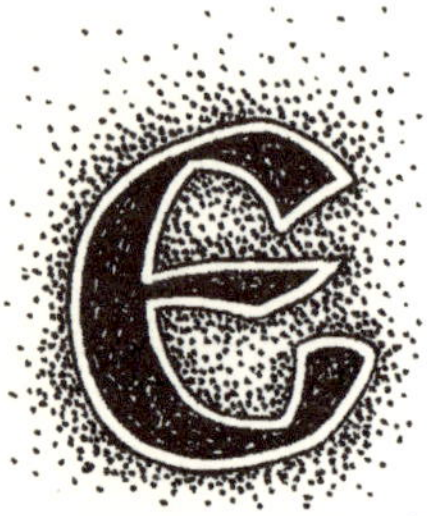rst als sie weit außer Sichtweite der Steine von Callanish waren, erlaubte es Neil Mairi wieder, auf der weißen Stute zu reiten. Sie schien sich damit abgefunden zu haben, seiner Führung zu folgen, und machte keinen Versuch umzukehren. Wie anders jetzt alles aussah, ganz anders als er zum ersten Mal an diesen glasklaren Weihern entlanggeritten war. Es kam ihm vor, als sei seitdem eine lange Zeit vergangen und als sei er damals noch ein Kind gewesen. Er hatte noch dasselbe Gesicht, dasselbe Fleisch – aber seine Gedanken waren nicht mehr die derselben Person.

Als die Sonnenstrahlen von Wolken verschlungen und die Luft kühl wurde, wickelte Mairi sich in den Schal, den Skena Neil für sie mitgegeben hatte. Er kam nahe zu ihr herangeritten und streckte die Hand aus, um ihr zu helfen, den Schal richtig gegen den Wind festzustecken. Seine Finger berührten ihre Wange und ihre Schulter und zitterten, als sie an ihrer Hüfte verweilten

Schwarze Wolken türmten sich über den Felsspitzen von Valtos Klamm, als sie die Berge erreichten. Jenseits davon lagen die sanften grünen Hügel und der silbrige Sand seiner Heimat, und der einzige Weg dorthin führte durch diesen engen Schlund. Neil wußte, es wäre vernünftiger, auf dieser Seite der Kluft Unterschlupf zu suchen und den Sturm abzuwarten – aber er spürte, daß unter der zerbrechlichen Schale von Mairis Ruhe der Aufruhr lauerte. Er wollte sie nach Hause bringen. Er wollte sie an den Herd setzen und sie so wissen lassen, sie hatte einen Platz unter den Lebenden, den sie »Zuhause« nennen konnte, und sie hatte ein Volk unter den Lebenden, das sie ihr »Volk« nennen konnte. Er beschloß, weiterzueilen.

Mairi sah sich furchterfüllt um, als sie den engen Pfad zwischen sich auftürmenden Felsklippen einschlugen. Die Wolken drückten sich hernieder, schlossen den Himmel aus. Sie schienen einen finsteren und düsteren Durchgang zu betreten, durch den der Wind heulte und wimmerte und versuchte, sie zurückzutreiben. Aber Neil würde sich nicht zurücktreiben lassen.

»Beeil' dich!« rief er in den Wind. »Auf der anderen Seite sind wir in Sicherheit.«

In Sicherheit? Mairi spürte den gewaltigen Sturm über ihnen kauern, wie ein Turmfalke über einer Feldmaus kauerte. Sie wußte jetzt, wie sich eine Feldmaus fühlen mußte, wenn die Falkenflügel das Sonnenlicht verdunkelten.

Neil begann zu galoppieren und die weiße Stute folgte. Die beiden Tiere schüttelten ihre Mähnen. Auch sie konnten sie spüren – die Angst. Mairi schlang den Schal so eng es nur ging um sich, ihre Wangen schmerzten von der Kälte des Windes, ihre Augen begannen zu tränen.

»Schneller!« Neils Stimme war kraftvoll und sonderbar, sein Ausruf hallte von den Klippen wider. Die Gefahr war eine Herausforderung. Er war erregt. Er würde durchkommen! Er würde die dunklen Kräfte besiegen! Mairi sah seine Zähne in einem Grinsen entblößt, als er sie über seine Schulter hin ansah. Aber sie konnte nicht zurücklächeln. Sie ließ alles Vertraute hinter sich, um mit ihm durch diesen düsteren Ort zu reiten. Und auf der anderen Seite? Würde sie je »ihr Volk« wiedersehen?

Ein paar schwere Regentropfen schlugen ihr ins Gesicht.

»Schneller!« rief Neil gellend, der jetzt erkannte, daß er einen Fehler gemacht hatte. Aber sie waren schon zu weit in der Schlucht und konnten nicht mehr umkehren.

Und dann brach das Gewitter los. Die weiße Stute wieherte auf, als Blitze den Himmel zerrissen und gleich darauf der Donner losknallte wie eine riesige Peitsche. Der Regen trieb ihnen mit solcher Heftigkeit ins Gesicht, daß es unmöglich war weiterzureiten.

Neil ergriff den Zügel der Stute und zog beide Pferde in den Schutz eines Überhangs. Mairi glitt ihm erschöpft in die Arme, und er legte sie auf einen Felsensims. Dort kauerten sie sich gegen die Steilwand, und der Sturm heulte und wütete. Die Klamm war wie ein Trichter, durch den die alten Sturmgötter ihre Schlachtreihen trieben. Mondglanz und Flamme scheuten bei jedem Donnerschlag, starrten mit weiten, angsterfüllten Augen auf das Wüten um sie her und zerrten an den Zügeln, die an den Felsen festgemacht waren. Neil streichelte und kraulte die Tiere, versuchte, ihnen ein Vertrauen einzuflößen, das er selbst nicht empfand. Mairi lehnte sich gegen Neils Leib, umschlungen von seinem linken Arm. Gemeinsam versuchten sie, ihre Rösser zu beruhigen, und bis zu einem gewissen Grad hatten sie Erfolg. Neil legte seine Lippen auf Mairis Wange und trank das eisige Wasser, das an ihrem Gesicht hinablief. Er drückte sie fester, fester – tastete nach ihren Brüsten unter der durchweichten Wolle. Der Sturm schien in seinen eigenen Körper eingedrungen zu sein, und der Kuß, den er ihr gab, als die Brustwarze unter seinen Fingern hart wurde, war leidenschaftlich und heftig. Für ihn gab es nicht Vergangenheit noch Zukunft, nicht Erde noch Himmel jenseits dieses Ortes – und kein Gefühl außer jenem, das seine Adern durchpulste. Sie war Teil von ihm. Teil des Felsens und des Wassers, der Blitze und der Donner. Sogar die Pferde waren Teil dieses Gefühls. Ihre muskulösen Flanken, die sich an sie schmiegten, sie an die Felswand drängten...

In dem Augenblick der Erlösung von diesem unerträglichen aber köstlichen Lustgefühl, wurde Neil eines anderen Geräusches gewahr, das in den mißtönenden Vielklang einstimmte. Es ließ ihn alarmiert aufblicken.

Von jedem Felsen rann das Wasser, und riesige Wasserfälle waren aufgetaucht, spritzten weiße Gischt von den Felsklippen. Der harte, unwegsame Gneis saugte nichts auf. Der Fluß schwoll mit jedem Augenblick weiter an, und er hörte ihn weiter oben im Klamm Felssteine herabrollen. Der Fluß war schon über den Pfad getreten und lief über ihre Füße.

Neil sah zu den nackten Klippen hinauf und verwünschte sich, ein solcher Narr gewesen zu sein. Er hätte wissen müssen, daß er den Sturm nicht schlagen konnte. Warum hatte er es versucht? Warum? Warum?

Aber es war nicht gut, die Zeit mit Bedauern zu verschwenden. Sie mußten dieser Falle entrinnen, und schnell!

Mairi, erschlafft aus seinen Armen entlassen, lehnte sich gegen die Felswand. Ihr Herz pochte noch und ihr Körper war erregt aber unbefriedigt. Heftig zog Neil sie am Arm und wies auf einen Abhang, der, wenn auch steil, nicht unbezwingbar war. Ohne noch ein Wort führte er Flamme hinaus in die volle Wucht des niederrauschenden Regens. Dann begann er, schlitternd und rutschend zu klettern. Mairi mühte sich, ihre Selbstbeherrschung wiederzugewinnen und, mit Tränen, die ihre Wangen hinabliefen und nicht von den Regentropfen zu unterscheiden waren, folgte sie ihm sorgsam auf jeden Schritt achtend, hin und wieder Steinen ausweichend, die er losgetreten hatte. Sie erreichten schließlich einen sicheren Sims und sahen mit Schrecken, wie das wirbelnde und wütende braune Wasser des angeschwollenen Baches das Tal hinabbrauste und den Platz überflutete, wo sie eben noch gewesen waren, und alle Zeichen des Weges auslöschte, auf dem sie gewandert waren.

Sie waren gezwungen, die Nacht auf dem Sims zu verbringen, aneinandergeschmiegt, naß und zitternd – zu kalt und erschöpft selbst für die Leidenschaft, die sie vorher gewärmt hatte. Endlich hörte der Regen auf, aber das Wasser strömte in wilden Wasserfällen weiter von den Felswänden ins Tal– und die braune, strudelnde Flut zeigte keine Andeutung des Abschwellens. Zu guter letzt klarte sich der Himmel auf und der Mond kam hervor, erfüllte die lärmende Klamm mit einer Mischung aus tiefem Schatten und glitzerndem Licht. Neil starrte auf die unheimliche Schönheit und lauschte dem mächtigen Rauschen, Gurgeln und Plätschern des Wassers. Er entsann sich der Bedeutung von »Valtos«. So hieß »Haus der Macht« in der Sprache der Wikinger. Er verstand es erst jetzt. Haus der Macht! Mächtiges Haus des mächtigen Donnergottes der Nordmänner!

Mairi war ermattet gegen seine Schulter gefallen und schlief. Er blickte verwundert an ihr hinab. Die dunklen Strähnen ihre Haare lagen an ihren Wangen zart und unschuldig wie Federn. Sie waren nur knapp dem Tode entronnen. Hatte ihr unheiliger Zauber diesen Sturm losgebrochen und seinen Körper zu so einem Irrsinn erregt, ihr Leben aufs Spiel zu setzen? Mit seiner freien Hand machte er ruhig das Zeichen des Kreuzes über ihr – und dann, nur sicherheitshalber, ein Runenzeichen, um die nordischen Götter der Klamm zu besänftigen.

Spät am Vormittag konnten sie wieder aufbrechen und, schwach von der schweren Prüfung, halb rutschend, halb torkelnd gelangten sie den glitschigen, steilen Abhang hinunter zu dem mit Steinen übersäten Weg. Mairi sah krank aus. Sie hustete und schüttelte sich, und ihre Augen hatten einen unnatürlichen Glanz. Neil nahm sie mit auf sein Pferd, damit sie nicht stürzte, und Mondglanz schritt geziert hinterher. Zu galoppieren kam nicht in Frage. Der Boden war tückisch und sie kamen nur langsam voran.

Der Klang des Wassers in der Kluft, durch die sie sich bewegten, hatte sich geändert. Das grobe, harte Brüllen der Nacht hatte einer starken, melodiösen Musik Raum gegeben, da nun das Wasser in dem Tal über die verschiedenen Steine und Felsbrocken auf seinem Weg und um sie herum floß. Von den glatten Felswänden fielen noch immer Wasserfälle, aber jetzt waren sie nur noch dünne, silberne Linien, von denen jede ihren eigenen Ton hatte, gebildet von dem Fels, über den sie floß; manche hüpften leicht von Vorsprung zu Vorsprung, zogen einen Zickzack-Pfad die Klippen herunter und sangen eine verwickelte Melodie dabei; manche sprangen von oben ungehindert in den Fluß, die Sonne fing ihre Tropfen im Fallen und verwandelte sie in Gold.

Neil begann sich zu überlegen, was er seinen Familienangehörigen über Mairi erzählen sollte. Er konnte ihnen nur einen Teil von Mairis Geschichte erzählen, wollte er ihre Sicherheit gewährleisten. Und all das, was er selbst wußte, war auch nur ein kleiner Teil der ganzen Geschichte.

Das Wasser gluckste und schwatzte und sang. Ein kleiner Vogel schwang sich vom Zweig eines kleinen Bäumchens auf, der sich am schieren Fels festklammerte, und flog pfeilschnell mit einem

Schreckensruf über Flammes Kopf. »Dieser Vogel wird seiner Gemahlin seine eigene Geschichte erzählen«, dachte Neil. »Und in dieser Geschichte werden wir furchtbare Ungeheuer sein, die ihm in der Klamm begegnet sind. Er wird sich damit brüsten, wie knapp er seinen Klauen entkommen ist. Und aus seiner Sicht ist die Geschichte wahr; aber aus unserer Sicht ist sie es nicht.« Seit dem Anfang der Welt hat jede Geschichte viele verschiedene Fassungen gehabt. Wie also konnte man behaupten, es gäbe nur eine Wahrheit?

Seine Gedanken spannen fort und fort. Die Geräusche des Wassers mischten sich darein, bis er sie nicht mehr von seinem Denken unterscheiden konnte. Die Zeit verging, bis die Klippen unvermittelt zur Seite traten und sich das Tal öffnete. Sie erklommen eine Anhöhe und schauten auf die weiten, feinen Sandflächen von Uig. Mairi stockte der Atem. Sie hatte gedacht, ihr Strand sei groß, aber dies war atemberaubend. Berge wie grüne Hände spreizten den leuchtenden Mantel aus weitem Sand fast so weit, wie sie sehen konnten. Ganz in der Ferne zeigte ein Glitzern von Wasser an seinem Saum wo das Meer lag. Alles leuchtete. Alles war sauber. Die Luft nach dem Sturm war so frisch, daß jeder Atemzug so berauschend war wir Wein und so reinigend wie eine Taufe.

»Wir sind fast zu Hause«, sagte Neil voll Freude. Das wußte auch Flamme, und er begann zu traben und dann zu galoppieren. Mondglanz wieherte und folgte dicht auf.

Neils Hof war noch eine Stunde entfernt, und bevor sie ihn erreichten, mußten sie mehrere Hügel erklimmen und hinabreiten. Doch Neil war nun alles vertraut, und aufgeregt zeigte er seiner Begleiterin diesen und jenen Platz und erklärte, was sich dort zugetragen hatte. Hier waren in den alten Tagen die Wikinger gelandet, seine Ahnen mütterlicherseits. Dort hatten sie ein Gehöft niedergebrannt. Dort waren sie geschlagen worden. Hier hatte sein Vater seine Mutter getroffen. Und dort hatte sein Bruder Donal um den Sieg gerungen und den Dreijahreslauf gewonnen.

Als er auf den letzten Hügel zeigte, der noch vor seinem Hof lag, bat sie ihn, sich wieder auf Mondglanz setzen zu dürfen und selbst zu reiten. Neil zügelte Flamme sofort. Er half ihr hinunter, und sobald ihre Füße die Erde berührten, kam Mondglanz zu ihr. Neil bemerkte, daß Mairi ein wenig stolperte, als sie ging, die Stute zu besteigen, und er fragte sich, ob es richtig war, sie alleine reiten zu lassen. Ihre Wangen waren tiefrot und ihre Augen fieberig.

Es gelang Mairi jedoch, sich aufrecht zu halten, und Neil war insgeheim stolz auf sie beide, als sie den letzten Hügel angingen und den Weg zu dem großen Haus hinabritten, das sein Heim war. Mairis langes, schwarzes Haar war getrocknet und floß anmutig auf ihren Schultern hinab. Mondglanz tanzte fast.

Dort war der Berg, der die See überragte, wo Bruder Durstons Einsiedelei allen Wettern trotzte. Da war das lange, niedrige Haus, das größte des Gebietes, denn Neils Leute waren die Nachkommen des zweiten Sohnes eines Häuptlings. Da waren die Pferde, denen Neils besonderes Augenmerk galt. Sie blickten vom Grasen auf, sogen die Luft in die Nüstern und galoppierten ihnen dann freudig entgegen.

Fiona, seine Schwester, und Ingrid, seine Mutter, kamen an die Tür und winkten, als sie ihren Einzug hielten, umkreist von den tänzelnden Pferden und hüpfenden, bellenden Hunden. Selbst die Gänse versammelten sich trompetend, und ein Hahn, sich auf einem Heuhaufen zu voller Höhe reckend, krähte prächtig.

Als sie schließlich in dem lehmigen, zertrampelten Vorhof waren, sprang Neil von Flamme und lief, seine Mutter und seine Schwester zu umarmen. Doch Fionas Aufmerksamkeit galt ihrem Bruder nur halb. Als sie ihn umarmte, blickte sie über seine Schulter zu der weißen Stute, die hinter ihm stand. Das junge Mädchen auf dem Rücken des Pferdes bemerkte sie kaum. Fionas Gesicht leuchtete. Das war ihr Hochzeitsgeschenk! In ihrer Vorstellung konnte sie sich schon ihrem Angetrauten in ihren schönsten Kleidern entgegenreiten sehen. Nach einer flüchtigen Umarmung ließ sie von Neil ab und eilte zu dem weißen Pferd.

»Oh, ist sie schön... wunderschön!« rief sie aus, als sie um es herumtanzte. Und dann verdüsterte sich ihr Gesicht, als sie näher hinsah. »Aber wie vernachlässigt sie wurde! Sieh dir diese Mähne an. Die ist ja ganz strähnig und schmutzig.« Sie schaute zum ersten Mal zu Mairi hinauf und sah nur ein dunkelhaariges Bauernmädchen, das das Pferd ihres Herrn besser in Ordnung hätte halten sollen. Für einen kurzen Augenblick trafen sich Fionas und

Mairis Augen, flammend und feindselig, und dann glitt die junge Frau nach vorne und Fiona in einer tödlichen Ohnmacht entgegen. Neil drehte sich gerade rechtzeitig um, sah Mairi fallen und stürzte auf sie zu. Er fing sie auf, bevor sie zu Boden schlug.

Fiona war entsetzt.

»Was, um Himmels willen...?«

»Sie ist krank«, sagte Neil schnell. »Wir sind in Valtos Klamm in einen Sturm geraten und mußten dort bis auf die Haut durchnäßt und frierend die Nacht verbringen. Sie hat bestimmt Fieber, Mutter. Kannst du etwas für sie tun?«

Seine Mutter beeilte sich, jetzt voll des Mitleids, sich um Mairi zu kümmern. Sie fühlte ihre brennende Stirn und die Wangen, als Neil sie zum Haus trug. Fiona blieb zurück und sah ihnen nach, dachte an den Zorn in den Augen des Mädchens.

»Warum haßt sie mich?« rätselte sie.

Die drei verschwanden im Haus. Fiona wandte sich der weißen Stute zu und sah sie nachdenklich an.

»Soll ich sie abreiben, Fee«, fragte einer ihrer jüngeren Brüder eifrig.

»Nein«, sagte sie scharf. »Sieh du nach Flamme. Dies ist meines, und niemand sonst wird sie anrühren!«

Die Kranke

Neil legte Mairi auf ihr Bett und sah zu, wie seine Mutter sie versorgte. Allmählich kam wieder Farbe auf Mairis Wangen und ihre Augen öffneten sich. Neil beugte sich vor, um sie zu vergewissern, sie war unter Freunden. Aber ihre Augen, obgleich offen, sahen ihn nicht an, auch nichts anderes in dem Raum. Sie hob mit großer Anstrengung ihren Kopf und sah unverwandt auf etwas oder jemanden jenseits ihrer Köpfe, das sie nicht sehen konnten. Aus Angst, seine Mutter könne denken, was ihre Dorfleute gedacht hatten, bewegte Neil sich plötzlich und unbeholfen, stolperte etwas beim Rückwärtsgehen und stieß dabei mit einem Knall eine irdene Schüssel mit Wasser vom Tisch. Ingrid machte sich sogleich daran, schimpfend aufzuräumen.

»Was ist los mit dir?« wollte sie wissen. »Bist du auch krank?« Sie legte ihre kühle Hand auf seine Stirn und schüttelte ihren Kopf. »Kein Fieber – aber du siehst blaß aus.«

»Ich bin müde, Mutter«, sagte er, »bloß müde.«

»Nun, dann mußt du Ruhe haben. Fort mir dir und schlafe ein wenig. Nein, mach' dir um sie keine Sorgen«, fügte sie hinzu, als sie seinen sorgenvollen Blick sah. »Ich werde mich um sie kümmern.«

Mairi war zurückgesunken und lag zusammengerollt unter den

Seehundfellen, die Augen geschlossen und schon halb am Einschlafen.

»Segne sie«, sagte Ingrid sanft. »Wer ist sie?«

Neil tat einen tiefen Atemzug. Er hatte sich verschiedene Geschichten überlegt, die er seiner Familie erzählen konnte. Keine war die ganze Wahrheit. Jetzt stand er neben dem Bett und sah zu der jungen Frau hinab. Ihr schwarzes Haar war unter ihr ausgebreitet, die Strähnen sehr dunkel gegenüber ihren Wangen. Sie sah zerbrechlich, verwundbar und sehr schön aus.

»Ihr Name ist Mairi«, sagte er schließlich. »Die weiße Stute gehört ihr. Ich konnte sie nicht dazu überreden, mir die Stute zu verkaufen. Also brachte ich sie mit in der Hoffnung, sie könnte ihre Meinung ändern, wenn sie Fiona träfe.«

Seine Mutter sah besorgt aus. »Fiona hat an nichts anderes gedacht, von nichts anderem gesprochen als von der Stute, seit du aufgebrochen bist«, sagte sie. »Sie hat ihr Herz an sie gehängt. Ich hoffe, wir müssen sie nicht enttäuschen.«

»Ich dachte, vielleicht...« sagte Neil und hielt inne.

»Was?«

»Daß... daß, wenn Mairi sich immer noch nicht von der weißen Stute trennen will... dann würde ich Fiona stattdessen Flamme geben. Sie hat ihn seit je begehrt, und er ist einer jeden feinen Dame an jedem Königshof würdig.«

Ingrid sah überrascht aus. Sie wußte, was für ein Opfer dies für Neil bedeutete. Er und Flamme waren seit der Geburt des Hengstes unzertrennlich, und sie hätte nie geglaubt, daß er auch nur daran denken könnte, sich von ihm zu trennen. Nachdenklich schaute sie auf die junge Frau in dem Bett. Liebte er sie? Hatte er sie als Braut heimgeführt? Ingrid preßte die Lippen aufeinander. Sie war noch nicht bereit, sich von Neil zu trennen. Es war schon genug, daß ihre Tochter sie verließ. Die jedoch heiratete einen jungen Mann, der sie mitnahm, damit sie an Prinz Davids Hof in Schottland lebten. Da gab es alle Annehmlichkeiten und ein Wohlleben, wie ihre hart arbeitende Mutter es sich kaum vorstellen konnte. Sie wußte, daß Fiona es sich in den Kopf gesetzt hatte, ihrem Bräutigam auf einer feinen weißen Stute entgegenzureiten und Ingrid war überzeugt, selbst wenn Neil meinte, was er sagte – und sie war keineswegs sicher, daß er sich nicht wieder eines anderen besinnen würde –, daß Fiona diesen Ersatz nicht akzeptieren würde. Eine reinweiße Stute war etwas ganz besonderes.

»Wir werden sehen«, sagte Neils Mutter milde und behielt ihre Gedanken für sich. »Jetzt laß uns allein. Dieses arme Kind muß schlafen.«

Neil selbst war hungrig und abgekämpft. Er überließ es seiner Mutter, Fiona über Mondglanz aufzuklären und zog sich zurück, etwas zu essen und dann Schlaf zu finden.

Als er aufwachte, war es Nacht und das Haus war still. Eine Zeitlang lag er halbwach da und genoß die Bequemlichkeit des Bettes nach den Qualen der vorherigen Nacht. Da tauchten vor seinem inneren Auge Bilder auf, und er lag still da und sah sie an... ohne zu urteilen ohne zu denken... Mairi, den weißen Strand in der Nähe ihres Dorfes entlanggaloppierend, voll Freude und glücklich... Mairi unter fremdartigen Menschen in einem fremden Ritual... Mairi, angegriffen und gesteinigt... Mairi, sich an dem hohen Stein mit dem kristallenen Auge in Callanish festklammernd, als hinge ihr Leben davon ab... In seinem halbbewußten Zustand sah er keinen Unterschied zwischen dem Traum von ihr, in dem sie in der Prozession ging, und seinen wachen Erinnerungen an sie. Es erschien ihm durchaus annehmbar, daß sie gleichzeitig das junge Mädchen war, das in einer Bauernhütte in Kirkoway lebte, und die junge Frau, die er bei den Menschen gesehen hatte, die scheinbar verschwunden waren, lange, lange bevor die Wikinger kamen... »Ich muß sie fragen, wie es war, in jener Zeit zu leben...« dachte er benommen, und dann glitt er wieder in den Schlaf hinüber.

Am Morgen, als er aufgestanden war und sich kaltes Wasser ins Gesicht schüttete, fand er es schwieriger, die beiden Bilder von ihr in Einklang zu bringen.

Mairi hatte auch am Morgen noch Fieber, und Ingrid, die sich Sorgen um sie machte, schlug vor, Neil solle Bruder Durstons Hilfe erbitten.

Bruder Durston war erfreut, Neil von seinem Ausflug zurückgekehrt zu sehen und hörte mit Interesse zu, als Neil ihm schnell eine verkürzte Version der Mairi betreffenden Geschichte erzählte. Der hochgewachsene, schlanke Einsiedler mit den durchdringenden dunklen Augen sah sofort, daß man ihm nur einen Teil dessen erzählte, was seinen jungen Freund auf das tiefste beunruhigte, aber er stellte keine Fragen. Sobald er begriff, seine Kräuterkunde war gefragt, schritt er durch die niedrige Tür seiner Behausung und verschwand im Inneren. Seine Hütte aus getrockneten Lehmziegeln war gegen den Hang gebaut, das Dach mit Torf bedeckt. Drinnen, in einem schwach erleuchteten, nackten Raum, befand sich ein hölzernes, mit rauhen, selbstgesponnenen Teppichen bedecktes Bett, ein paar Töpfe und Pfannen neben dem Herd in der Mitte und ein schmales Bord, auf dem Durston sein kostbares Evangelium, seine Schachfiguren und Walroßzahn–Schnitzwerkzeug und seine kleinen Lederbeutel mit getrockneten Kräutern aufbewahrte. Unter letzteren kramte er jetzt herum, und, als er gefunden, wonach er gesucht hatte, bückte er sich wieder und kam zur Tür heraus. In der Sonne reckte er sich vor Neil.

»Komm, Bursche, wir wollen sehen, was wir für deine Freundin tun können. Nach dem, was zu sagst, braucht sie vor allem Ruhe und Wärme, aber wir werden ihr einen Holunderblütenaufguß machen gegen das Fieber und Huflattich gegen ihren Husten.«

Die Schritte des Mannes waren lang, und obwohl auch er hochgewachsen war, mußte Neil fast rennen, um mit ihm mitzuhalten.

»Bruder Durston«, begann Neil und hielt dann inne. Der Einsiedler sah sich nicht nach ihm um, sondern wartete bis er gelöst genug war um fortzufahren. Fast unmerklich verlangsamte er seinen Gang, damit der junge Mann leichter mit ihm Schritt halten konnte. »Es hat vielleicht mehr mit ihrer Krankheit auf sich als die Erkältung, die sie sich im Sturm zugezogen hat.«

»So?« sagte Bruder Durston.

Neil hätte Bruder Durston so gern die ganze Geschichte erzählt, die Bürde mit ihm geteilt, ihn um Rat gefragt... Aber Bruder Durston war ein Mönch, ganz der christlichen Religion ergeben. Würde er sich gegen Mairi wenden und sagen, sie sei eine heidnische Hexe?

»Sie... sie hatte ein paar Schwierigkeiten, bevor wir aufbrachen«, wagte Neil schließlich zu sagen. »Ihr Vater schlug sie und sie ist fortgelaufen... Ich habe es meiner Familie noch nicht gesagt. Sie... sie hat keine Bleibe mehr. Ich möchte sie hierbehalten und mich um sie kümmern.«

»Es ist eine ernste Angelegenheit, ein solch junges Mädchen von ihrer Familie zu trennen. Werden sie nicht Bewaffnete schicken, um sie zurückzuholen?«

»Oh, nein. Ich bin sicher, das werden sie nicht«, sagte Neil schnell, zu schnell, wie er hinterher bemerkte. Er haßte es, Bruder Durston anzulügen, aber er hatte noch immer Angst, ihm mehr zu erzählen.

Bruder Durston sah ihn von der Seite an. Doch bevor er sprechen konnte, kam Fiona aus dem Haus gestürmt wie ein plötzlicher Windstoß.

»Oh, nein!« murmelte Neil vor sich hin.

»Was soll das heißen – sie will die Stute nicht verkaufen? Warum hast du sie hierher gebracht, wenn du nicht die Absicht hattest, sie mir zu bringen?« Fiona war außer sich vor Wut.

Bruder Durston warf Neil einen fragenden Blick zu, machte einen Bogen um die beiden und verschwand im Haus. Neil war mit seiner zornigen Schwester allein.

»Du siehst jetzt nicht gerade wie eine feine Lady aus«, sagte er spöttisch. Ihr rotes Haar war offen und umrahmte ihr Gesicht wie ein Feuerkranz, ihre graugrünen Augen sprühten Funken.

»Weich mir nicht aus!«

»Das tue ich nicht... Es ist bloß...«

»Es ist bloß so, daß du nicht weißt, was du sagen sollst! Du hast die ganze Sache völlig vermurkst. Sir Kenneth wird innerhalb einer Woche hier sein, und überhaupt nichts ist fertig!«

»Das stimmt nicht!« widersprach Neil.

»Was soll ich tun? Das Mädchen ist zu krank, als daß man mit ihr handeln könnte. Ich hoffe, du glaubst nicht, ich würde auf einem dieser Pferde reiten!« Sie wies verächtlich auf die untersetzten Inselpferde, die unschuldig an dem dünnen Gras im Auslauf knabberten.

»Wenn Mairi sich nicht von der Stute trennen will... dann kannst du auf Flamme reiten«, sagte er und wählte seine Worte mit Bedacht so, daß es sich nach einer Leihgabe und nicht nach einem Geschenk anhörte.

»Wenn sie nicht verkauft, werde ich Flamme mitnehmen... glaube nicht, ich würde es nicht tun! Aber ich würde dir nie verzeihen.«

»Es ist nicht mein Fehler. Immerhin habe ich sie mit hergebracht, damit du selber mit ihr reden kannst...«

»Mit ihr reden? Das Mädchen liegt im Delirium... ist wahrscheinlich wahnsinnig! Sie sagt alle möglichen wilden Sachen da drin...«

Neil wurde bleich und rannte zum Haus.

»Komm hierher zurück! Ich bin noch nicht fertig«, rief Fiona ungehalten.

Aber er war fort.

Im Haus stieß er jemanden um, als er zu dem Zimmer raste, wo Mairi lag. Als er hereinstürmte, sah er seine Mutter auf der einen und Bruder Durston auf der anderen Seite von ihr. Man hatte sie auf einem Stoß Kissen aufgesetzt. Ihre Augen waren offen, hatten aber immer noch jenen abwesenden, glasigen Blick eines Menschen im Fieber.

»Mairi!« rief Neil aus und warf sich auf sie, zog sie an den Schultern und schob sein Gesicht ganz dicht an sie heran. Sie zeigte kein Anzeichen des Wiedererkennens oder des Schreckens. Ihr Kopf rollte wie der einer Stoffpuppe.

»Neil, hör sofort auf! Das Mädchen ist krank. Was um Himmels willen denkst du dir dabei?«

»Was hat sie gesagt?« Er sah seine Mutter aufgewühlt an.

»Das Fieber hat gesprochen...«

»Was? Was hat sie gesagt?«

Ingrid schüttelte den Kopf. »Nur Unsinn. Fieberwahn.«

Bruder Durston legte seine schmale, starke Hand auf Neils Arm. »Laß uns allein«, sagte er ruhig mit fester Stimme. »Wir haben Arbeit zu tun.«

»Ich gehe nicht«, sagte Neil verzweifelt.

»Neil!« stieß seine Mutter hervor, erschrocken über seinen Gefühlsausbruch.

»Es ist gut«, sagte Durston gefaßt. »Er kann bleiben und mir helfen, während du deinen übrigen Pflichten nachgehst.«

»Das geziemt sich nicht...«

»Ich brauche Dampf. Er kann mir heißes Wasser bringen.«

»Ich gehe nicht von ihrer Seite!« sagte Neil starrköpfig.

Durston sah ihn ernst an, und plötzlich merkte Neil, wie dumm er sich benahm. Was immer sie auch gesagt haben mochte, man würde es dem Fieber zuschreiben. Wenn er weiter so einen Aufstand machte, würden sie mißtrauisch werden und glauben, er wolle ihnen etwas verheimlichen.

»Ich werde heißes Wasser holen«, sagte er hastig. »Komm, Mutter, Fiona hat nach dir gesucht.« Wie einfach war es zu lügen, wenn man einmal damit angefangen hatte. Wo würde das enden? Er schämte sich, als er Durstons Blick traf. Der Einsiedler lächelte nicht. Neil folgte seiner Mutter aus dem Zimmer. Er war froh, etwas Praktisches zu tun zu haben und sich zumindest zeitweise dem scharfsinnigen Mönch entziehen zu können. Ingrid ging Fiona zu suchen.

Als Neil in das Zimmer zurückkam, nahm Bruder Durston ihm den Becher mit dampfendem Wasser schnell aus der Hand und bröselte ein paar Blätter hinein. Dann setzte er sich auf die Bettkante und hielt sanft den Kopf des Mädchens in den Dampf.

»Atme tief ein«, sprach er mit weicher Stimme, aber mit Bestimmtheit. »Tief. Tief.«

Sie tat wie ihr geheißen. Neil konnte den würzig-aromatischen Dampf von seinem Platz aus auch riechen, und er spürte, daß er sich ebenfalls gleich viel ruhiger fühlte. Er setze sich auf einen kleinen hölzernen Schemel, der in einer Ecke stand, seine Schulter waren herabgezogen und sein Kopf hatte sich auf die Brust gesenkt. Er fühlte sich auf einmal müde. Er hatte ohne nachzudenken gehandelt, als er die junge Frau mit zu sich nach Hause genommen hatte, und er war sich noch immer sicher, daß ihm gar nichts anderes übrig geblieben war. Aber jetzt erschien die Zukunft nicht so einfach wie in dem Augenblick seines Entschlusses. Er wünschte, er könnte mit Mairi reden und sie ihn verstehen. Sie wußte vielleicht nicht, daß sie seiner Familie nichts von »ihrem Volk« und von den Teufelssteinen erzählen durfte. Sie dachte vielleicht, sie seien anders als die Leute in ihrem Dorf. Natürlich würden sie sie nicht steinigen! Neils Lippen zogen sich vor Bitterkeit zusammen, als er wieder an die Raserei dachte, mit der die Menge sich gegen Mairi gewendet hatte. Aber es würden bestimmt böse Worte fallen und man würde sie wohl voll Mißtrauen und mit Kälte behandeln. Vielleicht würde man sie sogar zum Fortgehen auffordern. Er haßte es, sie leiden zu sehen. Sie hatte in ihrem kurzen Leben schon genug gelitten. »Ihr kurzes Leben?« wiederholte er bei sich. Wie schnell hatte er die geheimnisvolle Erweiterung ihres Lebens in anderen Welten vergessen.

Als er schließlich aufblickte, lag sie fest schlafend auf ihrem Rücken, friedlich atmend, und Bruder Durston sah ihn mit einem nachdenklichen Gesichtsausdruck an.

Neil stand auf. »Sie sieht jetzt viel besser aus«, sagte er. »Du brauchst jetzt nicht mehr zu bleiben.« Der Einsiedler rührte sich nicht, sondern sah ihn nur unverwandt an. »Ich werde dich rufen, wenn sie dich braucht«, beharrte Neil. »Es ist besser, wenn wir sie jetzt schlafen lassen.«

»Du hast recht. Schlaf ist der größte Heiler«, sagte der Einsiedler und stand auf. Er stieß in dem niedrigen Raum fast an die Decke. »Willst du mit mir gehen?« fragte er ruhig.

Neil schluckte.

»Ich... ich bleibe lieber hier... nur für den Fall...« stammelte er.

Durston nickte.

»Ich will dich nicht drängen. Wenn du bereit bist zu sprechen, weißt du, wo du mich findest.« Er verbeugte sich leicht und verließ, ohne noch ein weiteres Wort, den Raum. Neil starrte ihm nach und biß sich auf die Lippen.

Der Fluch

Der ganze Haushalt bereitete sich auf eine Hochzeit vor, und Neil, der am liebsten nur bei Mairi geblieben wäre, mußte ihre Seite verlassen. Ihm und Donal, seinem älteren Bruder, war die Verantwortung für das Schlachten der Tiere, die geröstet werden sollten, übertragen worden. Sie mußten auf die Hochweide reiten, um sie zu holen. Neil war froh, keine Zeit zu haben, den Einsiedler zu besuchen, wußte er doch, daß es sonst nicht lange dauern würde, bis Bruder Durston die ganze Geschichte erfahren hätte. Andererseits war es für ihn fast unerträglich, Mairi alleine unter Fremden zu lassen. Er hatte sie noch nicht warnen können, bloß nichts zu sagen. Bruder Durston würde sie vor Anfeindungen durch die anderen schützen, auch wenn er ihren Glauben nicht teilte. Er traute es seiner Schwester durchaus zu, daß sie Mairi gehässig behandelte, nur weil sie ihre normannische Stute begehrte. Als er so hinter dem untersetzten Inselpferd von Donal herritt, dachte er immer nur an Mairi. Er glaubte an den Teufel und seine dunklen Freunde wie er an Christus und die Engel des Lichtes glaubte. In der kurzen Zeit, die er Mairi kannte, hatte er das Gefühl, sie sei auf der Seite des Lichtes. Selbst die hohen, unheimlichen Steine, die ihn bei seiner ersten Begegnung mit einer solchen Furcht erfüllt hatten, schienen in ihrer Stärke heilsam zu sein, als er mit Mairi dort gewesen war. Nicht ein einziges Mal hatte er Böses in ihr gespürt. Seine tiefsten Gefühle konnten einfach nicht falsch sein. Nein, die Leute mußten Unrecht haben, wenn sie die Steine mit dem Teufel in Verbindung brachten. Sie hatten doch bestimmt unrecht?

Donal hatte beim Reiten heiter vor sich hingepfiffen. Jetzt drehte er sich zu Neil um.

»Verliebt, Bruderherz?« rief er ihm fröhlich zu.

Neil errötete vor Ärger.

»Natürlich nicht!« antwortete er abweisend.

Donal kicherte und wandte seine Aufmerksamkeit wieder dem Trampelpfad zu, dem sie folgten.

»Ich habe dich noch nie so verdrießlich gesehen«, rief er etwas später und schaute sich grinsend um.

»Ist verdrießlich sein ein Zeichen für Verliebtheit?« rief Neil ungehalten zurück.

»Es ist ein Zeichen für irgend etwas.«

»Nun, auf jeden Fall nicht Liebe«, sagte Neil überzeugt.

Donal lachte und ritt weiter.

Der Torfboden unter ihnen federte und gluckste. Selbst hier oben mußten sie sorgfältig auf ihren Weg achten. Der harte Felsenkern der Insel ließ kein Wasser durch, und der Regen, der so häufig und so schwer vom Himmel fiel, konnte nur im Torf versickern oder in tausenden von kleinen Rinnsalen in die Seen oder zurück ins Meer fließen. Zu ihrer Rechten war der Ozean, zur Linken die Hügel der Hochweiden, und jenseits von ihnen und weiter nach Südosten lagen die dunklen, geheimnisvollen Gipfel, auf die sich nur Adler wagten und hin und wieder ein unerschrockener Jäger.

Sie fanden die Rinder. Ihr dickes, zottiges Fell war für den Sommer geschoren worden, und so sahen sie auf einmal schlank aus. Neil hatte ein bißchen Mitleid, als er und sein Bruder drei der fettesten auswählten und sich wieder auf den Rückweg machten. Wie fürchterlich mußte es sein, keinen freien Willen zu haben, keine Möglichkeit, selbst eine Entscheidung zu treffen und sein eigenes Leben zu gestalten. So schwer es auch war, eine Wahl zu treffen und das Leben gut genug zu verstehen, um die richtigen Entscheidungen zu treffen, so hatten die Menschen doch wenigstens die

Herausforderung und die Aufregung, es zu versuchen. Er blickte auf die Rücken der drei Tiere, die auf diesem Pfad in ihren Tod getrieben wurden, und war dankbar, daß Gott dem Menschen eine Seele und einen freien Willen gegeben hatte – mochten die Folgen zu Zeiten auch schwer zu tragen sein.

»Neil!« rief Donal plötzlich von hinten. »Paß doch auf, was du tust! Du hast das Tier ja fast über die Klippe getrieben!«

Neil trieb das Tier mit einem schrillen, heulenden Schrei wieder auf den Weg und versuchte, seine Aufmerksamkeit besser auf das zu richten, was er zu tun hatte.

Spät am Nachmittag erwachte Mairi aus einem tiefen und heilsamen Schlaf. Da saß ein fremder, hochgewachsener Mann neben ihr. Sein Gesicht war stark zerfurcht von den Jahren eines asketischen Lebens, seine langfingerigen Hände waren gelassen auf seinem Schoß gefaltet und seine dunklen Augen friedvoll auf ihr Gesicht gerichtet.

Sie sah ihn einige Augenblicke ruhig und unverwandt an. Er machte keine Anstalten, sie zum Sprechen zu bringen. Neil hatte ihr von seinem Freund, dem Einsiedler, erzählt, und sie war sich sicher, daß er es war. Sie sah sich staunend in dem Zimmer um. Das war keine Einsiedlerklause, sondern ein Zimmer mit einem guten, behaglichen Bett und Vorhängen aus wollenem Stoff vor den Wänden, um die Kälte abzuwehren. Ein Zimmer in einem Haus, großartiger als sie es je gesehen hatte. Neils Haus. Sie erinnerte sich an ihre Ankunft, und ein Schatten zog über ihr Gesicht, als sie sich des rothaarigen Mädchens entsann, das Mondglanz' Zügel nahm.

Sie sah dem Einsiedler wieder in die Augen.

»Meine Stute?« flüsterte sie.

»Sie ist in Sicherheit.«

»Neil?«

»Er wird bald hier sein. Er hat eine Besorgung zu machen.«

Sie hatte keine Angst vor der Umgebung. Sie vertraute Neil vollkommen, und dies war sein Freund.

»Wie heißt deine Stute?« fragte Bruder Durston freundlich.

»Mondglanz«, sagte sie verträumt. Sie mochte nicht richtig wach werden. Das Bett mit so vielen Decken war wunderbar gemütlich.

»Das ist ein schöner Name. Wie bist du darauf gekommen?«

»Ich wurde ihr im Mondlicht gegeben, und sie glänzte wie Silber.«

»Silber. Mondglanz. Das paßt.«

»Es ist ein Wort, das meine Leute gebrauchen«, sagte sie vertrauensvoll.

»Deine Leute? Bist du nicht von der Insel?«

»Doch... jetzt schon. Aber es gab eine Zeit...« Sie zog leicht die Brauen zusammen, als sie überlegte, wie sie erklären sollte, was sie meinte. Ihr Bande mit der fernen Vergangenheit waren so wirklich für sie, und sie ordnete sie fraglos in dieselbe Wirklichkeit ein wie die Gegenwart.

»Es gab eine Zeit...« wiederholte er.

»Ich bin hier geboren worden... jetzt... und doch kam ich über das Meer... aus dem Westen... von...« Sie hielt inne, sich plötzlich klarwerdend, daß sie mit einem Fremden nicht so reden sollte.

»Du meinst, deine Vorfahren kamen über das Meer? Die Wikinger? Aber die kommen aus dem Osten und Norden.«

»Nein«, sagte sie langsam. »Nicht meine Vorfahren... nicht die Wikinger. Ich selbst... ich kam aus dem Westen...«

Es war Stille im Raum. Aus dem übrigen Haus drangen leise Geräusch zu ihnen: Neils Mutter rief jemanden; Hühner gackerten im Hof, als Fiona ihnen Körner hinwarf; ein Hund bellte auf dem Hügel hinter dem Haus, als er die Gestalten von Neil und Donal und den drei Rindern in der Ferne wahrnahm.

»Du mußt mir von deinen Leuten erzählen... von deiner Reise... vom Westen«, sagte Bruder Durston schließlich ruhig.

Ihr Gesicht hellte sich auf. Neil hatte recht mit dem Einsiedler. Er würde verstehen und ihr helfen.

»Es ist schwer zu erklären. In einer Weise, vermute ich, müssen sie meine Vorfahren sein, und irgendwie erinnere ich mich an sie, wenn ich zu dem Platz gehe, dem Kreis aus Steinen, der so sehr ein Teil ihres Lebens war. Und dennoch... dennoch... fühle ich.... sehe ich sie um mich herum, als sei ich eine von ihnen... obgleich...« Wieder hörte sie auf. Bruder Durston saß ganz still und wartete.

»Obgleich...?« faßte er schließlich nach.

»Obgleich ich weiß, es kann gar nicht sein. Glaubst du, ich bin verrückt... oder eine... oder eine...« Sie konnte das böse Wort nicht aussprechen, welches ihre Beschuldiger in so grausamer Weise gegen sie verwendet hatten. »Neil hat sie auch gesehen, in einem Traum, auch wenn er es jetzt nicht mehr zugeben will.« Sie sah ihm Zustimmung heischend in die Augen. Er meinte, einen erneuten Fieberanfall zu sehen. Sie hatte ihren Kopf gehoben und versuchte sich aufzusetzen. Er legte ihr die Hand auf die Schulter und drückte sie sanft wieder in die Kissen.

»Dir geht es noch nicht wieder gut genug, um über solche Dinge zu reden«, sagte er mit fester Stimme. »Wenn Neil wieder da ist und du wieder bei Kräften bist, dann müßt ihr mich besuchen, und wir werden dasitzen und das Meer betrachten, und du wirst mir von deinen Leuten erzählen, die aus dem Westen kamen.«

»Manchmal habe ich Angst...«

»Wenn du deine Leute siehst?«

»Nein, niemals wenn sie bei mir sind... nur wenn...«

Die Tür wurde aufgestoßen und Fiona kam mit einer hölzernen Schale voll mit dampfender Brühe herein.

»Es freut mich, dich wach zu sehen«, sagte sie brüsk. »Mutter sagt, du sollst das hier trinken.«

Sie schien enttäuscht zu sein, Bruder Durston neben ihrem Bett sitzen zu sehen. Sie hatte vorgehabt, die Angelegenheit mit der weißen Stute ohne jeden weiteren Aufschub zu regeln.

Bruder Durston stand auf, gebeugt, um nicht an einen der Balken zu stoßen.

»Ich wollte gerade gehen«, sagte er, »denn ich glaube, sie muß allein sein und sich ausruhen.«

»Oh ja, natürlich. Aber zuerst sollte sie etwas essen.«

»Bist du hungrig?« fragte er auf Mairi blickend. Ihre Augen sahen in dem verzerrten Gesicht sehr groß aus. Die Fieberglut kehrte wieder, und sie sah äußerst geschwächt aus. Sie schüttelte fast unmerklich den Kopf.

»Ich glaube, du solltest versuchen, ein bißchen zu dir zu nehmen. Wir helfen dir.«

Er streckte die Hand nach der Schale aus, aber Fiona zog sie zurück.

»Es ist nicht nötig, daß du bleibst, Bruder Durston«, sagte sie schnell. »Ich werde sie füttern.« Fiona fühlte sich bei dem Einsiedler immer unbehaglich und konnte nicht verstehen, warum Neil so viel Zeit mit ihm verbrachte. »Seine Augen bringen mich zum schaudern«, hatte sie Donal einmal gestanden. »Ich weiß, was du meinst«, hatte er geantwortet. »Es ist, als hörte er, was du denkst, und nicht, was du sagst.«

Durston neigte leicht den Kopf und machte Anstalten zu gehen. An der Tür drehte er sich um. Mairis Augen sahen ihn flehentlich an. Er sagte zu Fiona: »Hilf ihr mit der Brühe, dann aber geh' und laß' sie schlafen. Morgen wird sie schon kräftiger sein. Heute sollte sie an nichts anderes denken als ans Gesundwerden.« Fiona spürte den Befehl in den scheinbar milden Worten und mußte sich beherrschen.

»Du kannst mir vertrauen, Bruder Durston«, sagte sie spitz. »Ich habe schon früher Kranken aufgewartet.«

»Natürlich«, sagte er, und mit einem letzten Blick zu Mairi verließ er den Raum.

Fiona lächelte erleichtert und kam, um den Platz auf dem Stuhl neben dem Bett der jungen Frau einzunehmen.

»Das ist Neils Bett, weißt du?« sagte sie.

»Oh... das tut mir leid... wo wird er...?«

»Oh, er schläft hier oder da. Er ist es gewohnt umzuziehen, wenn wir Gäste haben.«

»Es tut mir leid...«

»Es braucht dir nicht leid zu tun«, sagte Fiona. »Ich bin froh, daß du hier bist. Du mußt zu meiner Hochzeit bleiben.«

Mairi antwortete nicht.

»Ich werde fortgehen und in Schottland am Hof von Prinz David leben, weißt du«, sagte Fiona.

Mairi nickte. Neil hatte es ihr erzählt. Sie nippte vorsichtig an der Brühe.

»Es ist wichtig, daß alles gut geht mit dieser Hochzeit«, fuhr Fiona fort. »Sir Kenneth ist ein fürstliches Leben gewohnt. Es ist unvorstellbar, mit einem unserer häßlichen kleinen Inselpferde mit ihm zu gehen.« Sie sah Mairi scharf an. »Die feinen Damen und Herren bei Hofe würden sich alle über mich lustig machen.« Fiona hielt die Schale mit der Brühe außer Reichweite von Mairi. Mairi schloß ihre Augen und machte keinen Versuch, an die Brühe zu gelangen. Fiona lehnte sich noch etwas weiter vor. Ihre Augen funkelten gefährlich. »Mein Vater wird dir einen guten Preis für die Stute bezahlen.« Es war kein Ausdruck in Mairis Gesicht. Sie hielt ihre Augen geschlossen. »Und du kannst dir an ihrer Stelle jedes Pferd aus unserer Herde aussuchen. Wir erwarten nicht, daß du ohne Pferd bleibst.« Nichts wies bei Mairi darauf hin, daß sie überhaupt zuhörte.

Fiona knallte den Löffel ungeduldig in die Schale zurück. Brühe spritzte auf die Decken auf dem Bett. »Schließlich tut es doch nichts zur Sache, welches Pferd du reitest – du wirst nicht unter Adligen leben!«

Unvermittelt öffnete Mairi die Augen.

»Mondglanz war ein Geschenk. Ich kann sie nicht verkaufen.«

Fionas Gesicht wurde rot vor Zorn, aber sie beherrschte sich. »Dies sind besondere Umstände«, sagte sie. »Ich bin sicher, wer immer dir das Pferd gegeben hat, würde es verstehen.«

»Mondglanz ist meine Freundin. Ich kann mich nicht von ihr trennen.«

Fiona stand zornig auf und schmiß die Schale auf den Boden. Die Brühe ergoß sich über die Steinfliesen, wurde sofort kalt und das Fett wurde fest.

»Mondglanz ist eine Stute!« schrie sie. »Ein Tier!«

»Sie ist kein gewöhnliches Tier.«

»Darum will ich sie haben!«

»Und darum kann ich sie nicht hergeben.«

Fiona zitterte vor Enttäuschung und Wut. Mairis Gesicht war fieberig rot. Ihre Finger zupften nervös am Fell der Decke über ihrer Brust.

»Du bist undankbar. Wir haben dir das Leben gerettet, haben dich aufgenommen und versorgt, und trotzdem willst du nicht...«

Tränen begannen über Mairis Gesicht hinabzulaufen.

»Bitte... bitte fordere sie nicht von mir...«

»Ich fordere die Stute von dir! Ich flehe dich an um sie. Kannst du nicht verstehen, wie es für mich sein würde, wenn ich auf ihr in den Hof von Prinz David einzöge?«

Mairi schluchzte und verbarg ihr Gesicht in den Händen.

Fiona wartete gespannt auf ihre Antwort. Als das Mädchen weiter weinte und keine Anstalten machte einzulenken, schoß sie ihren letzten Pfeil ab, und der traf.

»Du bist ein Kind des Teufels«, rief sie aus. »Du hast kein Herz! Ich habe die weiße Stute im Traum gesehen und mich selbst auf ihrem Rücken neben Sir Kenneth. Würde Gott mir diesen Traum gegeben haben, wenn er nicht wollte, daß er wahr wird?«

Mairi setzte sich plötzlich auf, ihr Gesicht war wild und tränenüberströmt.

»Ich bin kein Kind des Teufels!« schrie sie. »Nimm sie! Wenn es Gottes Wille ist – nimm sie! Wenn dein Traum aber eine Lüge ist...« und ihr Gesicht war von Haß und Schmerz verzerrt. Fiona wurde bleich... »Wenn du mich mit Lügen überlistet hast, dann sollst du verflucht sein!« Mit den letzten Worten steigerte sich Mairis Stimme zu einem Kreischen und Fiona wich entsetzt zurück. Fionas Fuß glitt auf dem kalten Hammelfett aus, sie verlor ihr Gleichgewicht und knallte auf den harten Stein. Ihr Schrei rief das halbe Haus zur Hilfe herbei. Als die Angehörigen hereinkamen, sahen sie Fiona am Boden liegen und Mairi, halb aus dem Bett heraus, über sie gebeugt. Mairis Gesicht war kreidebleich, die Augen von Entsetzen geweitet.

»Fiona!« schrie ihre Mutter und lief an ihre Seite. Fast rutschte auch sie auf dem Fett aus und mußte sich auf das Bett stützen. Fiona schrie hysterisch und machte keinen Versuch aufzustehen. Ihr Vater, der seiner Frau ins Zimmer gefolgt war, sah sofort die ausgeschüttete Schüssel und die fettigen Schlidderspuren auf dem Stein. Er hielt die anderen mit seinen Armen zurück und befahl, einen Lappen und heißes Wasser zu bringen. Dann trat er vorsichtig ein und half seiner Frau, Fiona aufzuheben. Niemand beachtete Mairi, die auf der anderen Seite aus dem Bett kletterte, auf wackligen Beinen aus dem Zimmer wankte und den Flur hinab ging...

Als Neil und Donal zum Gehöft zurückkamen, war alles in hellem Aufruhr. Sie erfuhren, daß Fiona von der fremden Frau, die Neil mitgebracht hatte, verflucht worden sei und ihre Beine gelähmt seien. Mairi war verschwunden, und einige der Männer hatten sich nach ihr auf die Suche gemacht, wobei sie jeden Talisman gegen den bösen Blick, der aufzutreiben war, bei sich trugen.

Neil war entsetzt. Das war schlimmer als alles, was er sich hatte vorstellen können. Er konnte nicht glauben, daß Mairi Fiona verflucht haben könnte, und doch schwor Fiona es, und sie behauptete, kein Gefühl mehr in ihren Beinen zu haben und sie nicht mehr gebrauchen zu können. Fiona hatte mehrmals versucht zu stehen, gestützt von ihrer Familie, aber jedes Mal waren die Beine hilflos unter ihr zusammengesunken. Zeugen hatten gesehen wie sie am Boden gelegen und Mairi sich über sie gebeugt hatte. Und die Tatsache von Mairis Flucht schien ihre Schuld zu beweisen.

Neils Mutter weinte; sein Vater blickte ernst. Bruder Durston kniete und betete neben Fiona, die, entkräftet von ihrem hysterischen Anfall, blaß und verängstigt auf ihrem Bett lag.

Neil war lange genug im Haus geblieben, um von verschiedenen Mitgliedern des Haushalts drei Fassungen derselben Ereignisse zu hören, bevor er hinauseilte, sich selbst auf die Suche zu machen. Die wahre Geschichte zu erfahren hatte Zeit bis später, dachte er, jetzt mußte er Mairi finden, bevor es die aufgebrachten Männer taten. Man sagte ihm, sie seien in Richtung Valtos Klamm gezogen, zweifellos weil sie vermuteten, sie würde versuchen, in ihr Heimatdorf zu entkommen. Sie wußten ja nicht, was Neil wußte, daß sie nun kein Zuhause mehr hatte außer... und als ihm dieser Gedanke kam, runzelte er die Stirn... außer sie betrachtete die Teufelssteine als ihr Zuhause. Er dachte daran, wie er sie sich an dem höchsten Stein hatte festklammern gesehen und wie sie von »ihren Leuten« in einer Weise gesprochen hatte, als wären sie noch da und könnten ihr helfen. Es gab keinen Grund, daran zu zweifeln, daß sie sich dorthin wenden würde.

Neil eilte zum Auslauf, um Flamme zu holen, entdeckte dort aber Mondglanz neben ihm. Es war unvorstellbar, sie könnte ohne Mondglanz nach Callanish aufgebrochen sein. Und wenn sie nicht auf dem Rücken eines Pferdes saß, konnte sie nicht weit gekommen sein. Neil schaute in die verschiedenen Schuppen und Ställe, suchte die Umfriedung und die Felsenklippe hinter dem Haus ab. Er fand keine Spur von Mairi. Wenn sie sich zu den Bergen oder den Hochweiden aufgemacht hätte, dann würden er und Donal sie auf ihrem Rückweg gesehen haben. Hatte sie sich in Richtung Küste davongemacht? Die Einsiedlerklause lag auf dem Gipfel eines sanften, grünen Berges, der auf den endlosen westlichen Ozean hinausblickte. Die eine Seite fiel lotrecht zum tief darunter liegenden steinigen Strand ab. Dann gab es noch den Fischerhafen, einen engen Felseinschnitt zwischen Klippen im Norden. Könnte sie dorthin gegangen sein in der Hoffnung, ein Boot würde sie fortbringen, wieder von einer wütenden Menge?

War sie vielleicht tatsächlich die Hexe, für die ihre Nachbarn sie gehalten hatten? Er dachte an die Heftigkeit seines Begehrens in der Sturmnacht. So etwas hatte er noch nie zuvor empfunden. Es war Irrsinn zu versuchen, sich unter solchen Umständen zu lieben. Es war bestimmt ihr Zauber gewesen, der ihn so weit gebracht hatte. Noch als er das dachte, spürte er wieder sein Blut wallen, und wo er Zorn und Entrüstung empfinden sollte angesichts dessen, was sie seiner Schwester angetan hatte, so hatte er nur eine überwältigende Sorge um ihre Sicherheit und das Verlangen, sie in den Armen zu halten, in seinem Herzen.

Und dann ärgerte er sich über sich selbst, sie in Zweifel ziehen zu können. Ihr »Volk« bei den Steinen war nichts anderes als der Auswuchs der Vorstellungskraft eines einsamen Mädchens. Sie hatte eine größere Empfindsamkeit und Klugheit als die Leute in ihrem Dorf. Dort hatte es niemanden gegeben, mit dem sie über die Dinge reden konnte, die ihr am Herzen lagen. Ihr Vater wies sie ab und mißhandelte sie, weil er keine Söhne hatte. Neil selbst hatte eine Ahnung davon, was es bedeutete, in seiner Gemeinde ein Außenseiter zu sein. Noch als Junge war er auf einem Handelsschiff der Wikinger nach Island ausgerissen und hatte die Unwissenheit und Abgeschiedenheit seiner Familie und seiner Nachbarn als verdrießlich empfunden, als er älter und weiser zurückgekehrt war. Mairi war nicht auf Fahrt gewesen und hatte keine anderen Länder gesehen wie er – aber sie hatte Ehrgeiz und Vorstellungskraft in einem Maße wie keiner ihrer Mitmenschen. Ihre Ruhelosigkeit konnte nur in ihren Träumen befriedigt werden. Nein. Sie war keine Hexe. Sie war wie er – eine Abenteurerin eingezwängt in eine Grenzen setzende und beschneidende Umwelt.

Er glaubte nicht, daß sie irgend einen Menschen verflucht hatte oder je verfluchen könnte. Vielleicht war sie allein und voll Angst gewesen, als sie aufwachte, und Fiona hatte die Gelegenheit ausgenutzt, sie wegen der weißen Stute zu bedrängen. Er konnte sich vorstellen, daß sie in Streit geraten waren, und weil Fiona sie nicht umstimmen konnte, hatte sie die Geschichte mit dem Fluch ersonnen. Aber warum waren Fionas Beine gelähmt? Tat Fiona nur so? Es schien unvorstellbar, selbst bei seiner starrsinnigen Schwester, daß sie so viel aufs Spiel setzte, um ihren Willen zu bekommen. Ihr Hochzeitstag kam schnell näher, und es gab hundert Dinge, um die sie sich kümmern mußte. Sie konnte es sich nicht leisten, in dieser Zeit untätig zu sein. Und warum einen Fluch erfinden? Was hatte Mairi an sich, was die Leute veranlassen konnte, an Dämonen und Flüche zu denken? Nichts an ihrer Erscheinung oder ihrem Wesen legte das nahe. Fiona hatte nichts über ihre Verbindung mit den Teufelssteinen gewußt. War es möglich, daß er geblendet war... daß sie...

Doch was immer die Wahrheit sein mochte, er wollte es selbst herausfinden. Er wollte nicht die Meinung eines unwissenden und blutdürstigen Mobs übernehmen.

»Mairi!« rief er verzweifelt. »Mairi!« Baßtölpel flogen kreischend auf... flatterten umher und schrien... Er ging zum Rand des Steilhangs und sah hinunter voll Angst, sie unten auf den Felsen liegen zu sehen. Doch keine Spur von ihr... nur kreisende Vögel und das Meer, das sich in langen, gischtigen Brechern ans Ufer warf. Er eilte zu Bruder Durstons Hütte halb erwartend, sie dort Unterschlupf suchend zu finden. Aber die Hütte war dunkel und leer. Der Einsiedler war noch im Haus und leistete Fiona Beistand.

Er suchte überall, wo er sich nur vorstellen konnte, und kehrte erst nach Hause zurück, als es zu dunkel war, um noch etwas zu sehen. Die Männer waren zurückgekehrt und hatten auf der Straße nach Kirkoway keine Spur von ihr entdeckt. Es gab viel Geredes über den Teufel, der sie fortgezaubert hatte.

Neil wurde über sie ausgefragt, war aber sehr vorsichtig mit seinen Antworten. Er hielt daran fest, daß Fiona etwas falsch verstanden haben mußte, was Mairi gesagt hatte. Er würde nicht glauben, das Mädchen könne getan haben, wessen Fiona sie beschuldigte. Sein Vater, der bei all der Aufregung einen bemerkenswert klaren

Kopf behalten hatte, riß schließlich die Geduld, und er fragte, ob Neil seine Schwester der Lüge beschuldigte.

»Nein, natürlich nicht. Aber...«

»Aber was?«

»Ich kenne Mairi.«

»Wie lange kennst du sie denn?«

Neil wollte sagen, »seit dem Anfang der Zeit«, denn das war es, was ihm in den Sinn kam, aber er beherrschte sich und sagte: »Lange genug.«

»Und deine Schwester?« fragte sein Vater.

Neil schwieg und dachte an seine Schwester. Sie hatten seit seiner Geburt im selben Haus gelebt, und doch kannte er sie weniger als Mairi.

»Laßt mich alleine mit Fiona reden...«

»Sie ist müde. Wir möchten, daß sie schläft.«

»Wenn sie schläft, werde ich sie nicht stören. Laßt mich bloß durch die Tür sehen.«

Neils Vater wäre eine andere Erklärung für die außerordentlichen Ereignisse des Nachmittags nur lieb. Er sah Neil an und sagte sich, wenn Neil glaubte, daß die junge Frau nicht getan hatte, was Fiona behauptete, dann gab es etwas Hoffnung, daß tatsächlich ein Mißverständnis vorlag.

»Dann geh – aber rege sie nicht auf.«

Neil eilte zu Fionas Tür. Fiona lag auf einem Stapel Kissen auf ihrem Rücken und lutschte an ihrem Daumen, wie sie es als kleines Kind getan hatte. Er glitt hinein und setzte sich neben sie. Sie war halb eingeschlafen, als er eintrat, wurde aber schnell wach und nahm ihren Daumen aus dem Mund. Sie sah ihn anklagend an.

»Fiona, was ist geschehen?«

»Haben sie es dir nicht gesagt?«

»Ich habe viele verschiedene Geschichten gehört und würde gerne von dir die Wahrheit erfahren.«

»Sie ist wirklich eine böse Person, Neil. Sie hat mich verflucht, so daß ich meine Beine... nicht mehr bewegen kann. Oh Neil – was soll ich bloß tun? Du mußt sie finden und sie dazu bringen, den Fluch wieder von mir zu nehmen. Du mußt!« Tränen rannen ihr aus den Augen.

Neil streichelte unbeholfen Fionas Hand. Er mußte klar denken und vorsichtig sein, was er sagte. Wie er sah, war sie immer noch schrecklich aufgeregt und fest entschlossen, bei ihrer Geschichte zu bleiben.

»Aber Fiona – Mairi ist nicht böse...« Er hoffte, es würde sich bei ihm nicht auch ein Zweifel daran einschleichen.

»Ist sie doch. Du hättest sie hören sollen!«

»Erzähle mir genau, was geschehen ist.«

»Ich brachte ihr etwas Suppe. Ich wollte freundlich mit ihr sein, obwohl sie sich anfangs weigerte, mir die Stute zu überlassen...«

»Anfangs? Hat sie sie dir denn am Ende überlassen?«

»Wir sprachen darüber und ich... ich sagte ihr, wie wichtig sie für mich ist, und plötzlich schrie sie einen Fluch und sagte, ich könne die Stute haben. Sie sagte, sie wolle die Stute nicht mehr. Aber was nützt sie mir jetzt? Neil – du mußt Mairi finden. Du mußt sie dazu bringen, den Fluch von mir zu nehmen. Ich werde ihr auch die Stute zurückgeben! Ich möchte lieber tot sein als so verkrüppelt. So wird Sir Kenneth mich niemals heiraten!«

Neil sank das Herz. Es schien kein Zweifel daran zu geben, daß Fiona wahrhaftig glaubte, verflucht worden zu sein, und nicht in Frage zu stehen, daß sie wahrhaft gelähmt war. Dunkle Gedanken an Mairi plagten ihn wieder. Was wußte er am Ende tatsächlich von ihr? War es möglich, von ihrer Schönheit behext worden zu sein? Donal hatte ihn gefragt, ob er verliebt sei, und er hatte das verneint. Aber der Gedanke, sie nie wiederzusehen... der Gedanke, sie könne jemand anders sein, als er glaubte... war tiefste Seelenqual. Er wandte sich von Fiona ab und schritt aus dem Zimmer.

Draußen in der kalten, wilden Nacht wanderte Mairi irgendwo umher, allein, mißverstanden und voll Furcht. Oder – war sie bei »ihrem Volk« und freute sich schamlos ihres Sieges? Was?

Die Rettung

Im ersten Frühlicht nach einer ruhelosen Nacht entschloß Neil sich, zu Bruder Durston zu gehen. Er hatte mehrmals in den unregelmäßigen Schlafphasen von dem ununterbrochenen Klatschen von Wellen an Fels geträumt. Es war ihm vorgekommen, als hämmere die See gegen seinen Schädel. Er mühte sich jedesmal, aufzuwachen, denn er wußte noch im Schlaf, daß er träumte. Das Dong... Dong... Dong der Wellen trieb ihn fast zum Wahnsinn. Er dachte an das, was Mairi über Träume gesagt hatte. Diese Träume waren von derselben Art wie der Traum von Callanish und dem großen, in Federn gekleideten Priester. Jedesmal, wenn er aufwachte, sagte er sich, es sei nur ein Traum; und jedes Mal, wenn er wieder einschlief, stellte der Traum sich ein wie vorher.

Er wollte Bruder Durston alles erzählen, was er über Mairi wußte, und ihn um seine Hilfe bitten. Es hatte keinen Sinn mehr, noch irgend etwas zu verheimlichen.

Der Himmel über den Bergen im Inland begann zu glühen als er aufbrach, die Gebäude des Gehöftes standen wie ein Schattenriß davor. Unmittelbar über ihm war der Himmel noch blauschwarz, doch langsam, von Augenblick zu Augenblick, wurde er durchsichtiger, ging immer mehr in ein tiefes, leuchtendes Blau über. Über dem Meer schienen noch die hellsten Sterne.

Er fand Bruder Durston am Rand des Steilhanges unterhalb seiner Hütte kniend, dem Meer und den letzten Sternen zugewandt, die Hände zum Gebet gefaltet und die Augen geschlossen. Neil stand hinter ihm, sein Herz pochte noch von seinem Lauf den Berg hinauf. Ob der Einsiedler seine Ankunft bemerkt hatte oder nicht, wußte Neil nicht zu sagen. Er gab kein Zeichen.

Neil stand eine Zeitlang ungeduldig hinter ihm und erwartete jeden Moment, Durston würde aufstehen und ihn begrüßen. Doch wie die Zeit verging und Bruder Durston keinen Muskel verzog, erinnerte Neil sich daran, daß die Gebete seines Freunde nicht, wie die anderer Leute, eine lange Kette von Bitten an den Allmächtigen waren. Seine Gebete waren, wie er Neil einmal gesagt hatte, »ein in die Stille gehen, wo Gottes Gedanken zu hören sind«. So konnte er einen ganzen Tag oder eine ganze Nacht zubringen, ohne zu merken, daß überhaupt Zeit vergangen war. Neil tat einen schweren Seufzer und warf sich auf den kalten Rasen. Er war auf eine lange Zeit des Wartens gefaßt.

Zuerst rasten seine Gedanken in alle Richtungen. Erinnerungsfetzen von diesem und jenem vermischten sich mit Mutmaßungen über Mairis Verbleib und Vorwürfen gegen Fiona, die, das fühlte er, das herausgefordert haben mußte, was immer Mairi ihr gesagt haben mochte. Er dachte an den Sturm in Valtos Klamm... an die sonderbaren hohen Steine von Callanish und an das noch eigentümlichere Kristallauge, in das Mairi gestarrt hatte. So rasten diese Gedanken und Bilder immer in seinem Kopf herum, immer wieder in dieselben eingefahrenen Sätze gepreßt, so als wolle er sich vor der Bedeutung des Geschehenen in der äußeren Form der Worte verstecken. Doch als der Himmel immer heller wurde, beruhigte sich allmählich sein Atem, seine Gedanken wurden langsamer und er vergaß schließlich alles, sogar sich selbst. Vögel flogen über ihn hinweg, aber er hörte sie nicht. Die Sterne waren nicht mehr sichtbar, und dennoch war sein Blick noch immer auf die Stelle gerichtet, wo der hellste zuletzt zu sehen gewesen war. Wenn er später daran zurückdachte, wußte er, daß er sich noch nie so voll des Friedens gefühlt hatte... als gäbe es keinen Unterschied zwischen ihm und dem Himmel, der Erde und dem Meer. Sein geschäftiger menschlicher Verstand war nicht mehr der Mittelpunkt, von dem aus alles betrachtet wurde, sondern nur noch eine kleiner

Teil des allumfassenden Gewahrseins. Er fühlte, was der Seevogel fühlte, der über das Wasser segelte und unter der Oberfläche nach Fischen Ausschau hielt... Er fühlte die Angst der Fische... Er fühlte, wie es war, Wasser zu sein... Luft zu sein... Erde zu sein... ein Stern zu sein... ein...

»Neil«, sprach Bruder Durston freundlich, und Neil, unvermittelt wieder in seinem eigenen, begrenzten Bewußtsein, blickte hinauf zu der großen Gestalt des Mönches, der vor ihm stand. Er empfand Ärger und Enttäuschung. Er wollte nicht zurück in seinen Sack aus Haut und nur noch das empfinden, was er gewöhnlich empfand.

Bruder Durston, der seine Gedanken erriet, lächelte.

»Die Rückkehr zu bedauern heißt, die Reise nicht verstanden zu haben«, sagte er gelassen.

Was meinte er? Warum mußte er immer in Rätseln sprechen? Neil legte seinen Kopf auf die Knie und versuchte zu verstehen. Wie ihm schien, haben wir, weil alles in diesem herrlichen und vielfältigen Universum ursprünglich aus einem Gedanken im Geist Gottes stammte und aus einem Wort, mit dem er diesen Gedanken ausdrückte – deshalb haben wir ein Gefühl des Einsseins mit allem in diesem Universum, ein Bewußtsein dafür, daß wir alle nur eine einzige Bestimmung haben. Andere Gedanken Gottes mochten zu anderen Universen erstehen, die uns unvorstellbar waren, aber das unsere ist das, welches wir kennen, und das, in welches wir unentrinnbar eingebunden sind. Neil glaubte jetzt zu verstehen, was Durston mit der Reise und der Heimkehr meinte. Er war in seinen Gedanken eine lange Wegstrecke gegangen und hatte ein Verständnis gewonnen, welches er in sein tägliches Leben übertragen mußte – andernfalls machte es wenig Sinn, auf die Reise zu gehen.

Als er wieder aufsah, saß der Einsiedler neben ihm, und es war ganz hell geworden.

»Als du gekommen bist, warst du ganz aufgeregt. Was wolltest du mir erzählen?« Bruder Durston betrachtete ihn mit großer Zuneigung.

»Also weißt du, daß ich schon die ganze Zeit da bin?«

»Ja.«

»Ich dachte, wenn du in der Versenkung bist, nimmst du nichts wahr.«

Durston lachte. »Im Gegenteil«, sagte er. »Ich nehme alles wahr.«

Neil biß sich auf die Lippen. »Ich meinte...« begann er, aber Durston unterbrach ihn: »Ich weiß, was du meintest... und ich glaube, ich weiß warum du gekommen bist.«

»Es ist wegen Mairi.«

»Ich weiß.«

»Ich möchte dir von ihr erzählen und ich möchte, daß du mir hilfst, sie zu finden.«

»Auch ich möchte sie finden.«

»Bevor... bevor ich von ihr erzähle – kann ich dich da etwas fragen?«

»Natürlich.«

»Während ich auf dich wartete, da glitt ich in... in eine Art... in etwas, das du wohl meinst, wenn du von ›der Stille‹ sprichst.«

»Ja.«

»Ich weiß nicht, wie ich das gemacht habe. Es geschah wie von selbst.«

»Anfangs geschah es auch bei mir ›wie von selbst‹«, sagte Bruder Durston mit einem Lächeln.

»Hast du das irgendwie mit beeinflußt? Hast du mir geholfen, ohne es zu merken?«

»Das ist möglich. In der Stille zu sein, ist ein sehr einflußreicher Zustand. Mein Dabeisein mag dich beeinflußt haben – aber nur, weil du dafür bereit warst.«

»Manchmal...« Neil legte die Stirn in Falten. Es war so schwer die sonderbaren Gefühle und Wünsche zu verstehen, die er manchmal hatte und die nicht zu dem »Neil« zu gehören schienen, den seine Familie und seine Freunde kannten. Durston konnte sehen, wie Neil sich mühte, und daß es ihm nicht gelingen würde zu sagen, was er ausdrücken wollte.

»Du wolltest mir etwas von Mairi erzählen«, regte er an. »Du kannst das beim Frühstück tun.«

Neil stand dankbar auf. Er war hungrig. Selbst Bruder Durstons Eichelkuchen, hart und altbacken, wie sie wahrscheinlich waren, würden ihm willkommen sein.

Als er einmal angefangen hatte, von Mairi zu sprechen, fand er es schwierig wieder aufzuhören. Durston hörte ruhig und aufmerksam zu, stellte hin und wieder eine Frage. Er hörte Dinge hinter Neils Worten, von denen nicht einmal Neil etwas wußte.

Als Neil schließlich zu der Beschreibung seiner Träume der vergangenen Nacht kam, vom Meer, das gegen seinen Schädel donnerte, veränderte sich Durstons Gesichtsausdruck. Er stand plötzlich auf und kramte unter den Gegenständen auf seinem kleinen Bord. Er holte ein langes Seil aus zusammengeknoteten Lederstreifen hervor, kehrte behende zu Neil zurück und befahl ihm, mit ihm zu kommen.

Verwirrt folgte Neil ihm. Durston führte ihn wieder an den Rand des Kliffs. Dort bog er ein und schritt zielgerichtet gen Norden, den Steilhang zur Linken am Rand entlanggehend. Sie kamen zu einer Stelle, wo der Sturz etwas weniger steil war. Hier war die Kante von Seilen und von den Füßen der Männer und Jungen der Gegend gezeichnet, die sich seit hunderten von Jahren schon hier abgeseilt hatten, um nach den Eiern der Trottellumme zu suchen. Auch Neil selbst war schon mehrmals über den Rand hinabgestiegen und kannte den Angstschauer, wenn die eisigen Winde an dem brüchigen Seil ruckten und zogen, wenn die wütenden Vögel heranflogen und schrieen, ihre Augen fremd und kalt und ihre Schnäbel messerscharf. Er runzelte die Stirn, als er sah, wie Durston das Ende des Seils fest an dem Stein festband, der immer als Anker benutzt wurde. Der Einsiedler wollte doch nicht...? Aber noch bevor er die Frage stellen konnte, die sich ihm aufdrängte, hatte der Mann den Überrock seiner langen, zerlumpten Mönchskutte hochgezogen und zwischen seinen Beinen und am Gürtel festgebunden. Neil starrte mit überraschtem Erstaunen auf die langen, dünnen weißen Beine, die zum Vorschein kamen. Durston lachte.

»Ich weiß, es ist lange Jahre her, seit meine Beine zuletzt das Sonnenlicht gesehen haben«, sagte er belustigt. »Das bedeutet aber nicht, daß sie nicht kräftig sind.«

»Du willst doch nicht den Kliff hinabklettern?« schnaubte Neil.

»Ich werde deine Freundin holen«, sagte der Einsiedler mit ruhiger Stimme, als sei das die einfachste Sache.

»Du glaubst, sie ist da unten?« rief Neil überrascht aus. Es erforderte ein großes Maß an Geschicklichkeit und Wagemut, diese Klippen hinabzuklettern. Wenn Mairi über diesen Rand gegangen war, dann war es wenig wahrscheinlich, daß sie noch lebte.

»Dein Traum ließ mich an die Höhle denken, in die bei Flut das Meer hineinbrandet«, sagte Bruder Durston.

»Aber wie kann sie überhaupt...?«

»Sie war verschreckt und verzweifelt. In so einer Verfassung tun Menschen unmögliche Dinge.«

Neil dachte an die Höhle. Er war nur einmal darinnen gewesen, als er zehn Jahre alt war. Er hatte sich auf eigene Faust auf Eiersuche begeben, was immer leichtsinnig ist, und war immer weiter und weiter geklettert, bis er merkte, daß er nicht mehr zurückkonnte. Er hatte gerufen und gerufen, aber niemand hatte ihn gehört. Schließlich hatte er, kurz vor Dunkelwerden, eine Höhle gefunden, die über dem Meeresspiegel lag, aber doch so weit unten, daß bei Flut das Wasser hineindonnern konnte. Dort hatte er eine schreckliche Nacht verbracht, zusammengekrümmt auf einem Sims, während das Meer versuchte, ihn zu erreichen und mit sich in die Tiefe zu ziehen. Als die Flut zurückging und das langersehnte Morgenlicht hereinkroch, hatte er am ganzen Leib gezittert und war er völlig erschöpft gewesen. Er war hinausgestolpert und hatte zu seiner Erleichterung die vielen schwingenden Rettungstaue entdeckt. Ihm schauderte noch bei der Erinnerung, und er wunderte sich, nicht schon an dieses Erlebnis gedacht zu haben, als er aus seinem Traum erwacht war. Die Erinnerung an die Höhle, in der er als Kind gefangen war, hatte zweifellos den Schrecken seines Traumes genährt und angeheizt. Durston hatte ihm erzählt, daß unsere Gedanken häufig in Verbindung mit anderen stehen, auch wenn wir dies selten bewußt wahrnehmen. In Augenblicken der Gefahr oder der Anspannung ist die Verbindung am stärksten. Er hatte Mairi schon einmal gefunden, nachdem er von ihr geträumt hatte. Warum nicht auch jetzt? Wenn sie die Nacht über in jener Höhle zugebracht und jenen Schrecken erfahren hatte, dann mochte sie ihn in Gedanken wohl gerufen und ihn erreicht haben. Neil wußte, was Durston dachte, und er wußte auch, was er zu tun hatte.

»Ich muß gehen«, sagte er zu Durston, trat vor und ergriff das Tau.

Durston deutete auf seine am Gürtel befestigte Tasche mit Kräutern. »Es ist vielleicht besser, wenn ich gehe«, sprach er sanft.

Neil zögerte. Was, wenn sie blutete oder mit gebrochenen Knochen dalag? Aber die dünnen Beine des Einsiedlers sahen aus, als würden sie ebenso leicht brechen wie Kienholz an hartem Fels. »Ich werde die Tasche nehmen«, sagte er bestimmt. »Es ist besser, wenn du hier wartest.« Durston hatte Neil über die Jahre eine ganze Menge über Heilkräuter beigebracht, und Neil war sicher, mindestens mit einigen der Schwierigkeiten fertig zu werden, die auf ihn warten mochten. »Ich kann dir ja ein Zeichen geben, wenn ich dich brauche«, fügte er hinzu. Er fürchtete, die Gefühle des Mannes zu verletzen, wenn er ihm die Kletterei nicht zutraute.

Durston war in Wirklichkeit viel stärker als er aussah und schon viele Male an diesen Klippen auf der Suche nach Nahrung hinab- und hinaufgeklettert. Neil jedoch schien es so sehr darum zu tun, allein zu gehen, daß Durston bereitwillig zustimmte zu warten. Er band ein Ende des Seils um Neils Hüfte und nahm neben dem Stein, an dem das andere Ende befestigt war, Aufstellung.

Als die Vögel ihren alten Feind, den menschlichen Eierräuber, kommen sahen, wurden sie wild. Sie flatterten schreiend um Neils Kopf. Manchmal hatte er Angst, sie würden ihm mit ihren scharfen gelben Schnäbeln die Augen auspicken, und er schlug mit dem einen Arm nach ihnen, während er sich mit dem anderen mit aller Kraft an den Felsen klammerte. Durston, der ihm zusah, sprach ein inbrünstiges Gebet zu den Schutzengeln und hoffte, sein altes Lederseil würde halten, wenn es das ganze Gewicht tragen mußte. Er wünschte jetzt, er hätte es anfangs des Sommers erneuert, wie er es vorgehabt hatte. Er dachte daran, Kieselsteine zu werfen, um die Vögel zu verscheuchen, hatte aber Angst, aus Versehen seinen jungen Freund zu treffen. Er dachte an die junge Frau mit dem bleichen Gesicht und den dunklen, tiefen Augen von der Farbe des Himmels vor Sonnenaufgang, die versucht hatte, ihm etwas von »ihrem Volk« von jenseits des Meeres zu erzählen... aus dem Westen... Er wandte für einen Augenblick seine Aufmerksamkeit von Neil und seinem Kampf ab, um über die Weite des Ozeans zu blicken, der sich bis zum Horizont erstreckte. Legenden sprachen von Land jenseits des sich scheinbar endlos erstreckenden Wassers. Ein irischer Mönch hatte vor Jahrhunderten behauptet, es gefunden zu haben. Die Wikinger erwähnten es in ihren Sagas. Durston wog ab, was er gehört hatte, und sah keinen Grund, es zu bezweifeln. Aber zu glauben, es gäbe tatsächlich Land jenseits des weiten westlichen Meeres war eine Sache; zu glauben, Menschen seien in uralten Zeiten aus jenem Land gekommen und hätten die hohen Steine für ihren geheimnisvollen Gott auf dieser Insel aufgestellt, war eine andere. Darüber hinaus aber auch noch zu glauben, eine junge Frau, die heute lebte, könnte über die Zeit hin mit solchen Leuten in Verbindung stehen, erforderte schon ein großes Maß an Leichtgläubigkeit. Wäre Durston kein Einsiedler, sondern ein Mönch unter anderen Mönchen und unter der strengen Aufsicht der Kirche gewesen, hätte er die Behauptungen der jungen Frau im besten Fall als lächerlich abgetan, im schlimmsten Fall als teuflische Einflüsse betrachtet. So jedoch, da er auf einer sturmumtosten Klippe lebte und manchmal in dem langen Winter monatelang keine Menschenseele erblickte, war sein Verständnis dessen, was andere Menschen als Wirklichkeit ansahen, oft ungewöhnlich. Wenn er denn etwas gelernt hatte in den langen Jahren der Versenkung, so war es, daß sehr weniges das war, was es zu sein schien, und daß es vieles Wirkliches gab, für das noch niemand eine befriedigende Erklärung gefunden hatte.

Neils Verstand war sehr beschäftigt, als er die Klippen hinabstieg. Auf der einen Ebene war er sich hellwach jeder Möglichkeit bewußt, einen Halt oder Griff in den Rissen und Schründen zu finden; auf der anderen Ebene war er von der unmittelbaren Gefahr abgelenkt, da er die Chancen des Mädchens abwog, tatsächlich lebend in die Höhle gelangt zu sein.

Als er schließlich den Bereich mit den Nestern hinter sich gelassen hatte, wurde er nicht mehr angegriffen. Seine Muskeln schmerzten, als sie sich streckten und klammerten. Jeder Halt mußte mit größter Anstrengung gewonnen werden. Als er klein war, war es einfacher gewesen. Sein heutiges Gewicht arbeitete gegen ihn, und viele Spalten und Vertiefungen, die er mit zehn genutzt hatte, waren jetzt zu klein für ihn. Die junge Frau war leichter als er, aber er konnte es sich immer noch nicht vorstellen, wie sie, schwach vom Fieber wie sie war und zerrüttet von den quälenden Erlebnissen der vergangenen Tage, diesen Kliff hinabgeklettert war.

Als Neil endlich die Höhle sehen konnte, einen Spalt in der Felswand und jetzt, bei Ebbe, hoch über dem Wasserspiegel, rief er ihren Namen. Doch der Wind blies ihn ihm wieder ins Gesicht.

Mit Mühe blickte er nach oben. Er konnte eben noch Durstons Kopf über dem Rand der Klippe sehen. Auf dem Meer waren ein paar Fischerboote, aber weit draußen. Die Fischer konnten ihn bestimmt nicht sehen.

Neil arbeitete sich näher an die Höhle heran und rief noch einmal. Doch selbst bei Ebbe brachen sich die Wellen geräuschvoll an den Felsen unten und sprühten feine Tropfen in die Luft. Es war sehr unwahrscheinlich, daß sie ihn hörte. Das andere Mal, vor langer Zeit, hatte er auch die Rufe seines Vaters und seiner Brüder nicht gehört, als sie die Klippen nach ihm abgesucht hatten. Auf beiden Seiten von ihm, über und unter ihm erstreckte sich der kristalline Gneis, geädert mit vielen Spalten, aus denen Wolken von leuchtend rosafarbenen Seenelken wuchsen.

Das Seil war nicht lang genug, und er mußte es von seiner Hüfte lösen und die letzten Meter ohne es absteigen. Er ließ es baumeln, hin– und herschaukelnd hing es dünn und altersschwach herab.

Zu guter letzt erreichte er die Höhle.

Im Vergleich zu dem hellen Sonnenlicht wirkte die Schwärze darin undurchdringlich. Er stand an der Öffnung, und die Erinnerung an seine Gefühle von damals überkam ihn. Ängstlich blickte er über seine Schulter. War das Wasser jetzt niedriger oder höher als zu Beginn seines Abstiegs? Wie es den Anschein hatte, war das Wasser gerade an seinem Wendepunkt. Es erforderte einige Überwindung, seine kindliche Angst vor dem Ort zu besiegen und in die Höhle hineinzugehen. Geduldig stand er in der Finsternis und wartete, bis sich seine Augen an die Dunkelheit gewöhnt hatten.

»Mairi!« sagte er laut. Seine Stimme hallte durch die engen Gänge, in denen sonst die Stimme des Meeres donnerte.

»Mairi! .... Mai ... Mai ... ri ... ri ... «

»Sie ist nach der Mutter Gottes benannt«, dachte Neil mit einem

Mal. »Mit einem solchen Namen kann sie doch keine Hexe sein.«

Ein anderer Name ertönte in den Echos, die in der Dunkelheit widerhallten. Der seine! Zuerst nur ein Flüstern, wuchs der Name und verschmolz mit dem anderen Namen.

Sie war da! Sie war da! Neil rief wieder und ging tiefer hinein. Er konnte jetzt undeutlich sehen. Auf einer der Wände bewegten sich flimmernd feine Spinnennetze aus Licht, Widerspiegelungen eines Teiches, der von der abfließenden Flut zurückgelassen worden war und von einem dünnen Lichtschein getroffen wurde, der über seine Schulter hereinfiel. Neil konnte den Sims sehen, auf dem er sich einst zusammengekauert hatte. Er konnte einen schwachen Schatten sich bewegen sehen. Er streckte seine Arme hinauf, und schluchzend fiel ihm die junge Frau in die Arme. Sie küßten sich wohl hundert mal. Er wußte von nichts mehr außer von seinem Gefühl für sie, von seiner Liebe für sie und dem Verlangen, sie fest und sicher bei sich zu haben. Was auch immer geschehen war oder die Zukunft bringen würde, er würde sich nie mehr von ihr trennen.

Fiona lag den ganzen Morgen da und starrte an die Decke.

Anstatt voll Freude die Hochzeit vorzubereiten, waren jetzt alle damit beschäftigt, die vermißte Fremde zu suchen. Fionas Eltern wußten, daß die Hochzeit nie stattfinden würde, wenn ihre Tochter verkrüppelt blieb.

Donal war eilends zu Mairis Heimatdorf gesandt worden, um sie um jeden Preis zurückzubringen, damit sie den Fluch von Fiona löse. Niemand hatte einen Zweifel daran, daß sie versuchen würde, in ihr Heimatdorf zurückzukehren. Da sie kein Pferd mitgenommen und niemand sie auf der Straße gesehen hatte, vermutete man, sie würde den beschwerlichen Weg über die nebelverhangenen Berge nehmen, durch das Reich des Goldadlers und des Falken.

Ingrid wachte über Fiona. Es machte ihr Angst, wie still sie war. Seit ihrem ersten Anfall lag Fiona da, ohne sich zu bewegen oder zu sprechen. Ihre Mutter sorgte sich, die Lähmung, die ihre Beine befallen hatte, würde langsam weiterkriechen und sie schließlich vollständig unbeweglich machen. Ingrid holte Fionas hübschen Kamm aus Walroßzahn und saß eine lange Zeit an der Seite ihrer Tochter und kämmte ihr die langen, rotgoldenen Haare. Ingrid kamen fast die Tränen als sie daran dachte, wie sie Fiona all die Jahre hatte gut zureden müssen, damit sie still hielt, bis die Haare gekämmt waren. Das Licht glänzte und blinkte in den hellen Strähnen, und die Mutter erinnerte sich daran, wie ihre einzige Tochter ihren Brüdern entgegengelaufen war, wenn diese von den Hochweiden nach Hause zurückkehrten... wie sie in der großen Halle zum Fußstampfen und Händeklatschen der Nachbarn getanzt hatte... wie sie den Hühnern etwas vorsang, wenn sie sie fütterte. Wenn nun der Fluch nicht von ihr genommen werden konnte und sie für den Rest ihres Lebens ein Krüppel blieb?

Plötzlich merkte sie, wie Fionas graugrüne Augen ihr in die Augen schauten, als hätte das Mädchen ihre Gedanken gelesen.

»Laß' mich, Mama«, flüsterte Fiona, »laß' mich allein.«

Ingrid schossen die Tränen in die Augen. Nie in ihrem Leben hatte Fiona sich so zurückgezogen. Immer wollte sie im Mittelpunkt stehen und immer erregte sie die Aufmerksamkeit der Menschen so leicht wie die blühende Heide die Bienen anzog.

In dem Augenblick erschien einer von Fionas jüngeren Brüdern in der Tür.

»Sie glauben, ihre Spur gefunden zu haben«, sagte er aufgeregt. »Wir haben sie bald!«

»Möge der Herr mir vergeben, was ich am liebsten mit ihr machen würde, wenn ich sie zu fassen bekomme«, sagte Ingrid aus tiefstem Herzen, wobei sie sich die Tränen abwischte.

»Wir werden sie zahlen lassen, Fiona«, sagte der junge Bursche eifrig. »Mach dir keine Gedanken. Wir werden sie zahlen lassen.«

»Nein«, sagte Fiona heftig. »Nein!«

Die beiden sahen Fiona erstaunt an. Ingrid beugte sich über ihre Tochter und küßte sie. »Gott segne dich, mein Schatz«, sagte sie, »für deine christliche Vergebung und Gnade. Der Himmel wird dich belohnen.«

Fiona wandte ihr Gesicht von der Mutter und starrte die Wand an. Es gab Dinge, die hätte sie lieber nicht getan und nicht gesagt... aber es war zu spät... zu spät...

»Ich wollte sterben«, erzählte Mairi Neil, als sie sich gefaßt hatte. »Ich kam zu den Klippen und wollte mich hinabstürzen und umbringen. Alles was ich sagte oder tat, wurde mißverstanden. Nach dem, was deine Schwester gesagt hatte, glaubte ich nicht einmal mehr an deine Freundschaft.«

Neil sah Mairi an und fühlte sich beschämt. Er erinnerte sich, daß er tatsächlich an ihr gezweifelt hatte.

»Aber als ich zu den Klippen kam, konnte ich nicht springen. Ich wollte leben. Ich rief nach meinem Volk – aber niemand antwortete. Da versuchte ich wirklich zu springen. Ich dachte, wenn auch sie mich verlassen hatten – dann hatte das Leben keinen Sinn mehr. Aber ich wollte immer noch leben. Verstehst du?«

Neil nickte. Diesen Wunsch zu leben verstand er sehr, sehr gut. Er erinnerte sich an die Zeit auf Island, wo er manches Mal geglaubt hatte, es sei Schluß, und wie verzweifelt er sich ans Leben geklammert hatte.

»So beschloß ich, hinabzuklettern. Ich überließ es dem Großen Geist. Wenn ich sterben sollte, würde ich abstürzen und mir den Hals brechen. Wenn ich leben sollte, würde ich das irgendwie überstehen und ein Versteck finden.«

»Und da fandest du diese Höhle!«

»Oh, Neil – die Nacht... die Nacht war so lang!« Bei der Erinnerung daran fing sie an zu zittern, und er legte den Arm um sie und drückte sie an sich.

»Ich weiß...« sagte er aus tiefstem Herzen. Er dachte an jene Nacht vor vielen Jahren. »Wir müssen hier heraus bevor die nächste Flut kommt.«

»Wie hast du mich gefunden?«

»Ich hatte einen Traum.«

»Einen Traum?« Ihr Blick hellte sich auf.

»Ja. Ich werde es dir später erzählen. Jetzt müssen wir weg hier.« Das Wasser reichte schon bald an die Höhlenöffnung.

»Aber wenn du geträumt hast, wo ich war, dann gibt es mein Volk wirklich und dann stimmt, was sie mir erzählt haben...« stieß sie hervor.

»Wir haben jetzt keine Zeit«, sagte er streng. »Komm.« Und er nahm ihren Arm und zog sie hinter sich her zum Ausgang.

Es war wirklich ein Wunder, daß sie unbeschadet die Klippen hinabgeklettert war bis zu der Höhle, und er betete darum, daß ein weiteres Wunder sie nach oben bringen würde. Erleichtert sah er Durston wild mit den Armen winken. Er hatte sie sogleich erspäht.

Im hellen Tageslicht sah Mairi sehr erschöpft und krank aus. Jene Kraft, mit der sie es am Vorabend gewagt hatte, die tödlichen Klippen herauszufordern, hatte sie jetzt verlassen. Durstons Seil schwang außer Reichweite über ihnen in der Luft.

Neil sah sie an. So dünn und klein sie auch war, er würde sie nicht tragen und sich gleichzeitig festhalten können. Er sah, wie sie die aufragenden Wände hinaufschaute und in die Helligkeit des Himmels hinter Bruder Durstons Kopf blinzelte. Sie biß sich auf die Lippen.

»Du kannst es schaffen«, drängte er sie. »Es ist nicht weit zum Seil. Wenn ich vorangehe, mußt du nur darauf achten, wo ich meine Füße und Hände hinsetze und es mir genau nachmachen.«

Sie wischte sich die Augen mit ihrem Handrücken ab. Er sah, wie sie mit den Tränen kämpfte.

»Du mußt nicht weinen«, sagte er mit fester Stimme. »Weil, sonst siehst du nicht wo du stehen und dich festhalten kannst.«

Sie nickte und blinzelte und schluckte schnell.

»Sprich ein Gebet«, fügte er etwas sanfter hinzu. »Bruder Durston schwört, daß es Schutzengel gibt...«

»Ich weiß es«, flüsterte sie.

Sie schloß ihre Augen und tat einen tiefen Atemzug.

Als sie sie wieder aufmachte, hatte er sich zu der Stelle aufgemacht, wo das Seil in der Brise schaukelte.

Endlich zogen sie sich völlig erschöpft über den Rand der Felswand und fielen vor Bruder Durstons Füßen zu Boden. Er saß da, bewegungslos wie ein Stein, sein Rücken war gestreckt, die Beine gekreuzt, die Augen geschlossen – er war tief in der Stille.

Neil berührte Mairis Arm. »Ich glaube, er hat uns beim Klettern geholfen«, sagte er. Sie war zu mitgenommen, um sprechen zu können, lag nur in dem vom Wind gewiegten Gras und schaute in den Himmel hinauf. Mit jedem Schlag ihres Herzens, der in ihrer

Brust pochte, sagte sie »Danke«. Sie sagte dank der Sonne für ihr Leuchten; dank den Felsenklippen für ihre Stärke sie zu halten; dank Neil, der sie gefunden hatte; dank dem sonderbaren Einsiedler, der sie hielt in der Macht seines Gebetes, während sie kletterten; dank dem Wind dafür, nicht so stark geblasen zu haben; dank dem Seil, das nicht gerissen war. Aber vor allem sagte sie dank dem Großen Geist, von dem ihr Volk ihr erzählt hatte, dem Geheimnis jenseits aller Geheimnisse, der entschieden hatte, sie solle leben, und der ihrem Leben Sinn gab.

Durston öffnete die Augen und lächelte sie an.

Neil nickte, noch immer unfähig zu sprechen. Sein Atem ging schwer. Aber der Mann sah die Dankbarkeit und die Erleichterung in seinen Augen.

Durston beugte sich über die junge Frau, die jetzt ihre Augen geschlossen hatte. Ihre Hände und Knie bluteten, wo sie sich diese am Fels aufgescheuert hatte, über ihr Gesicht liefen Streifen aus Schweiß und Staub, ihre Wangen waren hohl vom Mangel an Schlaf – aber Durston sah ein Kind Gottes, nicht des Teufels.

Er bückte sich und nahm sie in seinen langen Armen auf.

»Komm nach, wenn du kannst«, sagte er zu Neil. »Ich werde sie zu mir nehmen und sie verstecken bis sie stark genug ist, sich ihren Anklägern zu stellen.« Er hatte von ferne Stimmen gehört und fürchtete, Leute, die sie suchten, näherten sich ihnen. Mairi machte keinen Versuch, sich an ihm festzuhalten, sondern lag schlaff wie Lumpen in seinen Armen. Ihre Gedanken trieben haltlos wie Wrackgut über das Meer, berührten hier etwas und dort, blieben aber nirgend hängen. Irgendwo in diesem Treiben formte sich ein Gesicht vor ihrem inneren Auge und verging wieder. Es war ein Gesicht, das sie in ihrem Tempel aus hohen Steinen gesehen hatte. Es war also noch da, »ihr Volk«, und nur Mairis Angst und Verzweiflung hatte sie daran gehindert, es zu sehen und zu hören.

Durston legte Mairi auf einen Haufen Stroh, der mit einer oft geflickten Decke bedeckt war. Er war so groß in der kleinen Hütte, daß sein Körper das Licht von der Tür verdeckte. Das letzte, an das Mairi sich erinnerte, bevor sie in einen tiefen Schlaf fiel, war, daß sie endlich in Sicherheit war. Die Stärke, die sie in Durston spürte, schien dieselbe wie die ihrer Lehrer und Freunde aus der alten Zeit zu sein.

»Vielleicht – wenn er mit zu den Steinen käme, würde er sie auch sehen«, dachte sie. Und dann dachte sie nichts mehr.

Die Genesung

Nachdem Neil sich vergewissert hatte, daß Mairi sicher in Durstons Zelle schlief, kehrte er nach Hause zurück. Es lag eine unheimliche Stille über dem Haus. Alle bewegten sich sachte und sprachen nur flüsternd.

Neil schritt geradewegs zu Fionas Zimmer und fand sie auf ihrem Rücken liegend und mit weit geöffneten Augen an die Decke starrend. Sie wandte nicht einmal den Kopf um zu sehen, wer gekommen war. Eine lange Zeit stand er schweigend neben ihr und blickte sie an. Abgesehen von dem gelegentlichen Blinken ihrer Lider war kein Lebenszeichen an ihr zu sehen. Er konnte nicht fassen, daß dieser Schatten seine Schwester sein sollte. All die Jahre hatte sie stets ihren Willen durchgesetzt, hatte mit den Füßen gestampft oder ihr rotgoldenes Haar geschüttelt, wenn auch nur das leichteste Anzeichen einer Zurückweisung zu erkennen gewesen war. Er dachte daran, wie er noch vor ein paar Wochen mit ihr auf den Hochweiden um die Wette gelaufen war und kaum mit ihr hatte Schritt halten können. Er hatte sich gefragt, wie sie damit zurechtkommen würde, eine Hofdame unter vielen blassen Hofdamen zu sein, die von nichts anderem sprachen, als von ihren Männern und von Kleidern, und hatte versucht, sie zu überreden, bei ihrem Volk zu bleiben. Sie war ihm immer wie ein rastloser, wilder Bergfluß vorgekommen, voller Leben und sprühend. Es brach ihm schier das Herz, sie jetzt so still, so untätig zu sehen – wie ein stehender Tümpel.

»Fiona«, wisperte er. Er brachte es nicht fertig, in der bedrückenden Stille des Raumes laut zu sprechen. Sie gab kein Zeichen. Er trat näher und wiederholte ihren Namen etwas lauter. Sie bewegte sich noch immer nicht. Er legte ihr die Hand auf die Schulter, und da endlich wandte sie ihm ihren Blick zu. Es lag etwas darin, was er nicht zu lesen vermochte. »Gibt es irgend etwas, das ich für dich tun könnte?« flüsterte er.

Ihr Mund verzog sich bitter und ihre Augen schienen zu sagen. »Hast du nicht genug angerichtet?«

»Fiona«, sagte er drängend, »ich glaube wirklich nicht...«

Aber er konnte den Satz nicht zu ende bringen. Seine Mutter kam herein und sagte, er solle seine Schwester ruhen lassen.

»Wo bist du gewesen?« schimpfte sie. »Wir haben überall nach dir gesucht. Und nach dem Einsiedler auch! Wir brauchen ihn, und er ist nirgends zu finden.«

»Ich werde ihn jetzt holen, wenn du willst«, sagte er sich auf die Tür zu bewegend. Er wünschte, nie gekommen zu sein.

»Was meinst du, mein Liebling«, sagte Ingrid zu ihrer Tochter, »willst du ihn jetzt sehen?«

»Nein«, sagte Fiona mit einer kalten, harten Stimme, die Neil nie zuvor bei ihr vernommen hatte.

»Sie will ihn nicht sehen«, sagte Ingrid seufzend. »Ich bin sicher, seine Gebete würden helfen. Wenn die Hexe nicht gefunden wird, den Fluch von ihr zu nehmen, würde doch gewiß solch ein heiliger Mann wenigstens irgend etwas tun können!«

»Ich hole ihn. Ob sie nun will oder nicht«, sagte Neil.

»Ich will ihn nicht sehen«, schnappte Fiona.

»Du scheinst verkrüppelt bleiben und dich deiner Hochzeit entziehen zu wollen!« rief Neil voll Ungeduld ärgerlich aus.

»Neil!« stieß Ingrid entsetzt hervor.

Fionas Lippen preßten sich zusammen und ihre Blicke wanderten wieder zur Decke.

Neil machte auf dem Absatz kehrt und ging.

Er holte etwas zu Essen aus der Küche und eine weiche Felldecke von einem der Betten. Dann war er auf dem Weg zu Durstons Einsiedelei.

Als er zu der Hütte kam, sah Neil, daß Durston in dem Herd in der Mitte des Raumes ein kleines Feuer entzündet hatte und Mairi gegen die Wand gelehnt im Bett saß. Mit beiden Händen hielt sie einen irdenen Becher mit Wasser umklammert, und mit leuchtenden Augen sprach sie angeregt mit dem Einsiedler. Als Neil eintrat, hob Durston Schweigen gebietend seine Hand. Neil setzte sich still neben ihm auf den harten Boden und lauschte.

»Es geschah zum ersten Mal, als ich noch klein war. Mein Vater hatte mich auf seinem Pony zu einem anderen Bauern mitgenommen, mit dem er handeln wollte. Er hatte vor, ein paar Schafe gegen einen jungen Ochsen zu tauschen, aber die Schafe waren entlaufen und wir mußten sie suchen. Wir fanden sie in der Nähe von Callanish, aber ein Lamm rannte weg und ich folgte ihm. Ich verlor meinen Vater aus den Augen und auch das Lamm, und mit einem Mal stand ich nicht weit von den riesigen hohen Steinen. Ich war tief getroffen. So viele! Bei unserem Dorf stand ein einzelner aufrecht stehender Stein, und mir war immer gesagt worden, ich solle ihm fern bleiben, denn der Teufel hätte ihn dort hingestellt. Das hatte mich immer schon verwirrt, denn die Kühe und Schafe benutzten ihn stets, um sich daran zu scheuern. Und Tiere mieden doch sonst alles, was übernatürlich oder böse war. Ich aber mied den Stein, weil meine Mutter das gesagt hatte. Als ich diese vielen anderen Steine entdeckte, verlangte es mich, zu ihnen hinauf zu gehen, aber nach dem, was man mir über den Stein bei unserem Dorf erzählt hatte, wagte ich es nicht. Ich ging zu meinem Vater zurück, und er half mir das Lamm zu suchen. Ich weiß nicht warum, aber ich erzählte niemandem, was ich gesehen hatte. Ich dachte, ein furchtbares Geheimnis müsse die Steine umgeben, da niemand sie je erwähnt hatte, obwohl sie doch gar nicht weit von Kirkoway weg waren.«

Sie nippte einen Schluck Wasser. Neil reichte ihr etwas kaltes Fleisch und Brot aus dem Bündel, das er mitgebracht hatte. Sie aß hungrig. Und er tat es ihr gleich.

»Und dann fing ich an, von ihnen zu träumen«, sagte sie.

»Welche Art Träume?« fragte Neil sich an seine erinnernd.

»Mir träumte immer und immer wieder, ich hätte mich verlaufen und irrte über die Heidemoore, verängstigt und ohne zu wissen, wo es nach Hause ging. Und dann sah ich ganz unvermittelt die Steine gegen den Himmel und wußte, das war mein Zuhause. Es war äußerst sonderbar. Wenn ich in meinem Traum mein Zuhause suchte, dachte ich es mir immer so, wie es war: eine Hütte in einem Dorf mit meiner Mutter und meinem Vater und den Hühnern... aber wenn ich mein Zuhause fand in dem Traum, dann waren es immer diese aufrecht stehenden Steine auf der Anhöhe...«

»Bist du wieder hingegangen. Ich meine... als du wach warst?«

»Eine lange Zeit nicht. Die Träume machten mir Angst. Ich fühlte mich böse, wenn ich nur an den Ort dachte, denn man hatte mir doch gesagt, solche stehenden Steine seien stets das Werk des Teufels. Und dann war es, als wenn.... als wenn ein Tor sich geöffnet hätte...« Sie schien nach Worten zu suchen. »... und alle Gedanken, die ich je gedacht hatte, kamen hervorgestürmt, als wenn sie in einem Pferch eingesperrt gewesen und jetzt freigelassen worden wären. Die Erklärungen meiner Eltern stellten mich nicht mehr zufrieden. Es kam mir vor, als seien die Dinge, die mir vorher vernünftig erschienen, durchaus nicht mehr vernünftig, und als würden die Dinge, die ich vorher nicht verstanden hatte, mir jetzt klar.«

Bruder Durston nahm sich etwas von dem Essen und kaute still vor sich hin. Er sagte nichts und lauschte aufmerksam auf jedes Wort.

»Eines Tages stahl ich mich auf dem Pony meines Vaters davon. Der einzige Weg, die Wahrheit herauszufinden und die Träume zum Aufhören zu bringen, war, zu den Steinen selbst zurückzugehen. Ich kannte den Weg zu dem Hof, wo wir den Ochsen gegen die Schafe eingetauscht hatten, aber danach, dachte ich, würde es schwer werden, den Weg zu finden.« Sie hielt inne und runzelte die Stirn. »Aber ich fand sie auf der Stelle. Es war sehr sonderbar.«

»Und dann...?« drängte Neil, als sie keine Anstalten machte fortzufahren.

»Es war wirklich, als hätte ich mein Zuhause gefunden«, sagte sie. »Ich fühlte mich glücklich dort und zufrieden... Danach«, fuhr sie nach einer weiteren Pause fort, »besuchte ich die Steine sooft ich mich unbemerkt davonmachen konnte.«

Eine Weile schwieg sie still. Neil und Durston saßen ganz ruhig da und warteten ab. Das war noch nicht alles.

»Es geschah nichts besonderes in jenen Tagen, doch vor ungefähr einem Jahr änderte sich alles.« Sie lehnte sich vor, kam sie jetzt doch zum wirklich wichtigen Teil ihrer Geschichte. »Ich hatte einen schwarzen Kristall in dem höchsten der Steine bemerkt, mir aber nichts weiter dabei gedacht. Plötzlich sah dieser Kristall aber wie ein Auge aus, wie ein Auge mitten auf der Stirn; ein Auge, das starr über den Meerarm und die Inseln blickte. Ich starrte und starrte und konnte gar nicht mehr aufhören, in dieses Auge zu starren. Ich begann, mich ganz eigentümlich zu fühlen, so als könne ich nicht mehr von der Stelle bewegen, selbst wenn ich es wollte.«

»Und konntest du es?« fragte Neil atemlos.

»Ich weiß es nicht. Ich hatte Angst, es auszuprobieren. Ich stand nur da und blickte in das Auge, und es kam mir vor, als ändere sich das Licht um mich her. Die Steine schienen viel weißer zu werden und der schwarze Kristall immer mehr wie ein Auge. Es war ein wolkiger Tag gewesen... doch jetzt lagen die Steine im strahlenden Sonnenlicht. Ich spürte die Anwesenheit von Leuten um mich, aber ich konnte meinen Blick nicht von dem ›Auge‹ abwenden, um zu schauen, ob sie wirklich da waren. Ich wußte, es waren nicht die Leute von hier. Ich wußte... ich wußte einfach, daß es ›mein Volk‹ war aus alter, alter Zeit.«

»Geister?« flüsterte Neil.

»Nein. Keine Geister. Wirkliche Menschen wie du und ich, aber... aber ohne ihre Körper.«

Neil schwieg.

»Ich hörte Stimmen, die in einer fremden Sprache redeten. Ich bemühte mich zu verstehen, was sie sagten, aber die Worte waren sehr verschieden von denen, die ich kannte. Ich gab es auf, zuzuhören, und starrte nur weiter in das Auge. Und dann flog ein Vogel vorbei und schrie, und ich blickte erschrocken auf. Ich war allein unter den Steinen, und es fing an zu regnen. Ich schaute wieder in das Auge... aber diesmal geschah nichts.

Ganz durcheinander ging ich nach Hause.

Danach geschah jedes Mal, wenn ich zu den Steinen ging und in das Auge schaute, irgend etwas. Ich begann, die Sprache zu verstehen. Die Leute sprachen mich unmittelbar an und erzählten mir alles mögliche.«

»Was – was erzählten sie dir?« rief Neil gespannt.

»Manchmal erzählten sie mir Dinge und manchmal sah ich einfach nur Bilder.«

»Haben sie dir gesagt, wo sie herkommen?« fragte Durston plötzlich mit seiner tiefen Stimme.

»Sie sprachen von einem Land weit, weit jenseits des westlichen Ozeans. Es war wohl so, daß es in den alten Tagen zwei Brüder gegeben hatte, zwei große Häuptlinge. Der Große Geist hatte die Weisheit in zwei Steintafeln gehaucht und jedem der Brüder eine Tafel gegeben. Die beiden Brüder schauten die Tafeln an und konnten die Weisheit in ihnen nicht erkennen. Der Große Geist sagte ihnen dann, sie würden eines Tages in der Lage sein, die Weisheit zu erkennen – doch zuerst müßten sie seinen Anweisungen folgen. Der eine sollte bleiben, wo er war, in dem Land der Ahnen, die Tafel gut bewahren und nach den uralten Gesetzen seines Volkes leben. Der andere Bruder jedoch sollte seine Tafel nehmen und seinen Stamm nach Osten führen... immer dem Sonnenaufgang entgegen und lernen, was immer es auf dem Weg zu lernen gab. Wenn die Zeit gekommen wäre, dann müßte er zurückkehren und seine Steintafel an die seines Bruders legen. Dann, und erst dann, würden sie sehen, was seit je auf diesen Tafeln niedergelegt war. Das neue Wissen und das alte würden zusammen die wahre Weisheit zum Leuchten bringen.«

Sie hörte auf zu sprechen und saß ganz still da, die Hände in ihrem Schoß.

Nach einer langen Weile holte Neil tief Luft und sah Bruder Durston an.

»Hört sich das für dich nach einer Geschichte an, die der Teufel erzählt?«

Durston schüttelte ganz langsam den Kopf, tief in Gedanken.

»Sie sagten mir, die Reise würde eine lange, lange Zeit dauern, weil der Mensch langsam lernt und sich leicht ablenken läßt. Sie zeigten mir die sonderbaren kleinen Boote, in denen sie kamen... sie zeigten mir, wie sie sich über das Land ausgebreitet hatten... und die heiligen Kreise ihrer Ahnen gebaut hatten, wie sie an jedem Ort Steintafeln errichtet hatten in Erinnerung an die eine, die sie verwahrten, die den Atem des Großen Geistes enthielt... wie sie in den Fels die Spiralen ritzten, die die geistige Reise ihres Volkes darstellten... «

»Und jener Priester, den ich mit der großen Krone und dem Umhang aus Federn gesehen habe...?« sagte Neil staunend.

»Das war der Hohepriester. Vögel sind ihnen heilig, denn sie schwingen sich auf von der Erde und fliegen in den Himmel, die Heimstatt des Geistes. Der Priester kleidet sich in Federn, um seine Ehrerbietung für die Weisheit der Vögel zu zeigen. Zaunkönige singen um seinen Kopf herum, wenn er den Prozessionsweg beschreitet, denn die Vögel wissen von seiner Weisheit.«

»Und du?« fragte Bruder Durston. »Wie kommt es, daß du sie sehen kannst, mit ihnen reden kannst, und sonst niemand...?«

»Sie sagten, ich sei auserwählt als... ›ein Überbringer der Botschaft‹, weil ich besondere Gaben hätte. Sie sagten, in jedem Zeitalter sei jemand auserwählt, die Geschichte zu kennen... damit die Menschen den Rückweg noch wissen, wenn die Zeit kommt.«

»Was sind diese ›besonderen Gaben‹, die du besitzt?« fragte Durston anteilnehmend.

»Ich habe immer...« Aber hier ließ die junge Frau den Kopf hängen und traute sich nicht, fortzufahren. Erst die Ermutigung, die sie in Durstons Augen sah, ließ sie wieder beginnen. »Ich hatte manchmal Träume, die zeigten, was später geschah... und manchmal kann ich sagen, was andere Menschen denken... und einmal... sah ich einen Engel.« Sie blickte ängstlich auf Durston. War sie zu weit gegangen und würde er schließlich doch vor den Kopf gestoßen sein und böse werden?

»Erzähle mir von dem Engel«, sagte er ruhig.

»Ich sah ihn beim Altar in der Kirche – ganz deutlich.«

»Wie sah er aus?« fragte Neil, von Scheu ergriffen.

»Wie Licht... leuchtend...«

»Hat er etwas gesagt?«

»Er sagte, daß meine Großmutter stürbe. Ich solle mich aber

nicht beunruhigen, denn ›in Gottes Königreich wird sie leben auf immerdar‹. Und dann... dann war er fort.«

»Und als du nach Hause kamst«, sagte Durston, »war deine Großmutter gestorben?«

»Ja. Die Dorfleute waren sehr böse als ich ihnen von dem Engel erzählen wollte. Sie sagten, ich sei ein böses Mädchen und würde lügen. Das brachte mich ganz durcheinander. Der Priester erzählt immer von Engeln, als wenn es sie wirklich gibt. Und wenn – warum war es so unmöglich, daß ich einen gesehen hatte?«

Durston schüttelte seinen Kopf. »Wenn die Menschen nicht bereit sind zu glauben, ist es besser, sie zweifeln«, sagte er.

Neil fiel auf einmal seine Schwester wieder ein. Er sprang auf und rief: »Fiona! – Ich hatte meiner Mutter versprochen, dich zu ihr zu bringen!« sagte er zu Durston gewandt. »Sie glaubt, du bist vielleicht in der Lage...« und dann hielt er inne als ihm einfiel, daß man einen Fluch von Mairi für die Lähmung verantwortlich machte. Er sah die junge Frau verstört an und dachte an all die merkwürdigen Dinge, die sie ihnen erzählt hatte. »Sie suchen nach Mairi«, setzte er verlegen hinzu, »weil sie glauben, sie hätte Fiona mit einem Fluch belegt und sei die einzige, die diesen Fluch wieder von ihr nehmen könne.«

Das Licht in Mairis Augen erlosch. Da sie zu Menschen gesprochen hatte, die zuhörten, ohne gleich ein Urteil abzugeben, hatte sie die übrige Welt vergessen.

»Ich werde zu deiner Schwester gehen«, sagte Durston ruhig und stand auf. Als er durch die Tür hinaustrat, warf er Neil einen Blick zu. »Paß auf sie auf«, sagte er mit einer solchen liebevollen Besorgnis in seiner Stimme, daß Neil überzeugt war, er zweifelte nicht an der Haltlosigkeit all jener Vorwürfe, die man gegen Mairi erhob. Es beschämte ihn, selbst wieder, wenn auch nur für einen Augenblick, den Glauben daran verloren zu haben.

Nachdem Durston gegangen war, trat für eine Weile ein peinliche Stille zwischen ihnen ein, die Neil schließlich brach, indem er Mairi fragte, ob »ihr Volk« ihr gesagt hatte, wie der reisende »Bruder« wissen würde, wann die Zeit zur Rückkehr mit der Steintafel gekommen sei.

»Wenn wir die neue Weisheit richtig gelernt haben und wissen, wie wir sie einsetzen, ohne sie zu verbiegen und zu mißbrauchen, dann sind wir zur Rückkehr bereit. Wenn wir aber umkehren, ohne sie in ihrer Gänze zu verstehen und sie richtig zu gebrauchen, dann ist Tod und Zerstörung in unserem Geleit und nicht die goldene Zeit, von der die Überlieferung kündet.«

Bruder Durston wurde von Fionas Mutter mit einer gewissen Befangenheit begrüßt. Ihre Haltung ihm gegenüber war immer etwas zwiespältig gewesen. Er flößte ihr Ehrfurcht ein, denn er war ein heiliger Mann und lebte in so enger Verbindung mit Gott. Doch immer hatte seine Erscheinung ihr auch Furcht eingeflößt und manchmal großen Widerwillen hervorgerufen. Seine gewaltige Größe und äußerste Hagerkeit, seine hohlen Wangen, seine durchdringenden Augen... das war ihr alles unbehaglich. Sie wußte, daß ihr Sohn Schach mit ihm spielte, und sie bewunderte die Schönheit der kleinen Schachfiguren wirklich, die er aus Walroßzahn schnitzte, ebenso wie die weisen Lebensregeln, die Neil von ihm lernte. Aber die Tatsache, daß er den ganzen langen Winter in seiner kleinen verräucherten Steinhütte verbrachte und wie eine Krähe in schwarzen Lumpen wieder auftauchte, wenn die Sonne zurückkehrte, das brachte ihn ihrem ordentlichen Hausfrauenherzen nicht näher. Sie war jetzt erleichtert zu sehen, daß er sich wohl vor kurzem gewaschen haben mußte und in Kleidern erschien, die ihr annähernd annehmbar erschienen. Als er durch die Tür trat, meinte sie etwas von dem Mann sehen zu können, den Neil fast wie einen Helden verehrte. Da schämte sie sich, daß sie versucht hatte, die Freundschaft zwischen den beiden zu untergraben.

Bruder Durston schritt zu Fionas Bettstatt und stand da eine scheinbar sehr lange Zeit auf sie hinabblickend. Dann wandte er sich zu Ingrid, die in der Tür kauerte, und nickte ihr zu. Sie war entlassen. Enttäuscht zog sie sich zurück. Sie hatte gehofft, dem heiligen Mann bei seiner Arbeit zusehen zu können. Halb hatte sie erwartet, einen Dämonen mit Getöse ihrer Tochter entfliehen zu sehen. Aber es war deutlich, daß er allein sein wollte. Mehrmals besorgt zurückblickend verließ die Mutter den Raum.

Fiona wußte, daß Bruder Durston bei ihr war, aber sie weigerte sich, ihn anzusehen.

»Fiona...« sprach er nach einer langen Zeit des Schweigens.

»Warum bist du gekommen?« sagte sie grob. »Ich habe Mutter gesagt, daß ich dich nicht sehen will.«

»Und warum wolltest du mich nicht sehen?«

»Es gibt nichts, was du für mich tun könntest.«

»Woher weißt du das?«

»Ich weiß es«, sagte sie störrisch. Doch Bruder Durston sah, wie ihre Lippen ein wenig bebten, bevor sie sie wieder steif zusammenpressen konnte.

»Du weißt es, weil du weißt, warum deine Beine gelähmt sind.«

»Ja.«

»Es war nicht Mairi, oder?«

»Natürlich war es Mairi!« antwortete sie scharf. »Es war der Fluch, den sie gegen mich ausgestoßen hat.«

»Der Fluch, den sie ausgestoßen hat?«

»Ja.« Sie sah ihn mißtrauisch an. »Warum sagst du das so merkwürdig?«

»Frage dich selbst. Nicht mich.«

Fiona spitzte ärgerlich die Lippen.

»Geh fort. Ich bin müde. Ich muß ausruhen.«

»Du wirst nicht zur Ruhe kommen, bis du wieder gehen kannst.«

»Dann werde ich nie wieder Ruhe haben!«

»Das ist deine Wahl.«

»Oh, Bruder Durston!« Ihre Stimmung war unvermittelt umgeschlagen und Tränen ihr in die Augen. »Ich würde alles geben, wenn ich nur wieder laufen könnte. Alles!«

»Du wirst wieder laufen können, wenn du der Wahrheit über dich ins Gesicht sehen kannst«, sagte er gefaßt.

»Was meinst du damit?« fragte sie tränenüberströmt. Doch tief in ihrem Inneren wußte sie, was er auszudrücken versuchte.

Einige Augenblicke herrschte Schweigen zwischen ihnen.

»Wenn ich dir helfen soll«, sprach er schließlich begütigend, »muß ich genau wissen, was geschehen ist.«

»Hat Mama dir das nicht erzählt?«

»Ich möchte es von dir hören.« Er sah sie unverwandt an, und sie konnte seinem Blick nicht ausweichen.

»Ich brachte ihr etwas Suppe.«

»Die Suppe wurde vergossen. Wie ist das passiert?«

»Sie schlug sie aus meiner Hand...«

Durston sagte nichts, blickte ihr aber noch immer in die Augen.

»Naja«, sagte sie schließlich errötend. »Ich war wütend und warf sie auf den Boden.«

»Du hast sie auf den Boden geworfen, weil du deinen Zorn nicht beherrschen konntest?«

»Ja«, sagte sie bitter. Sie schämte sich.

»Das Fett in der Suppe wurde auf dem kalten Steinboden starr und machte ihn rutschig.«

»Ja, wahrscheinlich.«

»Was geschah dann?«

»Wir sprachen über das Pferd, und ich sagte ihr, wie wichtig es für mich sei, ein vernünftiges Pferd zu haben, wenn ich an den Hof von Prinz David ginge.«

»Warum?«

»Weil... aber das ist doch offensichtlich?« sagte sie ungehalten.

»Nicht für mich.«

»Ich wollte meine Eltern nicht beschämen.«

»Deine Eltern wären nicht beschämt worden, wenn du kein teures normannisches Pferd hättest. Jesus ritt auf einem Esel nach Jerusalem ein. Wurde er beschämt? Wurden seine Eltern beschämt?«

»Oh – das verstehst du nicht!« rief sie außer sich.

»Ich glaube wohl doch.«

Fionas Gesicht war jetzt wütend und puterrot.

»Wie auch immer«, stammelte sie, »was du auch denkst, Mairi verstand und sagte, ich könne das Pferd haben.«

»Es ist aber doch merkwürdig, daß sie dich verflucht hat, wenn sie sich freiwillig bereiterklärt hat, dir das Pferd zu geben.«

»Das war, nachdem ich ihr von dem Traum erzählt hatte, den ich hatte. Ich ritt auf der weißen Stute meinem Bräutigam entgegen.«

»Du hattest einen solchen Traum?«

Fiona biß sich auf die Lippen. Da waren zwei leuchtend rote Flecken auf ihren Wangen, und sie konnte Durston nicht in die Augen sehen.

»Nun – ich hatte ihn nicht wirklich. Ich habe ihn erfunden, um sie zu überreden, mir das Pferd zu geben. Es war einfach bloß eine kleine Geschichte. Es hat niemandem wehgetan.«

»Hat sie dir geglaubt, daß du diesen Traum gehabt hattest? Hat sie deshalb gesagt, du könntest die Stute haben?«

»Ja.«

»War die Lüge so klein? Du hast eines der größten Geheimnisse der menschlichen Seele benutzt – die Gabe, in Träumen vorherzusehen – und daraus einen Spott gemacht wie ein Dämon oder Scharlatan.«

Fiona sah erschrocken aus.

»Nein... nein... ich wollte nicht...«

»Wenn wir die Mysterien benutzen, um unseren Nächsten zu betrügen, dann verliert er den Glauben daran... und damit wird ein kostbares und wertvolles Geschenk Gottes dahingegeben und verschwendet.«

Fiona schluchzte.

»Ich habe das niemals so gesehen... ich hatte niemals vor...«

»Hat sie dir geglaubt? Hat sie das?«

»Ja. Ja... nun, ich weiß nicht. Sie sagte, wenn ich löge, würde ich verflucht sein...« Sie erkannte plötzlich, was sie gesagt hatte und hielt mit einem Mal inne.

Durston, der sich über sie gelehnt hatte, richtete sich auf und spannte seine Schultern.

»Was ich mir gedacht habe«, sagte er kurz. »Steh auf! Du hast gar nichts«

»Aber... aber...«

»Du bist auf dem Fett ausgerutscht, das du in deiner Wut auf den Boden geschüttet hast. Du bist ausgerutscht, weil du nicht aufgepaßt hast – wieder vor Zorn. Du hast dir den Rücken wehgetan. Das würde jedem passieren, der auf diesen Steinen hinfällt. Angst und Schuldgefühle besorgten den Rest. Steh auf!« befahl er.

»Ich kann nicht!« schluchzte sie.

Er lehnte sich unvermittelt über sie und zog sie an ihren Armen.

»Nein, ich kann nicht!« schrie sie. »Ich kann nicht!«

Einen Augenblick lang überzogen Ungeduld und Zorn sein Gesicht. Dann bekam er sich wieder in die Gewalt und ließ Fiona wieder auf das Bett fallen.

»Es tut mir leid«, sagte er. »Du siehst, ich verstehe sehr gut wie leicht es ist, seine Fassung zu verlieren.«

Er zog sich einen Stuhl an die Bettkante und setzte sich darauf.

»Laßt uns zusammen still sitzen«, sagte er mit sanfterer Stimme. »Wir haben beide an uns zu arbeiten.« Er schloß die Augen wie zum Gebet und sie versuchte, es ihm gleichzutun. Es gelang ihr aber nicht. Zu viele andere Dinge wirbelten ihr durch den Kopf. Den ganzen Tag hatte sie dagelegen, unfähig, ihre Beine zu bewegen, und überzeugt, für den Rest ihres Lebens verkrüppelt zu sein. Sie hatte sich die Geschichte dessen, was geschehen war, auf hundert verschiedene Weisen vorerzählt. Doch immer war es Mairis, und nur Mairis Schuld gewesen. So oft sie die Geschichte aber wiederholte, etwas tief in ihrem Inneren war nicht zum Schweigen zu bringen, verwarf ihre Versionen und führte sie immer wieder zum dem wirklichen Geschehen, dem sie nicht ins Auge blicken wollte. Jetzt, da Bruder Durston sie gezwungen hatte, sich die Wahrheit einzugestehen, meldete sich flüsternd eine andere Stimme zu Wort. Wenn sie wieder laufen könnte, würde sie ihr Zuhause verlassen, wo sie bedingungslos geliebt wurde, und unter Fremden leben, die sie abschätzen und vielleicht ablehnen würden. Bruder Durston hatte ihr etwas in ihr selbst gezeigt, das sie nicht mochte. Würden andere es auch sehen?

Durston öffnete die Augen und sah sie an. Mitleid erfüllte sein Herz angesichts des Unglücks auf ihrem Antlitz. Er nahm ihre Hände in die seinen.

»Es ist alles in Ordnung«, sagte er sanft. »Es ist alles in Ordnung. Alles ist wieder neu. Du kannst gehen.«

»Ich... will... aber... nicht!« Sie preßte Wort für Wort hervor und zitterte dabei am ganzen Körper. Es entsetzte sie, gegenüber einem Fremden ein so tief verschlossenes Geheimnis ihres Herzens offenbart zu haben. Er legte den Arm um sie und drückte sie an seine Schulter. Er wollte sie trösten und dachte angestrengt über ihre Worte nach.

Er fragte nicht, warum. Er wartete. Er wußte, wenn sie so weit war, würde sie es ihm sagen. Und sobald sie es ihm gesagt hätte, wäre sie schon halb genesen.

»Ich habe Angst...« wisperte sie schließlich ganz leise, und er mußte sich über sie beugen, um sie zu verstehen.

»Wovor hast du Angst?«

»Ich habe Angst davor... zu heiraten... fortzugehen... vor allem! Ich glaube, ich habe sogar Angst vor mir selber.«

Er strich ihr über den Kopf und sagte nichts.

»Du sagst gar nicht, daß ich keine Angst haben muß?« fragte sie überrascht, sah auf und wurde viel ruhiger.

»Nein. Das kann ich dir nicht sagen. Mut ist etwas, das du für dich selber finden mußt.«

Sie runzelte die Stirn.

»Sieh mal«, sagte er, »du hast – nur weil du es mir gesagt hast – schon weniger Angst. Und indem du eben deine wahre Natur erkannt hast, bist du schon auf halbem Wege, sie zu meistern.«

»Ich bin nicht überzeugt, dich zu verstehen.«

»Was wünscht du dir in diesem Augenblick am allermeisten?«

»Mut zu haben... eine zu sein, die Sir Kenneth lieben kann...«

»Siehst du? Gestern war dein größter Wunsch das Pferd einer anderen!«

Sie lachte. Es war, als sei die schwere, dunkle Wolke, die sie ans Bett gefesselt hatte, wie durch einen Zauber verflogen. Ohne darüber nachzudenken, setzte sie sich auf und schwang ihre Beine über die Bettkante. Durston stand schnell auf und nahm ihren Arm.

»Nun – laß' uns gehen und schauen, wie weit die anderen mit den Hochzeitsvorbereitungen sind«, sagte er fröhlich.

Sie folgte ihm ohne einen Blick zurück.

Donal

Am frühen Nachmittag mußte Donal sein Pferd zurücklassen. Er hatte es so hart geritten, daß es fast zusammengebrochen war. Er hatte einen Bauern gefunden, der seinen Vater kannte und achtete und der bereit war, ihm ein Pferd zu leihen, bis er am nächsten Tag zurückkam. Der Bauer ließ ihn aber hoch und heilig versprechen, daß er dieses Pferd besser behandelte als sein eigenes.

Donal bekam etwas zu Essen und hielt kurze Rast. Dabei erzählte er die Geschichte von seinem Bruder, der eine junge Frau mitgebracht hatte, die durch einen Fluch seine Schwester gelähmt hatte. Der Bauer und seine Frau und ihre Kinder, deren Augen weit aufgerissen waren, bekreuzigten sich hastig. Als sie dann hörten, aus welchem Dorf die Frau stammte, erzählten sie einige sehr aufgebauschte Geschichten davon, wie ein fürchterlicher Sturm in der Nacht ihrer Geburt gewütet hatte und wie sich eine Herde Schafe ihres Nachbarn in einen Abgrund gestürzt hatte, nachdem Mairi sie angesehen hatte.

Donal drängte es, seine Fahrt ohne weiteren Aufschub fortzusetzen. Sein Sattel wurde vom Sohn auf das geborgte Pferd gelegt, während die Tochter ihm einen schmatzenden Kuß auf die Wange drückte. Inbrünstige Glückwünsche für eine gute Reise klangen noch in seinen Ohren, als er davongaloppierte. Die er zurückließ, hatten eine weitere böse Geschichte über Mairi zu erzählen.

Als er Kirkoway endlich erreichte, war es dunkel und es begrüßte ihn eine Rotte bellender Hunde. Einer der Hüttenbewohner kam heraus, mit einer Keule bewehrt, um nach dem Grund der Unruhe zu sehen. Er stand in seiner Tür und blickte Donal finster an, der langsam auf ihn zugeritten kam. Die Hunde sprangen wütend um die Beine des Pferdes, blieben aber außer Reichweite seiner Stiefel.

»Was habt ihr hier zu schaffen«, fragte der mürrische Mann, als Donal herangekommen war. »Fremde sind hier nicht willkommen zu dieser nachtschlafenden Zeit.« Er nahm seiner Frau, die hinter ihm gestanden hatte, die Lampe aus der Hand und hielt sie dicht vor den Kopf des Pferdes. Das Tier scheute etwas zur Seite. Der Hüttenbewohner umklammerte böse seine Keule.

»Ich kenne dieses Pferd. Es gehört Iain von Gisla«, sagte er mißtrauisch.

»Das ist wahr«, antwortete Donal schnell. »Er ist ein Freund meines Vaters und hat es mir für eine Nacht und einen Tag geliehen. Mein eigenes Pferd war zu erschöpft und befindet sich in seiner guten Obhut.«

Aus allen umliegenden Hütten tauchten jetzt Männer und Frauen und Kinder auf. Er sah in ihre finsteren und mißtrauischen Gesichter und fühlte sich unwohl. Auch seine Familie begegnete Fremden mit Vorsicht, behandelten sie aber niemals mit einer solchen Feindschaft. Einer der Hunde hatte sich an seinem Stiefel festgebissen und knurrte und zerrte daran. Mit einem Ruck riß Donal sein Bein nach oben, und der Balg flog heulend und wimmernd seinem Herrn vor die Füße. Mehr Männer kamen heran und umringten ihn böse.

»Ich bin Donal, Sohn von Lorn von Uig. Die Frau von Iain von Gisla heißt Kirsten, ihre Kinder Alastair und Morag. Würde ich dies wissen, wenn ich nicht mit ihnen als Freund zusammen gespeist hätte?«

Die versteinerten Blicke der Menge wurden nicht freundlicher.

»Ja«, sagte jemand, »es ist möglich mit einem Manne zu speisen und die Namen seiner Familienmitglieder zu kennen. Dennoch mag er ihn getötet und ihm sein Pferd gestohlen haben.«

Da trat einer der Männer aus dem Hintergrund nach vorne. »Der

Sohn von Lorn von Uig?« fragte er.

Donal sah ihn erleichtert an. »Ja.«

»Wie heißt euer Bruder?« fragte der Mann.

Donal hatte viele Brüder, aber er war klug genug, den Namen desjenigen zu nennen, der als einziger schon einmal in diesem Dorf gewesen war.

»Neil«, sagte er.

»Dieser Mann ist, der er zu sein vorgibt«, sagte der Mann jetzt. Die anderen traten einen oder zwei Schritte zurück, aber es lächelte immer noch niemand oder hieß den müden Fremden willkommen, der weit geritten war. Es war, als warteten sie auf etwas, als befürchteten sie etwas. Selbst der Mann, der zuletzt gesprochen und sich für ihn verbürgt hatte, sah ihn mit wachsamem Befremden an. Donal beschloß, den wahren Grund seines Besuches hier in diesem unfreundlichen Dorf erst zu erwähnen, wenn er ausgeruht war.

»Wäre es möglich, daß ich als Sohn von Lorn von Uig und als Bruder von Neil, der euch bekannt ist, bei euch Unterkunft finde für die Nacht?« fragte er höflich und blickte dabei in die Augen des Mannes, der seinen Bruder kannte.

Der Mann zögerte einen Augenblick, dann nickte er und machte auf dem Absatz kehrt. Donal saß von seinem geborgten Pferd ab und führte es ruhig hinter dem Mann her. Die anderen, zufrieden, daß sich jemand des Fremden angenommen hatte, zerstreuten sich allmählich, jedoch nicht ohne manches Getuschel und düstere Blicke zurück. Die Hunde unternahmen einen letzten wilden Versuch, ihm Angst einzujagen, gaben dann auf und schlichen hinter ihren Herren davon.

Braden, der für Donal gesprochen hatte, zeigte ihm jetzt, wo er sein Pferd anbinden konnte und wo Wasser und Heu waren. Dann führte er ihn in das düstere, verräucherte Innere der Hütte, die sein Zuhause war. Es war niemand zu sehen, außer die Frau, die in dem Topf rührte, der in der Mitte des Raumes über einem Torffeuer hing. Sie sah Donal immer wieder aus furchtsamen Augen an. Sie schien eine ängstliche Person zu sein, die sehr unter der Fuchtel ihres Mannes stand. Wenn er es nicht schon vorher geahnt hatte, wußte er jetzt, wer sie waren. Die Frau war, auch wenn das harte Leben sie ausgemergelt hatte, hübsch gewesen und durch die Falten hindurch konnte Donal etwas von der außerordentlichen Schönheit Mairis entdecken. Der Raum war gepflegt und ordentlich und, wenn auch klein verglichen mit Donals Haus, recht angenehm. In einer Ecke standen zwei Betten halb mit groben Decken bezogen.

Man gab ihm zu Essen und Bier zu trinken. Mairi wurde keiner Erwähnung getan, doch ihr Schatten stand hinter all der höflichen, aber zwanghaften Unterhaltung, die sie über die Ernte und die Tiere führten. Schließlich hielt Braden es nicht mehr aus und verlangte eine Erklärung für Donals Besuch.

Donal hatte sich die ganze Zeit überlegt, wie er die Sache anpacken sollte, und war sich immer unsicherer geworden. Als er über die wilden Heidemoore geritten war, an den Seen und Sümpfen vorbei, hatte er gedacht, einfach ins Dorf zu reiten und von Mairis Eltern zu verlangen, sie ihm auszuliefern oder zumindest eine Entschädigung zu leisten für das, was sie angerichtet hatte. Er war sich nicht ganz im klaren, was er damit meinte, aber er hatte gehofft, die junge Frau hier finden und zwingen zu können, mit ihm zu kommen. Das wäre jedenfalls die befriedigenste Lösung gewesen. Er war aber erschöpft und die Dorfleute feindselig gewesen, und so befand er sich in der Abwehrhaltung.

Er nahm eine langen Zug von dem Bier, teils um über eine Antwort nachzudenken und teils um zu zeigen, daß er sich nicht drängen ließ.

»Ich suche nach eurer Tochter«, sagte er endlich und begegnete dabei Bradens forschem Blick ebenso beherzt.

Skena, die Mutter, holte tief Luft. Hatte sie vorher besorgt ausgesehen, so blickte sie jetzt aufs tiefste verängstigt drein. Sie schien sprechen zu wollen, aber Braden hob seine Hand und sie blieb still.

»Und warum sucht ihr nach unserer Tochter?« wollte Braden wissen.

Donal beschloß, die Herausforderung mit einer Herausforderung zu beantworten.

»Sie hat meine Schwester verflucht und ich suche nach ihr, damit sie den Fluch wieder von ihr nimmt.«

Die unverblümte, harte Behauptung tat ihre Wirkung. Sogar Braden war getroffen und fand im Augenblick keine Worte. Eine scheinbar lange Zeit starrten die beiden Männer sich gespannt an als warteten sie, wer die nächste Bewegung tun würde.

Plötzlich hielt die Frau es nicht mehr aus. Sie stürzte weinend auf Donal zu und zog an seinem Arm. »Das ist eine Lüge! Das ist eine Lüge!« schrie sie. »Mairi würde niemals jemanden verfluchen. Wer immer es behauptet, der lügt. Alle erzählen sie Lügen über sie.«

Braden schlug ihr hart auf den Mund, und sie taumelte zurück. Erschrocken stand Donal auf und ballte seine Fäuste. Auch Braden stand jetzt, ihm gegenüber. Der Bierkrug war umgefallen und die Flüssigkeit rann über den Boden.

»Die Frau ist die Mutter der Hexe. Sie wird alles sagen, um sie zu beschützen«, sprach er kalt.

»Und ihr seid ihr Vater«, sagte Donal. So entsetzt und wütend er auch war über das, was Mairi getan hatte, so klammerte sich etwas in ihm noch an den Wunsch, alles sei nur ein Mißverständnis. Die häßliche Tat des Mannes gegen seine Frau und seine Tochter brachte Donal auf. Sein Vater, das wußte er, würde – egal, was seine Kinder getan hatten – ihnen gegen eine ganze Streitmacht von Feinden beistehen.

»Sie ist nicht mein Kind«, knurrte der Mann. »Der Teufel hat sie gezeugt und der Teufel soll sie holen!«

Donal blickte verwirrt zu der Frau hinüber. Sie duckte sich in einer Ecke und wischte sich das Blut aus dem Mundwinkel. Sie wies die Anschuldigung nicht zurück, doch dies hätte angesichts der Stimmung ihres Mannes auch übermenschlichen Mut erfordert.

»Aber du hast sie großgezogen. Du bist für sie verantwortlich«, hörte Donal sich sagen.

»Dafür mag Gott mich bezahlen lassen bis ans Ende meiner Tage. Aber ich bin keinem Menschen Rechenschaft schuldig für das, was ich in gutem Glauben getan. Sie hat mich betrogen.« Mit einer heftigen Handbewegung wies er auf seine Frau. »Sie hat gesagt, das Kind sei von mir. Und ich war so töricht, es zu glauben, obwohl es schon sieben Monate nach unserer Vermählung zur Welt kam.« Braden schritt auf und ab und sprach zornig halb zu sich selbst. »Heute hältst du es nicht mehr für möglich«, sagte er, »aber sie war einmal sehr schön – das schönste Mädchen der ganzen Insel. Das schwöre ich. So jung und unschuldig wie ein Kätzchen. Oder das glaubte ich wenigstens!«

Donal sah die Frau an. Wie Mairis, war auch ihr Antlitz ohne Arg. Ihre Augen waren, wenn auch düster von Trauer und Schmerz, immer noch unschuldig wie die eines Kätzchens. Donal blickte wieder zu ihrem Gatten. Es war sein Gesicht, das von Haß entstellt war, es waren seine Augen, die mit Mißtrauen und Bitterkeit erfüllt waren. Zum ersten Mal, seit er von zu Hause aufgebrochen war, zweifelte Donal jetzt in seinem Herzen an der Wahrheit dessen, was Fiona behauptet hatte.

Braden war noch immer am Jammern. »Sie drehen und wenden dich, diese Frauen«, sagte er, »bis du gegen deine eigenen Instinkte handelst. Ich hätte sie schon vor Jahren aus dem Haus werfen sollen als ich erfuhr, daß dieses Mädchen...« Er führte den Satz nicht zu ende, sondern schritt vor sich hinstierend weiter auf und ab und vollendete das Selbstgespräch nur noch in seinen Gedanken.

Donal trat auf Mairis Mutter zu und hob ihr Gesicht, um zu sehen, wie stark ihr Mund verletzt war. Er bemerkte noch mehr Narben.

»Wißt ihr, wo Mairi ist?« fragte er sie mit leiser Stimme.

Etwas wie ein Funkeln erschien in ihren Augen, und sie entzog sich seiner Berührung.

»Ich weiß es nicht – und wenn, dann würde ich es euch nicht sagen. Sie ist keine Hexe.«

»Ich will ihr nichts zuleide tun. Ich will nur, daß sie meiner Schwester hilft.«

»Sie hat deiner Schwester nie etwas getan. Das schwöre ich.«

»Vielleicht nicht. Aber ich würde mich besser fühlen, wenn ich wenigstens mit ihr sprechen könnte.«

»Sie ist nicht hier«, unterbrach Braden sie plötzlich heftig. »Sie würde es nicht wagen, zurückzukommen.«

»Die Leute haben versucht, sie zu steinigen«, flüsterte Skena. Bei der Erinnerung daran überzog Schmerz ihr Gesicht. »Ihre Freunde und Nachbarn... nur dein Bruder, ein Fremder, hat versucht, ihr zu helfen.«

»Und zum Dank dafür verflucht sie seine Schwester!« knurrte Braden.

»Vielleicht hat sie es gar nicht getan«, sagte Donal stirnrunzelnd. »Vielleicht hat meine Schwester sich geirrt.«

»Sie hat sie verflucht. Zweifele nicht daran. Sie ist ein Kind des Teufels. Sie besucht ihn in ihrem Tempel und reitet ein verwunschenes Pferd.«

Donal sah ihn an.

»Das Pferd, das ihr meinem Bruder verkaufen wolltet?«

Da biß Braden sich auf die Lippen und war still.

»Ja, das Pferd, das er eurem Bruder verkaufen wollte«, sagte Skena jetzt gehässig. Ihr Mann warf ihr einen fürchterlichen Blick zu, schlug sie aber nicht. Donal hatte den Verdacht, daß sie für diese Bemerkung später würde zahlen müssen. Für den Augenblick hielt der Mann sich aber zurück, da er nicht wußte, ob Donal sich ihm entgegenstellen würde oder nicht. Braden war ein großer und bulliger Mann, aber Donal, der dreimal Meister im Ringen gewesen war, war durchaus ein ernstzunehmender Gegner.

»Die Stute war gut«, murmelte Braden. »Es war das Mädchen... die ging immer des nachts hinaus zu den Teufelssteinen...« Die Angriffslust schien ihm vergangen zu sein und er schien Mitleid mit sich selbst zu bekommen. Donal wandte sich Skena zu.

»Wenn ich schwöre, ihr kein Leid anzutun, würdet ihr mir sagen, wo ich sie finde...«

»Ich habe sie nicht mehr gesehen, seit sie mit eurem Bruder davongeritten ist. Er versprach...« und die Frau sah ihn mit Tränen in den Augen an... » Er versprach, sich um sie zu kümmern.«

»Und das hat er getan und das wird er weiter tun«, sagte Donal, »sobald es meiner Schwester wieder besser geht. Sie wollte heiraten, wißt ihr... aber jetzt...«

»Wir können nichts tun«, sagte Skena bekümmert. »Sie ist nicht zurückgekommen.«

»Gibt es im Dorf eine Frau, von der sie ihre Hexenflüche gelernt hat?«

»Die Frauen dieses Dorfes sind alle gottesfürchtig«, sagte Braden ungehalten. »Wenn sie irgend welche Flüche lernt, dann ist das auf den Knien des Teufels selbst in seinem Tempel auf der Anhöhe von Callanish.«

»Wo ist das. Vielleicht kann ich da hingehen.«

»Ihr setzt euer Leben aufs Spiel, wenn ihr das tut. Es ist ein verruchter Ort.«

»Ich will alles tun, um meiner Schwester zu helfen. Vielleicht ist da jemand oder etwas...«

»Es liegt an der Straße, die ihr gekommen seid«, unterbrach Skena ihn. »Ihr wendet euch nach rechts, wenn ihr den Markstein vom Dunfallen–Hof seht. Ihr werdet die hohen Steine dann bald gegen den Himmel erblicken. Dort hat sie auch das Pferd gefunden.«

»Da ist es, wo sie den Teufel trifft«, grummelte Braden.

»Ich werde gut und wahrhaftig beten, bevor ich mich dorthin wage. Aber erst muß ich schlafen. Ich habe nicht den Mut, dem Teufel im Dunkeln gegenüberzutreten!«

Braden gab nur ein Brummen von sich und kehrte Donal seinen Rücken zu. Skena beeilte sich, den umgekippten Krug aufzuheben und das Bier aufzuwischen.

»Ihr seid willkommen«, sagte sie. »Ihr könnt in... in dem Bett da schlafen.« Sie wies auf das Lager, wo ihre Tochter sonst geschlafen hatte.

»Danke«, sagte Donal. Ermattet legte er sich nieder und schloß seine Augen. Eine lange Zeit noch hörte er Braden den Raum durchwandern, wobei er ab und zu etwas vor sich hinmurmelte. Aber endlich war alles still.

Als Bruder Durston zu seiner Hütte zurückkam, waren Neil und Mairi fest eingeschlafen, doch er hatte kaum die Tür berührt, da wachte die junge Frau mit einem Ruck auf, und als er eingetreten war, hatte sie sich in der hintersten Ecke unter der Decke zusammengekauert.

»Ich bin es nur«, sprach er sanft. »Du kannst aus deinem Versteck hervorkommen, mein Kind.«

Mairi lugte unter der Decke hervor, und als sie sah, daß es wirklich der Einsiedler war, kam sie ganz zum Vorschein.

»Wie geht es ihr?« fragte sie sogleich besorgt.

Er lächelte. »Sie ist genesen.«

Mairi barg ihr Gesicht in ihren Händen und wisperte inbrünstig: »Gott sei es gedankt. Oh Gott, dir sei es gedankt!«

Neil öffnete schläfrig die Augen, als Mairi ihre Arme um ihn schlang und ihn schüttelte. »Es geht ihr besser!« schrie sie. »Sie kann wieder laufen!« Und dann, als ihr der Gedanke ankam, sah sie Bruder Durston fragend an. »Du meintest doch, sie kann wieder laufen?«

Er nickte.

»Sie ist vollständig genesen?«

Er nickte wieder und lächelte. Diesmal umarmte Neil Mairi.

»Ich glaube, du solltest zu ihr gehen«, sagte Durston. Mairis Gesicht wurde ernst. Mit Bitterkeit dachte sie an ihre letzte Begegnung.

»Noch nicht«, bat Neil. »Sie sollte wirklich noch ein bißchen hierbleiben, bis sie wieder richtig zu Kräften gekommen ist. Ich werde gehen und sehen, ob sie auch willkommen ist.«

»Sie wird willkommen sein«, sprach Durston mit Nachdruck.

»Was ist geschehen?« fragte Neil. »Wie hast du das hinbekommen... ich meine, wie hast du sie geheilt?«

»Sie war nicht wirklich gelähmt. Der Sturz hatte ihr einen Schock versetzt.«

»Und wenn ich mir überlege, was sie über Mairi erzählt hat!« sagte Neil zornig. »Ich werde sie dazu bringen, sich zu entschuldigen...«

»Nein... bitte...« bat Mairi.

»Zuviel ist schon im Zorn gesagt worden, Neil. Am besten, wir vergessen das alles«, sagte Durston. »Es gibt eine Hochzeit vorzubereiten. Da sollte man an fröhliche Dinge denken.«

Neil sah Mairi fragend an.

»Er hat recht, Neil. Ich will keine Entschuldigung. Auch ich habe aus Wut gesprochen, und ich schäme mich.«

»Naja, wenn du meinst...«

»Ja, das meine ich...«

Neil hatte keine Einwände mehr, meinte aber noch immer, er würde lieber allein zum Hof zurückgehen und nachsehen, ob alles so friedlich war, wie Bruder Durston gesagt hatte. Der Einsiedler war darüber erheitert, hatte aber nichts dagegen.

Nachdem Neil fort war, herrschte eine Weile Stille in der engen Zelle. Die beiden Zurückgebliebenen vermieden es, zu sprechen, wenngleich sie wohl etwas zu sagen gehabt hätten. Durston faltete die Decken zusammen und Mairi nahm sich der Schachfiguren an, die Neil ihr gezeigt hatte, und tat sie in die kleine geschnitzte Schachtel aus Olivenholz zurück, die aus dem Heiligen Land stammte. Sie berührte jede Figur mit Ehrfurcht und sah die Kunstfertigkeit, mit der sie aus dem Walroßzahn geschnitzt waren. Sie staunte über die feine Maserung in dem Olivenholz und fragte sich, ob der Herr selbst einmal im Schatten jenes Baumes geruht hatte, aus dem dieses Holz geschnitten war. Vielleicht hatte er einmal dagesessen und sich mit dem Rücken an den Stamm gelehnt. Ob er sich wohl nach seiner Zeit auf der Erde zurücksehnte? Ob er Heimweh hatte nach dem See Genezareth und den Bergen seiner Heimat, so wie sie Heimweh hatte nach dem Land ihrer Ahnen, »ihres Volkes«? Sie wußte, der Himmel mußte ein wundervoller Ort sein... aber das Leben auf der Erde hatte auch etwas für sich... Daran hatte sie gedacht am Rand der Klippen als sie überlegte, sich hinabzustürzen. Daran hatte sie gedacht in der Nacht, als sie zusammengekrümmt auf dem Sims in der Höhle gelegen hatte und nicht wußte, ob die Flut aufhören würde zu steigen, bevor sie sie erreicht hatte. Ihre Leute hatten ihr gesagt, wir klammern uns an die Erde, weil wir uns nichts anderes vorstellen können. Doch wenn wir die Erde verlassen, dann ändern wir uns und unsere Wünsche ändern sich mit uns. Der Erwachsene interessiert sich nicht für das Spielzeug, das ein Kind so sehr begehrt, und genauso wenig begehren wir, wenn wir reiner Geist sind, noch das, was wir uns in Fleisch und Blut so sehr wünschen.

»Bruder Durston«, sagte Mairi unvermittelt.

Er saß jetzt mit gekreuzten Beinen auf dem Boden, die Hände still im Schoß gefaltet, und sah sie nicht direkt an, war sich aber jeder ihrer Bewegungen bewußt, ja, fast jedes ihrer Gedanken. Sie setzte sich ihm gegenüber. Es drängte sie zu sprechen, zu fragen, Antworten zu bekommen. Sie beugte sich vor und blickte ihm in die Augen.

»Glaubst du«, fragte sie, »daß diese Leute... mein Volk... wirklich existieren... und wirklich mit mir reden?«

Er antwortete nicht gleich, doch sie sah, daß er tief über ihre Frage nachdachte.

»Das kann ich im Augenblick nicht sagen«, sprach er schließlich langsam. »Es gibt so viele verschiedene Arten der Wirklichkeit... so viele Geheimnisse im Leben... so viele Weisen, die Dinge zu erfahren und zu wissen. Es gibt Wesen, die auf eine Weise existieren, die das Vorstellungsvermögen des Menschen übersteigt. Die meiste Zeit gehen sie ihrer Wege in den vielen Wohnungen unseres Herrn... aber manchmal dringen sie in unsere Welt ein... aus Versehen oder geplant... wer weiß... und Zeit scheint keine Bedeutung für sie zu haben...«

»Du bist ein Mann Gottes, ein Christ, und dennoch sagst du nicht, sie seien Unholde des Teufels, wie Vater und seine Freunde bei mir Zuhause?«

»Gott trat nicht erst mit der Geburt Jesu Christi auf der Erde in Erscheinung. Gott hat es immer gegeben, und die Menschen früher hatten viele Namen für das, was sie nicht verstehen, aber als etwas Göttliches empfinden konnten.«

»Manchmal fürchte ich... habe ich schreckliche Angst zu sein, was sie von mir sagen. Wie kann ich sicher sein, daß mein Volk auf den wahren Gott hört?«

»Sage mir, was sie dir erzählt haben.«

Mairi sah ihn bestürzt an. Diese Leute hatten über eine lange Zeit zu ihr gesprochen und ihre ganze Art zu denken beeinflußt. Sie hatte nie daran gedacht, ihre Lehren für eine andere Person in Worte zu fassen. Wo sollte sie anfangen?

»Es... es ist schwierig.«

»Versuch es.«

»Sie sprechen vom Großen Geist...« Sie hielt inne. Würde Bruder Durston dies als einen weiteren Namen für seinen Gott anerkennen?

»Fahre fort«, sprach Durston ermunternd.

»Dieser Geist wird dargestellt durch den Kreis, denn alles ist in dem Großen Kreis des Geistes enthalten.«

Durston nickte, sagte aber nichts.

»Sie glauben, daß alles miteinander verbunden ist. Es gibt unsichtbare Geistpfade zu jedem lebenden Ding... und sie sagen, daß alles lebt – weil alles Teil des Großen Geistes ist.«

Sie sah ihn ängstlich an, aber er schien nicht überrascht zu sein.

»Das erste, was ich von ihnen gelernt habe, ist Gebetsfedern zu überbringen.«

»Gebetsfedern?«

»Ja. Jede Feder für ein bestimmtes Gebet. Mir wurden mehrere gegeben, die ich verschiedenen Leuten an verschiedenen Orten zu überbringen hatte. Mir wurde aufgetragen, auf alles acht zu geben, was mir unterwegs begegnete. Eine der Federn sollte ich einem Kind überbringen, das sehr krank war. Ich habe niemandem davon erzählt, weil ich nicht wieder Hexe genannt werden wollte. Ich legte die Feder nur auf die Brust des Kindes, ohne daß es jemand bemerkte.

Als ich zu meinen Leuten zurückkam, fragten sie mich nach allem, was ich gesehen hatte: welche Vögel ich in welche Richtung hatte fliegen sehen; woher der Wind geweht hatte und wohin das Wasser geflossen war in den Bächen; welche Widerspiegelungen ich gesehen hatte im Meer; welche Pflanzen geblüht hatten, welche Samen trugen und welche abstarben. Und zum Schluß fragten sie mich, was ich meinem Herzen gefühlt hatte, als ich in die Augen des Kindes geblickt hatte.«

»Das war vielleicht bloß der Weg, dein Gedächtnis und deine Beobachtungsgabe zu schulen.«

»Es war mehr als das. Sie glauben, wenn das Weltall in Harmonie ist, findet es Widerhall im Großen Geist... Und alles und jedes hat sein eigenes Thema in dem großen Lied. Wenn ein Thema nicht mit dem großen Lied im Einklang ist, dann gibt es einen Mißklang, Unordnung und Krankheit, und wir erfahren dies als Leiden. Das Ritual der Gebetsfedern fördert unser Gewahrsein für den Platz, den jedes Ding innerhalb des großen Liedes innehat und hilft uns so, den Einklang wieder herzustellen. Etwas im Leben des Kindes war nicht in Ordnung. Vielleicht war es das Essen. Oder die Menschen in seiner Umgebung waren voll Furcht... Irgend etwas war nicht, wie es sein sollte. Als ich in die Augen des Kindes und es mir in die Augen blickte, half der Friede, den ich in meinem Herzen empfand, nachdem ich die harmonische Ganzheit von allem erfahren hatte, der Heilkraft des Großen Geistes durch mich in das Kind überzufließen.«

»Ist das Kind genesen?«

»Ja«, sagte sie froh.

Sie schwiegen eine Weile still und spürten der Schönheit dessen nach, was sie das »große Lied« genannt hatte.

Dann fing sie wieder an zu sprechen. Es war so schön, endlich frei von »ihrem Volk« reden zu können.

»Manchmal sah ich – in einer Art Gesicht oder Traum – eine Person in einer unterirdischen Kammer. Der Raum war rund, ein bißchen wie diese Hütte, und hatte Steinwände. Die Person wurde für eine lange Zeit dort eingeschlossen und der Eingang versiegelt. Zuerst saß die Person still da, doch dann bekam sie Angst, und ich sah sie an den Wänden kratzen und nach den Steinen suchen, die den Eingang verschlossen. Wenn sie sie nicht fand, weinte sie manchmal oder schlug mit dem Kopf gegen die Wand. Doch nach einer Weile hatte sie sich gewöhnlich beruhigt und genau in die Mitte des Kreises auf den Boden gesetzt, die Beine gekreuzt und die Augen geschlossen. Am Ende – wenn man sie schließlich wieder herausließ – wurde die Person mit besonderen Kleidern und mit einer prächtigen Federhaube versehen. Dann begann das Trommeln und Tanzen. Wie gern hätte ich da mitgemacht! Der Höhepunkt der Zeremonie war, wenn diese Person auf die glühenden Scheite des Feuers stieg und, die erhobenen Arme und das Antlitz der Sonne zugewandt, begann, Weissagungen zu machen.

Ich habe das einmal versucht, zu Hause auf die Glut des Torffeuers zu steigen«, sagte sie. »Da habe ich mir aber gehörig die Füße verbrannt.«

»Die Seele des Menschen, den du in der Kammer hast sitzen sehen«, sagte Durston ruhig, »hatte die Welt, die wir kennen verlassen und sich auf eine schwierige und gefährliche Fahrt begeben. Nur der Körper blieb zurück – die Schale – der Schatten...«

Plötzlich legte er zu Mairis Entsetzen seine Hand in das kleine Herdfeuer in der Hütte und holte sie völlig unverletzt wieder hervor.

Er lächelte über ihr Staunen. »Du siehst, es ist nicht nur dein altes Volk, das weiß, daß der Geist stärker ist als der Körper. Jedoch«, fügte er hinzu, »gibt es viele verschiedene Wege, das zu beweisen. Manchmal reicht es schon, jemandem zu helfen, wenn es einem ungelegen kommt.«

Sie nahm das mit einem Seufzen an. Doch wieviel aufregender war es, durch Feuer zu gehen!

Dann sagte er ihr, daß ihr Volk sehr weise war, sie aber nicht zu seiner Lebensweise und in seine Zeit zurück konnte. Sie mußte »sein Wissen in die heutige Zeit herüberziehen« und gebrauchen, was noch gültig war – noch wahr. »Denke an die Tafeln aus Stein«, sagte er, »an das Alte und das Neue. Was an dem einen gut ist, beleuchtet das andere.«

»Ich erinnere mich«, sagte sie.

Er lächelte. Still machte er das Zeichen des Kreuzes auf ihre Stirn und dann – nach kurzem Zögern – umschloß er es mit einem Kreis.

Während Durston Mairi über »ihr Volk« ausfragte und Donal sich mit ihren Eltern auseinandersetzte, näherte sich ein Schiff mit dem Bräutigam Fionas Uig. Eine herrliche Brise füllte die Segel, und die Ruderer schliefen geräuschvoll. Ein junger Mann schritt über die kleine Plattform, die als Deck diente, und schaute zu den Sternen. Es war jetzt ein Jahr her, daß er das Mädchen gesehen hatte, die seine Braut werden sollte, und er fragte sich, ob er einen Fehler gemacht hatte. Die Inseln waren ein wilder Ort und die Menschen dort, selbst die aus den »besseren« Familien, waren ungehobelt verglichen mit den Normannen und normannisch beeinflußten Hofleuten, unter denen er jetzt lebte. Seine Freunde hatten ihm geraten, das Mädchen zu vergessen und eine Ehe einzugehen, die seinem Fortkommen dienlich wäre. Er hätte eine der vornehmen französischen Damen heiraten können, die über den Hof von König Heinrich zum schottischen Hof von Alexander und David gekommen waren. Zu mehreren Gelegenheiten hatte er das auch erwogen, aber zu lange überlegt, und jedes Mal war dann die junge Frau schon einem anderen versprochen gewesen.

Jetzt in der Nacht inmitten des Ozeans dachte Kenneth über dieses Zögern nach. Es war wohl weniger seine Liebe zu Fiona, sondern eher die Liebe zu seinem wilden und felsigen Heimatland. Er war auf den westlichen Inseln aufgewachsen, bevor der norwegisches König Magnus Barfuß sie seinem Reich einverleibt hatte. Fionas Familie war von stolzer, urhebridischer Herkunft, eine Familie, die sich gegen die Inbesitznahme durch die norwegischen Fürsten vor König Barfuß gewehrt hatte. Als junger Mann war Kenneth über das Meer zur Hauptinsel gefahren und erst an den Hof von König Alexander und dann an den von Prinz David in Cumberland gegangen. Er war einer der jungen Zuschauer bei der Krönung von Alexander in Scone gewesen, und sein Blut war ihm schneller durch die Adern gepulst, als er den gälischen Barden die lange Reihe der Vorfahren des Königs vortragen gehört hatte. Die war wie ein mächtiges Gedicht und reichte in die alte Zeit zurück, in eine Zeit jenseits der Erinnerung. Es hatte ihn sehr aufgewühlt, den heiligen Stein zu sehen, auf dem über Jahrhunderte Könige gekrönt worden waren. Manche sagten, es sei dies eben jener Stein, auf den Jakob sein Haupt gebettet hatte, als er von der Leiter geträumt hatte, die Himmel und Erde verband und auf der Engel hinauf- und hinabstiegen. Andere behaupteten, es sei der Lia Fail, den ihre Ahnen von Irland mitgebracht hatten, jener zauberische Stein aus heidnischen Zeiten, der einen zustimmenden Ruf ausgestoßen hatte, wenn der wahre König auf ihm stand. Kein König konnte Herrschaft ausüben, der nicht auf ihm seine Eide abgelegt hatte, noch konnte er auf die Ergebenheit seiner Fürsten rechnen, wenn er nicht sein Knie vor ihm gebeugt hatte.

Kenneth war ein Knabe gewesen, als er die Krönung des Königs miterlebt hatte, die Gebete und die Gesänge, die Versammlung der stolzen Häuptlinge der großen Familien. Da hatte sein Herz sich für sein eigenes Volk gerührt, für sein Erbe, und Widerwillen kam auf gegen die Norweger, die das Nordland und die westlichen Inseln beherrschten, und gegen die Engländer und Franzosen, die vom Süden her Druck ausübten.

Er hatte Lewis mit einer Abordnung von Davids Hof besucht und Fiona gesehen mit ihrem feurigen Haar, die nach den alten Weisen herumgewirbelt und getanzt hatte, bis alle anderen erschöpft waren; die die hohen, unheimlichen gälischen Lieder gesungen hatte, die vom Meer erzählten und vom Fels und von den frei fliegenden Vögeln. Er hatte um ihre Hand angehalten, und sie war ihm versprochen worden. Er hatte von ihr geträumt, als er unter den geschliffen sprechenden Fremden war, jetzt aber... jetzt hatte er Angst.

Der Wind wurde stärker, und das kleine Schiff hob und senkte sich.

»Wie lange noch?« fragte er den Kapitän und der antwortete, daß diese Nacht und der größte Teil des nächsten Tages noch vergehen würden, bevor sie ihr Ziel erreichten.

Konnte er zurückkehren? Konnte er auf diesem Weg zu seinen Wurzeln zurückkehren? Oder hatte ihm das Leben in der Fremde alles verdorben?

Durston und Mairi redeten bis spät in die Nacht, während Neil sich mit seiner Familie über Fionas Genesung freute.

In Kirkoway schlief Donal unruhig in Mairis Bett, und auf der hügeligen Halbinsel, die die Nordleute Callanish genannt hatten, standen die hohen Steine so, wie sie seit Jahrtausenden gestanden hatten, Zeugnisse eines Volkes, das glaubte, daß der Mensch nur dann wahren Frieden finden würde, wenn der Kreis vollendet und der Wanderer zurückgekehrt wäre – und das alte Wissen das neue erleuchtete....

Die Versöhnung

Als der Morgen dämmerte, regnete es, und Donal begann seine Fahrt unter grauen Wolken, die ihn beklommen machten. Schon lange vor der Abbiegung nach Callanish war ihm das Herz gesunken, und Schwermut und Furcht drückten ihn nieder. Als er an die Stelle kam, wo ein undeutlicher Weg nach rechts führte, jener, von dem Mairis Mutter gesprochen haben mußte, hielt er an. Nein, er würde die Suche nach der jungen Frau aufgeben. Er ritt weiter. Doch er war noch nicht lange geritten, da zügelte er sein Pferd und kehrte um. Er war es seiner Familie schuldig, alles in seiner Macht stehende zu tun, Fiona zu retten.

Anfangs war nichts zu sehen außer Regenschleiern über öden Heidemooren, das Meer und die Inseln im Nebel verborgen. Und dann, ganz plötzlich, ragten graue Riesen drohend aus der grauen Luft, und ein Frösteln, das kälter war als die Kälte des Regens, ließ ihn erschaudern.

Vorsichtig bewegte er sich vorwärts, obwohl er am liebsten diesen verfluchten Ort so schnell wie möglich verlassen hätte... aber der Ort war verlassen... grau... still... und leer. Die Steine schienen Wachtposten zu sein... sie warteten... wachten... Was hatte Mairi hier gefunden? Warum war sie immer wieder hergekommen?

Er saß ab und ging zu Fuß weiter. Er kletterte auf die Anhöhe und hielt am Eingang zum Prozessionsweg inne. Es zog ihn, auf dem geraden Weg zum Mittelkreis zu gehen, doch er widerstand dem Drang. Er ging wachsam in gehörigem Abstand um die Steine herum. Endlich blieb er an einer Stelle auf der westlichen Seite stehen. Der graue Meerarm und die grauen Inseln lagen in seinem Rücken und eine Reihe grauer Steine vor ihm, die geradewegs auf den Mittelkreis zuführten. Ihm gegenüber stand ein schmaler, hoher Stein, der der Mittelpunkt des Ganzen zu sein schien, die beherrschende Wesenheit. Furchtsam blickte er ihn an. Inmitten seiner »Stirn« war ein schwarzes »Auge«. Ihm stockte der Atem. Das Gefühl, das er angeschaut wurde, war sehr stark. Er wollte auf der Stelle wegrennen, aber er konnte seinen Blick nicht abwenden. Das Auge schien ihn weniger anzusehen, als vielmehr in ihn hineinzusehen. Es schien alles zu sehen, was er war und was er je getan hatte. Angesichts der Stille des Auges schien ihm sein Kopf voll lärmender Worte, und es kamen ihm Gedanken in den Sinn, die er immer unterdrückt hatte... wie eingebildet er war als tapferer Ringkämpfer... wie er einmal fast einen Mann getötet hatte, weil er dessen Frau wollte... all das, dessen er sich schämte, schien hier an die Oberfläche zu kommen und durch den unerbittlichen Blick offengelegt zu werden. Er mußte weg!

Er fing an zu rennen, stolperte über halb überwachsene Felsbrocken und über Heidebüsche. Er hatte das sichere Gefühle, der große Stein habe sich in seinem alten Sockel gedreht und das »Auge« sähe ihn noch an. Als er sein Pferd erreicht hatte, schwang er sich auf seinen Rücken und trieb es im Galopp von diesem Platz fort, ohne der Löcher und Gräben in den heidebedeckten Hügeln zu achten. Der eisige Regen schlug ihm ins Gesicht und verstörte ihn noch mehr. Er machte gar nicht den Versuch, sich zu orientieren und ahnte nicht, daß er immer weiter und weiter von dem gut ausgetretenen Weg abkam, der nach Hause führte.

Unversehens stolperte das Pferd und kam ins Taumeln, und Donal rutschte von seinem Rücken. Er fiel in eine Bodenspalte, die von Heidekraut und Seggen überwachsen war, und verschwand fast darin. Er fluchte, als er sich an den dichten Büschen festklammerte und nach einem Halt auf vorstehenden Felsen suchte. Aber zum Glück verliehen ihm die Arme, die ihn zum Meister im Ringen gemacht hatten, die Kraft, sich unverletzt wieder an die Oberfläche zu arbeiten. Er wollte sich gerade aufrichten und nachsehen, wo sein geborgtes Pferd steckte, als ein Glitzern in dem Erdspalt seinen Blick auf sich zog. Er schob ein paar Zweige beiseite und schaute in die Düsternis. Schwach konnte er etwas sehen... aber nicht ausmachen, was es war. Er war schon drauf und dran, es auf sich beruhen zu lassen, als die Neugier doch die Oberhand gewann. Er riß einige der Heidebüschel aus, die am Rand standen, damit mehr Licht in die Dunkelheit unten fallen konnte. Erst konnte er nichts erkennen, aber allmählich gewöhnten sich seine Augen an das Dämmerlicht. Ein großer Schreck durchfuhr ihn. Was da lag, war ein toter Mann, ein Skelett, noch in die Überreste eines roten Mantels gekleidet und mit einem beschlagenen Gürtel um die Hüfte und einem Schwert an der Seite.

Donal wandte seinen Blick ab und tat in der sauberen, vom Regen gewaschenen Luft einen tiefen Atemzug. Nun, was sollte er jetzt tun? Den Leichnam liegen lassen, wo er lag, und so tun, als hätte er ihn nie gesehen? Oder ihn an die Oberfläche holen und mitnehmen, damit er ein christliches Begräbnis bekäme? Es konnte keiner der einheimischen Bauern sein. Vielleicht ein Wikinger oder ein Opfer der Wikinger aus den Tagen des Feuers und des Krieges? Es war unmöglich zu sagen, wie lange der Mann da gelegen hatte.

Donal war versucht, ihn liegenzulassen. Der Regen war wieder heftiger geworden, und Donal sehnte sich nach einem Dach über dem Kopf. Der Mann war offensichtlich schon lange da, etwas länger würde nichts ausmachen. Andererseits, das Schwert... unversehens war Donal wieder an den Rand gekrochen. Er starrte auf das Schwert. Es war ein gutes Schwert. Selbst aus dieser Entfernung und so verrostet es auch war, konnte er erkennen, daß er noch nie ein besseres Schwert erblickt hatte.

Sollte er das Schwert nehmen? Aber einen Toten ausrauben...? Er blickte über seine Schulter... graue Regenschleier trieben über das öde Land... Wasser lief an ihm hinab, unter ihm hindurch, überall um ihn her... es gab kein Zeichen irgend eines lebendigen Wesens, abgesehen von dem Pferd, das mit hängendem Kopf geduldig im Regen stand. Wäre es Diebstahl? Der Eigentümer konnte keinen Gebrauch mehr davon machen. Wie würde er es zu Hause erklären? Er hatte es gefunden. Das war keine Lüge.

Bevor er noch eine bewußte Entscheidung getroffen hatte, kletterte er schon in die Erdspalte hinab. Es war schwer, an der glitschigen, wassergetränkten Wand Halt zu finden. Er klammerte sich an vorstehenden Steinen und Wurzeln fest. So wie der Schädel lag, hatte es den Anschein, als habe der Mann sich im Sturz das Genick gebrochen. Donal schluckte schwer und versuchte, den Schädel nicht anzusehen, als er behutsam das Schwert aus dem Gehänge löste. Der Gürtel und die anderen Kleider waren halb verrottet und fielen unter seinen Händen in Stücke. Aber da war noch ein Dolch, den er von oben nicht gesehen hatte, und der war ebenso großartig wie das Schwert. Er zerrte und zog, bis er Dolch und Schwert in den Händen hielt, und so schnell er konnte kämpfte er sich, Dolch und Schwert in seinem Gürtel, wieder nach oben, pfiff nach dem Pferd, saß auf und ritt davon.

Es gelang Neil, seine Familie davon zu überzeugen, daß Mairi mit Fionas vorübergehender Lähmung nichts zu tun gehabt hatte. Fiona gab zu, der Sturz auf dem fettigen Fußboden habe ihr so einen Schrecken versetzt, daß sie wohl fälschlicherweise angenommen hatte, die Fremde habe sie verflucht. Jetzt tat es Fiona leid, der jungen Frau so übel mitgespielt zu haben, und sie bat ihre Familie, alles in ihrer Macht stehende zu tun, das Mädchen zu finden, nicht um sie anzuklagen, sondern um Verzeihung zu erbitten. Neil gab zu, daß er wußte wo sie war, und machte sich sogleich auf, seine schöne junge Freundin von Bruder Durstons Hütte zu holen.

Mairi, die endlich jemanden gefunden hatte, der ihre Erzählungen über all die sonderbaren Dinge, die ihr widerfahren waren, angehört hatte, ohne sie zu verdammen, war in einen tiefen, erholsamen Schlaf gefallen. Als Neil sie abholen kam, sah sie viel besser aus als je seit dem Sturm im Klamm von Valtos. Sie war zwar noch etwas blaß, aber von Fieber war keine Spur mehr.

Erst war sie etwas verzagt, mit Neil zu gehen. Sie fürchtete, insgeheim würde die Familie sie noch immer für das verantwortlich machen, was Fiona zugestoßen war. Doch nachdem sowohl Bruder Durston als auch Neil auf sie eingeredet hatten, daß dies nicht der Fall sei, und Neil ihr von Fiona ausrichtete, sie sei willkommen, war Mairi endlich überzeugt.

Regenwolken zogen vom Meer heran, und die Wellen waren wild und zerfranst im Wind. Neil sah sie besorgt an als er daran dachte, daß Fionas Bräutigam irgendwo da draußen auf dem Meer war. Sie hatten die Nachricht erhalten, daß er nicht direkt über die Meerenge und dann über Land nach Uig kommen, sondern mit dem Schiff an der Westküste heraufsegeln wollte. Er konnte jetzt jeden Tag eintreffen, und was Neil betraf, je eher, desto besser, bevor noch mehr passierte.

Mairi bestand darauf, Mondglanz zu sehen, bevor sie ins Haus gingen. Die Stute freute sich überschwenglich, wieder mit ihrer Herrin vereint zu sein. Neil stand abseits halb hinter einem Heuhaufen und beobachtete, wie die beiden sich kraulten und aneinander schnüffelten. Mairi flüsterte dem silberweißen Geschöpf zärtliche Worte zu, und Mondglanz wieherte ganz leise, als wolle sie der jungen Frau sagen, wie sehr sie sie vermißt hatte.

Neil fragte sich, was jetzt wohl mit der Stute werden würde. Fiona hatte sie seit ihrer dramatischen Genesung nicht mehr erwähnt, und niemand hatte gewagt, die Angelegenheit zur Sprache zu bringen. Er haßte die Vorstellung, Mairi und Mondglanz getrennt zu sehen. Andererseits grauste ihn der Gedanke, Flamme zu verlieren. Fiona war durchaus in der Lage, sein Versprechen einzufordern, wenn sie Mondglanz nicht bekommen würde.

»Komm«, sagte er schließlich. Er wollte die Sache endlich ausgestanden haben. Mairi kam, warf aber noch einen langen, sehnsüchtigen Blick zurück auf Mondglanz. Die Stute versuchte zu folgen, aber die Steinmauer und das Gatter hielten sie zurück. Verloren stand sie da und sah ihnen nach, das Kinn auf die Steinmauer gestützt.

Sie fanden Fiona umringt von den Frauen des Haushaltes. Sie probierte die kostbaren Gewänder an, die sie zur Hochzeit tragen sollte. Einfache selbstgewebte Stoffe waren einem solchen Ereignis nicht angemessen, und so hatte man von einem Händler Stoff gekauft, einen feinen Seidenbrokat, wie er auf den Inseln selten zu sehen, am englischen Hof inzwischen aber gebräuchlich war.

Fiona lachte und drehte sich vor dem bewundernden Publikum im Kreis. Sie sollten sehen, wie der Stoff leuchtete und die Farben sich mit ihren Bewegungen änderten. Ihre Augen leuchteten und die Wangen waren von der Aufregung gerötet. Als sie Mairis ansichtig wurde, die neben Neil in der Tür stand, hielt sie sofort inne und wurde ein bißchen blaß. Die beiden jungen Frauen blickten sich, wie es Neil vorkam, eine lange Zeit unverwandt an. Er konnte Mairis Gesicht nicht sehen, denn er stand hinter ihr, aber Fionas sah unsicher aus. Abrupt schickte sie die Frauen fort.

»Komm herein«, sagte sie zu Mairi. »Komm und schaue dir mein Kleid an.«

Die anderen gingen. Manche lächelten noch, andere warfen Mairi einen scheelen Blick zu: Hatte sie nicht doch geheime Kräfte? Neil drängte sich neben Mairi hinein, entschlossen, sie nötigenfalls zu beschützen.

»Mein Bruder, du? Ich wußte gar nicht, daß du dich für ein neues Kleid erwärmst«, sagte Fiona belustigt.

»Es ist nicht das Kleid, was mich interessiert«, sagte er.

»Hinaus! Hinaus mit dem Rest«, befahl Fiona. »Mairi und ich haben ein paar Dinge miteinander zu klären.«

Neil sah Mairis verängstigtes Gesicht. Er ließ sie nicht gern mit seiner Schwester allein, aber Fiona bestand darauf. »Geh jetzt!« wiederholte sie schneidend, und Neil wandte sich zum Gehen. Die langen Jahre, die sie ihren Willen durchgesetzt hatte, hatten Fiona große Kraft gegeben.

Er blickte Mairi in die Augen.

»Es ist in Ordnung«, sagte Mairi ruhig. »Es ist besser, wir sind allein.«

»Wenn du meinst...« murmelte er und ging, als sie ihm ermunternd zulächelte.

Draußen wurde Neil von seinen jüngeren Brüdern mitgeschleift. Er sollte kommen und bei den Tieren helfen.

Das Schiff, auf dem Sir Kenneth reiste, wurde von den Wellen so gnadenlos hin- und hergeworfen, daß es seinen Kurs und Zeit verlor. Der Kapitän sagte jetzt, sie würden vor der Nacht keinen Hafen mehr erreichen... vielleicht noch nicht einmal am folgenden Tag. Sir Kenneth verfluchte und pries die Verzögerung, war er sich doch keineswegs sicher, was er für die Zukunft wollte.

Bruder Durston kniete in seiner dunklen, verräucherten Zelle und betete um Führung. Er hatte das sichere Gefühl, was Mairi erzählt hatte, war die Wahrheit, und doch wollte er ganz sicher sein, daß sie mit einer uralten, gottesfürchtigen Priesterschaft in Verbindung stand und nicht bloß mit üblen und verführerischen Totengeistern.

Donal verbarg seine neuerworbenen Waffen, als er das geborgte Pferd zurückbrachte und sein eigenes abholte.

Die Einladung lehnte er ab und machte sich eilig auf den Weg. Dolch und Schwert befestigte er stolz an seinem Gürtel, sobald er außer Sichtweite war.

Alleingelassen, sahen sich die beiden Frauen lange an. Sie sprachen kein Wort.

Es war Fiona, die schließlich den ersten Schritt tat. Ohne ein Wort, aber mit Tränen in den Augen, streckte sie Mairi ihre Arme entgegen. Mairi fiel ihr um den Hals, und einen Augenblick lang hielten sie sich, einander um Vergebung bittend, umschlungen.

»Nein, nein, ich bin es, der verziehen werden muß«, sagte Fiona. »Ich hatte kein Recht, dich wegen der Stute so sehr unter Druck zu setzen. Du hattest jedes Recht, mir die Bitte abzuschlagen. Aber vor allem – ich hatte kein Recht, meiner Familie solche schrecklichen Dinge über dich zu erzählen.«

»Ich muß um Vergebung bitten«, unterbrach Mairi sie. »Ich sprach so verbittert und wütend und hätte nie sagen dürfen, was ich gesagt habe.«

»Du hast mich nicht verflucht. Ich selbst habe mich verflucht, indem ich gelogen habe. Bruder Durston hat mir das klargemacht.«

Mairi lächelte erleichtert. Sie standen sich gegenüber und sahen sich verlegen an. Sie wußten nicht recht, was sie als nächstes sagen sollten. Es war Mairi, die sich zu guter letzt räusperte und sprach.

»Ich... ich möchte, daß du Mondglanz als Hochzeitsgeschenk von mir nimmst«, sagte sie mit ganz leiser Stimme. Fiona konnte kaum verstehen, was sie sagte, bekam aber genug mit, um zu wissen, daß ihr größter Wunsch ihr gewährt worden war. Sie konnte es kaum fassen, und ihre Augen strahlten. Sie sah sich selbst wieder so wie zuvor – Sir Kenneth so großartig entgegenreitend wie nur irgend eine normannische Dame.

»Du bist eine wirkliche Freundin!« rief sie aus. »Ein schöneres Geschenk könnte es nicht geben!« Als sie dann in Mairis Gesicht sah, wußte sie in ihrem Herzen, daß sie ein solches Opfer zurückweisen müßte. Aber sie konnte es nicht. »Du mußt mit mir kommen«, sagte sie heftig. »Ja, das ist die Lösung! Du mußt mit mir kommen, wenn ich fortgehe, und dann kannst du immer bei Mondglanz sein. Du kannst mit ihr arbeiten, wenn ich zu tun habe, und für sie sorgen, wenn ich keine Zeit habe.

Mairi war entgeistert. Über das Meer! Der Gedanke entsetzte sie... und dann dachte sie daran, daß sie heimatlos war und daß in dem neuen Leben, das Fiona ihr anbot, sie niemand mehr eine Hexe nennen würde. Das wäre gut. Aber sie müßte von den hohen Steinen und »ihrem Volk« scheiden. Das wollte sie nicht.

»Es tut mir leid, aber...« murmelte sie.

»Nein!« rief Fiona aus. »Es ist alles klar. Du kommst mit mir.!«

»Ich kann nicht...«

»Kein Wort mehr!«

»Ich muß wirklich hierbleiben...«

»Unsinn! Du wirst eine wunderbare Zeit haben. Du wirst jede Menge hübscher Männer kennenlernen und solche feinen Stoffe wie diesen jeden Tag tragen...«

»Das ist es nicht....«

»Ich will kein Wort mehr hören! Wir werden die großartigsten Freunde sein, und wirst so glücklich sein wie ich.«

Mairi schwieg schließlich. Sie fühlte sich von der plötzlichen, überwältigenden Zuneigung des Mädchens fast ebenso erdrückt wie zuvor von ihrer Feindseligkeit.

Der Bräutigam

In den Frühstunden des nächsten Morgens hörte der Regen allmählich auf, und von Hauptinsel zu Hauptinsel brachen Sonnenstrahlen durch, um Fionas Bräutigam zu begrüßen.

In der großen Halle war nun endlich alles für die Feier vorbereitet, die Tische geschrubbt und neues Stroh auf dem Fußboden. In der Küche bereiteten die Köche das Festmahl. Einige der müden Küchenjungen, die auf dem Steinboden eingeschlafen waren und von dampfenden Kesseln, Messern und schweren Düften träumten, wurden wieder aufgeweckt. Berge von Enten- und Hühnerfedern waren in einer Ecke mit einer alten Haut bedeckt, damit sie nicht übcrall herumflogen. Ingrid wollte sie aufbewahren, um damit eine Bettdecke zu stopfen, hatte aber nicht beabsichtigt, sie in der Küche herumliegen zu lassen. Jemand würde dafür einen scharfen Verweis erhalten, kein Zweifel. Auf der einen Seite der Küche hing das Fleisch der Haustiere und von Wild an langen Stangen. Es war fertig zum Braten, und Blut tropfte in einen hölzernen Trog. Auf der anderen Seite waren Bündel mit getrockneten Kräutern. Fässer mit selbstgebrautem Bier und eine hübsche Reihe Weinkrüge, die man für die Ehrengäste eingekauft hatte, standen bereit. Neben dem Herd waren sauber Torfstücke aufgestapelt, die das Kochfeuer am Brennen halten sollten.

Fiona hatte darauf bestanden, daß Mairi ihr nicht von der Seite wich, und sie schliefen in einem Bett. Die angehende Braut schlief tief, ihr rotgoldenes Haar kräuselte sich auf dem Kissen neben dem glatten rabenschwarzen Haar der jüngeren. Mairi lag wach auf ihrem Rücken und starrte durch die viereckige Fensteröffnung, durch das erst der Regen geschlagen war und durch das jetzt ganz still die Sterne hereinblinkten. Sie hatte bisher kein Haus mit Fenstern gekannt. Wie wunderbar war es, ein Auge zum Hinaussehen zu haben und drinnen im Schutz des Hauses zu bleiben. Wenn sie mit Fiona ginge, würde es noch mehr solcher Wunder geben. Aber sie würde von ihrem Volk getrennt sein und von ihrem Zuhause – und damit meinte sie nicht ihre Eltern und ihr Dorf. Sie wußte, daß sie mit Fiona niemals über die Dinge würde reden können, die ihr wirklich am Herzen lagen. Sie würde abgeschnitten sein von der Quelle ihres Lebens und dazu verdammt, ein halbes Leben zu führen wie die meisten Menschen. Sie würde Neil verlassen müssen. Würde er wollen, daß sie bliebe? Seine Gefühle ihr gegenüber schienen so zwiespältig zu sein. Den einen Augenblick war er so sanft und fürsorglich, den anderen so leidenschaftlich und wild – und dann, wenn sie eben glaubte, daß er sie liebte, war da dieser zweifelnde Blick, der sein Gesicht durchkreuzte – jener Rückzug – diese Grenze. Er verstand sie nicht wirklich. Würde er es jemals? Sollte sie um seinetwillen bleiben und immer wieder den Schmerz dieses dunklen und fragenden Blickes ertragen?

Sie dachte an die Art und Weise, wie Fiona sie den ganzen Tag nicht aus den Augen gelassen hatte; wie sie ständig um ihre Meinung gefragt hatte; wie sie über die Dinge sprach, die sie in dem neuen Land zusammen tun würden... Zuerst hatte sie sich fast erdrückt gefühlt von der Zuwendung und gewünscht, es würde aufhören. Doch als der Tag fortschritt, merkte Mairi, daß Fiona Angst hatte – Angst vor der Heirat – Angst vor der Reise in ein fremdes Land und zu fremden Leuten. Fiona hatte nie eine Schwester gehabt und sich oft nach einer gesehnt. In Mairi sah sie eine Möglichkeit, etwas aus ihrem eigenen Land mitzunehmen in die Fremde – eine Schwester – einen Kameraden. Mairis stille Art ließ Fiona glauben, sie sei fügsam und nachgiebig und würde alles tun, was Fiona wollte. Sie wußte nichts von der außergewöhnlichen Erweiterung, die Mairis Leben erfahren hatte. Eben jene Gefühle von

Haß und Abneigung gingen jetzt ins andere Extrem, weil Fiona sich in widerstreitenden Gefühlen verfangen hatte. Sie sehnte sich nach Kenneth und nach der Heirat – und doch fürchtete sie beides. Sie sehnte sich danach, die Beschränkungen des elterlichen Hauses hinter sich zu lassen und gleichzeitig hatte sie Angst, diesen Schutz zu verlieren

Als das schottische Schiff endlich gesichtet worden war, machte sich eine Abordnung zur Begrüßung des jungen Herren bald auf den Weg.

Ingrid blieb zurück, um die letzten Vorbereitungen zu überwachen, aber ihr Mann ritt mit Fiona an der Spitze der Gesellschaft, Neil und Mairi dicht auf.

Als für Fiona die Zeit gekommen war, an Mairis Stelle auf Mondglanz zu steigen, hatte es einen peinlichen Moment gegeben. Neil, der Mairis Gesichtsausdruck gesehen hatte, hatte ihre Hand genommen und sie fest gedrückt. Mairi hatte ihren Kopf an seine Schulter gedrückt, schwer geschluckt und versucht, nicht zu weinen. Mondglanz selbst hatte versucht, zu ihrer früheren Herrin zu gehen, doch Fiona, von gesunder Farbe und strahlend, mit gestrecktem Rücken und in Brokat gekleidet, der halb über die silbernen Flanken der Stute hinabfiel, hatte sie gezügelt und mit fester Hand ihren Kopf in die Richtung zum Hafen gezogen. Die kleine Prozession war bereit zum Aufbruch gewesen.

Neil hatte Mairis Kinn gehoben und ihr besorgt in die Augen geschaut.

»Es ist in Ordnung«, hatte sie gemurmelt. »Sie soll Mondglanz haben. Bruder Durston hat mir klargemacht, wie falsch es ist, wenn man irgend etwas so sehr besitzen möchte, daß man eine Sünde begeht, um es zu behalten. Meine Wut war eine Sünde. Meine Worte...« Ihre Stimme war verstummt angesichts der Scham, die sie darüber empfand, wie leicht ein Fluch, wenn auch nur versteckt, ihr über die Lippen gekommen war. »Mondglanz kam zu mir, als ich sie brauchte«, sagte sie. »Jetzt – braucht Fiona sie.«

Neil hatte sich zu Mairi hinabgebeugt und ihr auf den Mund geküßt. Er hatte sie noch fester an sich drücken wollen, aber sein Name war gerufen worden und sie hatten sich voneinander gelöst.

Er war, mit einem Ruf nach den Hunden, neben seinem Vater losgeritten.

Mairi nahm die Zügel der hübschen braunen Stute, die man ihr überlassen hatte, und folgte ihm mit einem Seufzer.

Donal kam zu spät, um bei der Begrüßungsgesellschaft dabeizusein. Klappernd kam er in de Hof geritten, als die letzte Gestalt hinter dem Hügelkamm verschwunden war. Seine Mutter kam eilig herbeigelaufen, ihn zu begrüßen. Sie schalt ihn dafür, daß er zu spät kam.

Er sah sie verwundert an.

»Ich bin den ganzen Weg nach Kirkoway und zurück geritten. Willst du nicht hören, ob ich das Mädchen gefunden habe oder nicht?«

»Welches Mädchen?«

»Mairi. Die Hexe.«

»Ach, Mairi«, sagte seine Mutter ungeduldig. »Wir haben sie gefunden. Sie ist doch keine Hexe. Sie sind alle zum Hafen hinuntergeritten, um Sir Kenneth zu begrüßen. Du solltest auch da sein. Aber mache dich vorher ein bißchen sauber«, fügte sie mißbilligend hinzu, als sie seine schlammbespritzten Kleider sah.

»Und Fiona...?« fragte Donal verblüfft.

»Es geht ihr gut. Ich habe dir doch gesagt, das Mädchen hat sie nie verflucht. Aber jetzt ist keine Zeit, darüber zu reden. Als Fionas ältester Bruder solltest du dabeisein....«

»Ich bin nicht so sicher, ob sie nicht doch eine Hexe ist. Ich bin zu ihren Teufelssteinen gegangen und...«

»Fiona ist wieder vollständig hergestellt. Bruder Durston hat uns versichert, daß Mairi mit ihrem Unfall nichts zu tun hat...«

»Aber ich sage dir – diese Steine, zu denen sie geht, sind verhext.«

Einen Augenblick lang war Ingrid aus ihrem Zustand geschäftigen Abgelenktseins aufgeschreckt. »Du warst bei irgendwelchen Teufelssteinen?«

»Ja.«

»Donal!«

»Ich habe Mairi gesucht. Ihre Eltern hatten sie nicht gesehen –

und du hast mich losgeschickt, um sie zu finden!« Er war gekränkt. Er war nach Hause gekommen, voll mit Geschichten, die er erzählen mußte, und niemand hörte ihm zu. »Wo ist sie jetzt?«

»Sie ist mit Fiona geritten. Der Herr beschütze uns! Sie und Fiona sind jetzt wie zwei Schwestern. Mairi will sogar mitgehen, wenn Fiona zu der Hauptinsel geht. Was soll ich glauben? Was soll ich bloß glauben?«

»Es kommt mir sehr eigenartig vor, wie sich alles gewendet hat, seit ich fort war.«

Ingrid rang ihre Hände. »Was sollen wir tun?«

Donal dachte angestrengt nach. Im Haus von Mairis Eltern war er überzeugt gewesen, daß sie unschuldig war. Erst als er die unheimliche Macht des Kristallauges gespürt hatte, hatte er seine Meinung geändert.

»Reite hinter ihnen her, Donal. Paß auf, daß sie kein Unheil anrichtet.«

Er nickte und wollte wieder sein müdes Roß besteigen. Aber sie rief ihn und sagte, er solle die Kleider wechseln und sich das Gesicht waschen.

»Schnell«, rief sie. »Schnell!« Sie wußte nicht, ob Mairi eine Hexe war oder nicht – aber sie war sicher, daß Fiona sich eines Bruders, der so abgerissen und dreckig war wie Donal, würde schämen müssen.

Als er im Haus war, um zu tun, wie ihm geheißen, befahl sie dem Stallburschen, das erschöpfte Pferd abzureiben und ihm frisches Wasser zu trinken zu geben.

Als er schließlich wieder in seinen besten Kleidern auftauchte, ein ungewohntes und prächtiges Schwert und einen Dolch an der Seite, ließ ihr Stolz sie fast die Sorge um ihre Tochter vergessen.

Neil, der auf der Klippe oberhalb der Bucht wartete, die den Leuten hier als Hafen diente, dachte daran, wie gerne er mit Fiona auf die Hauptinsel gehen würde. Er wollte neue Gegenden und neue Leute sehen. Es war schon lange her, daß er auf dem weiten, wilden Meer gesegelt war. In einem Anflug von Sehnsucht nach der Vergangenheit erinnerte er sich an jede Einzelheit seiner ereignisreichen Reise nach Island, als er ein Junge war. Gegen den Wunsch seiner Eltern war er mit einem Wikinger-Kapitän namens Baldur zur See gefahren. Das Schiff war für das offene Meer gebaut und für lange Fahrten, aus Eichenholz und mit einem Mast aus Tannenholz, der vierzig Fuß maß. Vordersteven, Kiel und Hintersteven hatten aus einem einzigen Stamm bestanden. Die sechzehn Reihen aus Planken überlappten sich und waren mit geteerten Seilen befestigt und kalfatert. Das Steuerruder war ein Eichenriemen, elf Fuß lang, am Steuerbord befestigt und reagierte sehr leicht auf die Hand des Steuermannes. Der Schiffschnabel war hochgebogen und wie der Kopf eines fremdartigen Ungeheuers geschnitzt gewesen. Wie ein Schutz und eine Herausforderung zugleich war es – die weißen Bugwellen zu seinen Flanken und das Rot der Augen böse im Sonnenlicht funkelnd – durch die Wellen geritten.

Wenn es keinen Wind gegeben hatte, dann hatten die Männer gerudert, wobei sie im Rhythmus der Schläge mit ihren tiefen Stimmen gesungen hatten. Da schien das Schiff schneller zu schwimmen. Bei der leichtesten Brise war das gestreifte Segel hochgezogen worden, das sich füllte und blähte und das Schiff zog. Neil liebte das alles – den beißend scharfen Salzgeruch in der Luft, die herabstürzenden und kreisenden Seevögel, wenn sie an Inseln vorbeisegelten, die sonnendurchglitzerte Gischt und das schwere Rollen der See.

Neil erinnerte sich, wie er einmal einen Schwarm dunkler Vögel gesehen hatte, die dem Schiff mit einem leicht schwingenden Flug folgten. Pfeilschnell waren sie mit flatternden Flügelschlägen dicht über der Wasseroberfläche gesaust, und manchmal hatten sie mit ihren Füßen das Wasser berührt, als liefen sie. Fast konnte er ihre feinen, zwitschernden Schreie noch hören.

»Sturmschwalben«, hatte Baldur gesagt und ernst dreingeblickt.

Um Mitternacht war Neil mit einem Schlag wach geworden. Er war von seinem Schlafplatz quer durch das Unterdeck gestoßen worden. Es fühlte sich an, als sei er von einer riesigen Hand hochgehoben und aus großer Höhe fallen gelassen worden. Alle hatten geschrien. Alle waren kreuz und quer gegeneinandergestoßen worden. Sie hatten an Seilen gezerrt und versucht, Dinge, die herumgeschleudert wurden, festzuhalten.

Einer der Männer, Othar, hatte sich am Vorschiff zusammengekauert, seine Arme hatten das geschnitzte Ungeheuer umklammert, und immer wieder und wieder hatte er die Worte eines Wikinger-Gebetes an den Herrn des Meeres vor sich hingemurmelt. Das Wasser hatte sich über ihn ergossen, aber er hatte nicht losgelassen noch aufgehört zu beten.

Wo immer Neil hingekommen war, hatte er die Männer zu Odin oder Thor beten gehört – niemąnd betete zum Herrn der himmlischen Heerscharen, dem christlichen Gott. Er selbst hatte sich zwischen eine Ruderbank und die Bootswand geklemmt, seine Hände gefaltet und seine Augen geschlossen. Er hatte das Vaterunser gebetet, das Bruder Durston ihn gelehrt hatte, immer wieder. Er hatte auf den Donner gehört und nicht an das gedacht, was er sagte. Ihm war dann mit einem Mal klar geworden, was er tat. Er hatte innegehalten. Seine Worte waren so heidnisch wie die der anderen, wenn er sich nicht ständig und in der Tiefe dessen bewußt war, was er sagte. Sein Gebet war nichts anderes als ein magischer Gesang gewesen.

Ein Blitz hatte den Himmel von oben bis unten zerrissen. Das ganze Schiff hatte vom darauf folgenden Donnerschlag gezittert. Der Kopf des Ungeheuers war plötzlich von einem gleißenden und blendenden grünen Licht erhellt. Es schien vom Bug fortzuspringen, herumzuwirbeln. Dann hatte sich das Geschöpf in gelben Rauch aufgelöst und war nicht mehr.

Neil fragte sich jetzt, ob Sir Kenneth, der dasselbe Meer befuhr, sich Sorgen um die Zukunft gemacht hatte. Hatte irgend ein böses Omen einen Schatten auf sein Herz geworfen, so wie es ihnen ergangen war, als ihr Bugschutz zerstört worden war? Er versuchte, sich Kenneth wieder ins Gedächtnis zu rufen, konnte sich aber kaum an etwas erinnern. Während seines Besuches hatte Neil sich nicht klargemacht, daß er sein Schwager werden würde. Neil erinnerte sich an die Gruppe vom schottischen Hof, die seine Familie bewirtet hatte. Er hatte Freude am Bier und an den Tänzen gehabt und an den Heldengeschichten, die man im Feuerschein erzählt hatte. Seine Aufmerksamkeit galt jedoch mehr einem ergrauten alten Krieger, der als junger Bursche in der blutigen Schlacht gekämpft hatte, durch die Macbeth seinen Thron verlor, den der Vater des jetzigen Königs gewann.

Kenneths Schiff war jetzt gut zu sehen. Es hatte guten Wind und wurde mit jedem Augenblick größer. Schließlich war es nahe genug, daß die winzigen Gestalten an Bord zu erkennen waren. Neil schaute zu Fiona hinüber. Sie saß ganz gerade, wechselte aber die Zügel von Mondglanz ständig von einer Hand in die andere. Immer wieder schluckte sie, befeuchtete ihre Lippen, strich sich die rotgoldenen Haarlocken zurück, die ihr der Seewind ins Gesicht geblasen hatte. Mondglanz selbst hatte etwas von der Unruhe ihrer neuen Reiterin übernommen und trat unsicher von einem Fuß auf den anderen, gelegentlich warf sie sogar den Kopf hoch und riß am Gebiß.

Neil sah Mairi an. Sie saß ganz still, den Blick in unendliche Fernen gerichtet. Sie hatte noch nicht einmal das herannahende Segel bemerkt. Er dachte daran, daß sie glaubte, »ihr Volk« sei aus dem fernen Westen gekommen, aus einem geheimnisvollen, sagenumwobenen Land jenseits der sinkenden Sonne. Jetzt schaute sie unverwandt nach Westen und suchte den Horizont mit ihren leidenschaftlichen dunklen Augen ab, als könne sie hinter den unermeßlichen Weiten des Wassers ihr einstiges Heimatland sehen.

Durston hatte Neil einmal von einem großen Weisen erzählt, Pythagoras, der glaubte, unsere Seelen könnten viele Male zur Erde zurückkehren und viele verschiedene Körper bewohnen. Dieser beschrieb die Erde als eine Art Schule, in welcher wir von Klasse zu Klasse fortschreiten mußten und immer weiter lernen, bis wir schließlich bereit waren, die Erde ganz zu verlassen und in höhere, unvorstellbare Welten einzugehen. Glaubte Mairi daran? Glaubte sie, ihre Seele hätte schon einmal auf der Erde gelebt und sie sei eine aus jenem alten Volk gewesen, das den Prozessionsweg von Callanish bevölkerte? Oder glaubte sie bloß, es seien ihre Ahnen, die ihr jetzt in ihrer Geistgestalt begegneten, blasse Spuren auf den Seiten der Zeit. Oder war es möglich, daß in unserem tiefsten inneren Selbst – in jenem Bereich, den wahrzunehmen wir viel zu beschäftigt sind, von dem wir in stillen Augenblicken aber wissen, daß er da ist – keine Zeit gibt. Daß wir tatsächlich in diesem Augenblick verschiedene Leben auf unterschiedlichen Ebenen führten und unser Fortschreiten zu größerer Weisheit beeinflußt war von reichen und vielgestaltigen Ereignissen auf diesen anderen Ebenen, deren wir uns gar nicht bewußt waren – ein Netz der Erfahrung von unendlicher Ausdehnung?

Mairi mußte seinen Blick gespürt haben, den unvermittelt wandte sie ihren Kopf und sah ihn an. Es lag ein befremdlicher Ausdruck in ihren Augen, und ein kleiner Schauder lief ihm den Rücken hinab. Sie beugte sich zu ihm. Offenbar wollte sie mit ihm sprechen. Er lenkte Flamme näher zu ihr heran.

»Neil«, flüsterte sie. »Ich habe Angst. Da ist ein Schatten.«

»Was meinst du?« fragte er und sah sich um. Der Himmel war wolkenlos und die Sonne schien hell.

»Über diesem Tag.«

Er wollte gerade antworten, da scheute Mairis Stute, als spürte auch sie einen Schatten, und warf ihre Reiterin fast ab. Diese Unruhe wiederum regte Mondglanz auf, die ohnehin schon ungehalten war, weil sie von Mairi getrennt worden war, und sie bäumte sich jählings auf. Fiona schrie auf.

Einen kurzen Augenblick herrschte Durcheinander und fast hätte es ein Unglück gegeben. Die kleine Gruppe befand sich recht nahe an dem Steilhang, und Fiona hätte leicht hinabgeschleudert werden können, wenn Neil nicht mit außerordentlicher Geistesgegenwart gehandelt und den Zügel der Stute ergriffen hätte, womit er die Stute zum Stehen brachte.

Fiona wandte sich wütend an Mairi.

»Du hast mich fast umgebracht««

Mairi war entsetzt. Lag der Schatten, den sie spürte, in ihren Händen? Ihr schauderte, und sie fragte sich, ob sie nicht doch von Kräften benutzt wurde, die böse waren.

Glücklicherweise wurde die Aufmerksamkeit aller auf dem Kliff jetzt von dem Vorfall abgelenkt. Ein Ruf erscholl von unten. Das Schiff war jetzt nahe herangekommen und es war Zeit, den Abstieg den steilen Pfad hinab zum Strand zu beginnen. Fiona riß etwas ungehalten an Mondglanz' Maul, und die Stute schnaubte vor Schmerz. Neil berührte Mairis Arm. Sie durfte sich jetzt nicht einmischen, und er ritt zwischen den beiden jungen Frauen den Zick-Zack-Pfad hinab.

Die kleinen Boote der Fischer waren weit auf den Strand hinaufgezogen worden, um Platz zu machen für die Ankunft des großartigen schottischen Schiffes.

Als übe sie schon für ihre neue Rolle als große Dame, brachte Fiona die kleine Gruppe mit herrischer Geste am Ufer zur Aufstellung. Sie selbst war vorne, zusammen mit ihrem Vater, und Neil etwas seitlich hinter ihr. Dahinter kamen die jüngeren Brüder und Mairi – und hinter diesen die Männer, die gekommen waren, um beim Transport des Gepäcks zum Hof zu helfen.

Fiona war, bei aller großen Gestik, merklich nervös. Sie legte die Falten ihres langen Kleides sorgsam zurecht und zupfte immer wieder daran. Mehr als einmal blickte sie über ihre Schulter, als wolle sie sich vergewissern, ob noch alle da waren.

Endlich war das Schiff nahe genug herangekommen. Jetzt konnte sie ihren zukünftigen Ehemann neben dem Kapitän im Bug stehen sehen. Ihr Herz tat einen Sprung – und dann sank es ihr. Auch aus dieser Entfernung konnte sie sehen, daß er ein sehr stattlicher Mann war... aber er war ein Fremder unter Fremden. Fast verließ sie der Mut. Sie wandte sich um und winkte Mairi heran. Die zögerte einen Augenblick, und Fiona wiederholte ihre Geste ungeduldig.

Mairi kam an Fionas Seite und sah sie fragend an.

»Bleib bei mir«, flüsterte Fiona. »Verlaß mich nicht.« Ihr Zorn von vorhin war vergessen. Mairi stand wieder in ihrer Gunst.

Seite an Seite saßen die beiden jungen Frauen und beobachteten, wie die Mannschaft den Anker über Bord warf und ein kleines Boot herabließ, mit dem sie anlanden wollten.

Sir Kenneth stand gerade aufgerichtet in dem Boot – hochgewachsen, breitschultrig und gut gebaut. Als er näher kam, konnten sie sein freundliches Lächeln in dem hübschen Gesicht sehen. Leichtfüßig sprang er an den Strand. Er wollte sich gerade respektvoll vor seiner Braut verneigen, als sein Auge auf die silberweiße Stute fiel, die sie ritt. Der Ausdruck plötzlichen Wiedererkennens in seinem Gesicht war unverkennbar. Im ersten Augenblick schien es, als würde er Fiona gänzlich übersehen. Neil sah, daß er ihre Gegenwart vorübergehend vergessen hatte. Nicht wissend, was los war, aber wachsam wie in allen Dingen, die Mondglanz und Mairi betrafen, kam Neil sogleich nach vorne und begrüßte den jungen

Mann von der Hauptinsel, wobei er Flamme halb zwischen seine Schwester und ihren Bräutigam drängte. Sir Kenneth blickte verwirrt zu ihm auf und sprach einige höfliche Begrüßungsworte. Mondglanz stampfte unruhig, da Flamme sie fast zur Seite drängte. Fiona war vollauf damit beschäftigt, sie wieder in den Griff zu bekommen. Sie war furchtbar wütend auf Neil. Was glaubte er da zu tun – ihren großen Augenblick so zu zerstören!

Der Zwischenfall gab Sir Kenneth jedoch Zeit, seine Reaktion auf die Lage zu überdenken. Er mußte sich entschieden haben, daß das, was er hatte sagen wollen, warten konnte, denn er wandte seinen Blick von der weißen Stute ab und richtete ihn auf Fiona selbst. Er begrüßte sie mit einer ernsten und förmlichen Höflichkeit, die die Gefühle, die er einst so leidenschaftlich gezeigt hatte, Lügen strafte.

All dieser unterschwelligen Spannungen nicht bewußt, sprach Fionas Vater die Willkommensrede. Seine Männer wurden angewiesen, abzusitzen und ihre Pferde Sir Kenneth und seinen beiden Freunden zu geben, Sir Roger und Sir Geoffrey, und ihre Dienste den Männern der jungen Herren beim Entladen des Schiffes anzubieten. Fiona – die es überhaupt nicht gewohnt war, nicht im Mittelpunkt zu stehen – blieb schmollend weiter hinten und überließ es ihrem Vater, die Gesellschaft den Pfad den steilen Hang hinauf zu führen

Neil achtete darauf, so nah wie möglich bei Sir Kenneth zu bleiben, und als der Weg breiter wurde ritt er an seine Seite.

»Was habt ihr für eine Reise gehabt, Sir?« fragte er und überlegte dabei, wie er das Gespräch auf die weiße Stute bringen konnte.

»Alles, was ich über diese Reise sagen kann,« sagte der junge Mann aus ganzem Herzen,«ist: Ich bin froh, daß sie vorüber ist.«

Neil lachte. »Wir hatten einen heftigen Sturm hier vor ein oder zwei Tagen. Ich weiß, wie solche Stürme auf dem Meer sind!«

»Wir hatten unsere Stürme, ja. Sonst wäre wir früher hier gewesen.«

Neil merkte genau, daß Sir Kenneths Gedanken nur halb bei dem waren, was er sagte, und beschloß, ihn geradeheraus zu fragen, was ihn beschäftigte. Aber genau in diesem Augenblick wurde die Aufmerksamkeit der beiden von einem Reiter abgelenkt, der aus der Richtung des Hofes über dem Bergkamm auftauchte. Es war Donal.

Kaum war er nahe genug heran, daß das Schwert an seiner Seite zu erkennen war, da stieß Sir Kenneth einen grimmigen Schrei aus, und er und seine beiden Begleiter lösten sich aus der Gruppe, gaben ihren Rössern die Sporen und ritten schnell auf ihn zu.

Entgeistert sahen Neil, Fiona, Lorn und Mairi Kenneth auf Donal zugaloppieren, das Schwert gezogen, während seine beiden Freunde offenbar Position bezogen, um ihn am Entkommen zu hindern.

Donal zügelte erstaunt sein Pferd und zog ungeschickt sein eigenes Schwert.

Die anderen waren zu weit weg, um etwas Genaues zu hören oder zu sehen, aber es war deutlich, daß Donal herausgefordert und bedroht wurde. Die Aufregung spürend, rannten die Hunde zu der kleinen Gruppe und umkreisten sie bellend.

Donal war völlig durcheinander. Er war von seinen Abenteuern nach Hause zurückgekehrt um festzustellen, daß seine Schwester auf wunderbare Weise von ihrer Lähmung geheilt war, und die junge Frau, die beschuldigt worden war, eine Hexe zu sein, war ein in Ehren aufgenommener Gast in ihrem Hause. Und jetzt rief ihm der junge Mann, der sein Schwager werden sollte und den zu begrüßen er so übereilt aufgebrochen war, Verwünschungen entgegen und bedrohte ihn mit einer tödlich aussehenden Waffe. So weit er sehen konnte, hatte sich auch hier alles gewendet, und Sir Kenneth erwies sich als Feind und nicht als Freund der Familie. Er stieß ungestüm mit dem neugefundenen Schwert nach ihm. Das schien die Ankömmlinge noch wütender zu machen, und alle drei umkreisten ihn mit gezogenen Waffen.

Nachdem Neil sich von seiner ersten Überraschung erholt hatte und da er Donal in Gefahr sah, ritt Neil vor und rief, sie sollten sich beruhigen. Seine Rufe wurden mißverstanden, und Sir Kenneths Freunde umringten Neil und überließen Donal Kenneth. Dies ließ Lorn eingreifen, und eine Weile gab es ein Durcheinander von Pferden und Waffen und zornigen Männern. Bis jetzt hatte noch niemand Blut vergossen, aber alle waren nahe daran.

Fiona und Mairi waren entsetzt. Wie konnte das geschehen. Den einen Augenblick gab es freundliche und höfliche Unterhaltungen zwischen gesitteten Menschen und im nächsten Moment Gewalt und Feindschaft.

Die Leute vom schottischen Hof hatten wenig Mühe, die überraschten Inselbewohner von ihren Pferden zu holen und zu umzingeln. Sir Kenneth richtete sein Schwert auf Donals Kehle.

»Jetzt sprich«, sagte er voll Grimm. »Wo hast du das Schwert her, den Dolch und...« Er warf seinen Kopf in die Richtung, wo Mondglanz stand. »... wo ist diese weiße Stute her?«

Donal starrte ihn mit aufgerissenem Mund an.

»Sprich!« befahl Sir Kenneth und führte die Schwertspitze näher an Donals verletzlichen Kehlkopf.

»Ich... ich habe die Waffen gefunden...«

»Gefunden? Wo?«

»Sie lagen in der Heide.«

»Du lügst!«

In diesem Augenblick kamen Fiona und Mairi herbeigeritten.

»Wie kannst du es wagen!« sprach Fiona stolz. »Nimm sofort das Schwert herunter!«

Neil hatte oft gedacht, ein Racheengel müßte aussehen wie Fiona, wenn sie wütend war – sehr, sehr schön und sehr, sehr wild. Sir Kenneth blickte in ihre feurigen grünen Augen und senkte sein Schwert.

»Erkläre dich!« befahl sie.

»Ich bin es, dem eine Erklärung geschuldet wird«, sagte Sir Kenneth kühl.

»Du hast einen meiner Brüder ohne Grund angegriffen, und meinen Vater und meinen anderen Bruder gedemütigt. Ich bin es, mein Herr, der eine Erklärung zusteht.«

»Die Waffen, die dein Bruder trägt, meine Dame, und die Stute, die du reitest, gehörten meinem Bruder. Er war vor mehr als einem Jahr zu dieser Insel gekommen und man hat seitdem nichts mehr von ihm gehört. Wir glaubten, er sei Räubern zum Opfer gefallen und mußten befürchten, daß er tot sei.«

Erschrocken sahen Fiona und Neil Mairi an. Donal wurde bleich. Wie bereute er jetzt, daß er nicht die Mühe auf sich genommen hatte, dem Mann ein christliches Begräbnis zu verschaffen, sondern nur seine Waffen genommen hatte und davongeritten war.

Bruder Durston hatte ihm einmal gesagt, als er noch ein Kind war, es gäbe keine Möglichkeit, den Folgen seines Tuns zu entkommen, so versteckt man auch vorginge.

»Ihr irrt euch, Sir«, sagte Mairi unvermittelt. »Die Stute gehört mir. Sie wurde mir geschenkt. Aber von den Waffen weiß ich nichts.«

»Wer hat es euch geschenkt?«

Sie zögerte. Sie wußte nicht, wie sie erklären sollte, was sie für die Wahrheit hielt, und fing an, selbst zu zweifeln, ob es wirklich so gewesen war.

»Mein Bruder hätte sein Pferd und seine Waffen niemals weggegeben«, sagte Sir Kenneth eisig. »Sie waren sein kostbarster Besitz.«

»Beschuldigt ihr meine Familie, Diebe und Lügner zu sein – möglicherweise sogar Mörder?« meldete Lorn sich endlich zu Wort. »Wenn es das ist, was ihr von uns denkt, mein Herr, werdet ihr nicht überrascht sein, wenn ich meine Erlaubnis, meine Tochter zu heiraten, zurückziehe.«

Auf dem Schiff hatte Sir Kenneth sein Zusage zu der Hochzeit in Zweifel gezogen, aber jetzt brachte die feurige, temperamentvolle Frau sein Blut in Wallung. Sie war mehr, viel mehr als das lebhafte, schöne Mädchen seiner Erinnerung. Ihre Schönheit und ihre seelische Kraft würden ihm in der unbeständigen, gefährlichen Welt auf der Hauptinsel eine große Hilfe sein.

»Es scheint, ich habe eurer Familie unrecht getan, mein Herr,« begann er, »aber...«

»Natürlich habt ihr meiner Familie unrecht getan«, unterbrach ihn Fiona ungestüm.

»Ich möchte mich entschuldigen, so schnell mein Schwert gezogen zu haben«, sprach er. »Aber es sind schlimme Zeiten und sie haben mich gelehrt, niemandem zu trauen.« Er hielt inne und sah Donal an. »Vielleicht wißt ihr etwas von meinem Bruder?«

»Glaubt mir«, sagte Donal hastig. »Ich hatte keine Ahnung, daß diese Waffen eurem Bruder gehört haben und hätte sie niemals genommen, wenn ich es gewußt hätte. Ich fand sie in der Heide – herrenlos. Mit der Stute ist das etwas anderes. Wenn ihr für sie eine Erklärung wollt, müßt ihr sie fragen...« Und hier sah er Mairi finster an.

»Meine Mutter wartet mit einem Willkommensmahl«, unterbrach Neil schnell. »Es ist klar, Sir Kenneth, es handelt sich um keine absichtliche Schurkerei. Wir müssen genauso dringend wie ihr der Sache auf den Grund gehen.«

Es gelang ihm, die kleine Gruppe irgendwie dazu zu bringen, ihm zum Haus zu folgen. Man hatte wortlos eine ungemütliche Waffenruhe geschlossen.

Neil sah Mairi an. Ihr Gesicht war sehr besorgt.

Beim Geräusch der herannahenden Hufe kam Ingrid eilig heraus, um die Gäste zu begrüßen. Das Lächeln schwand aus ihrem Antlitz als sie sah, wie mürrisch und düster sie alle dreinschauten.

Sir Kenneth antwortete auf ihre Begrüßung höflich und stellte ihr seine beiden Freunde vor, die sich ohne zu lächeln vor ihr verbeugten. Sie sah ihren Mann fragend an, aber der wandte sich ab und gab seinen Männern Anweisungen die Pferde und das Gepäck betreffend. Verwirrt, aber nicht eingeschüchtert, führte sie alle in die Halle, wo sie in die Hände schlug, damit man den Gästen die Mäntel abnahm und ihnen Erfrischungen brachte. Sie war geschäftig wie immer und als sei alles in Ordnung. Hatte Sir Kenneth sich hinsichtlich der Heirat anders entschieden? Das konnte sie nicht glauben. Fiona hatte nie schöner ausgesehen, und es mußte jedem Manne zur Ehre gereichen, sie zur Frau zu nehmen. Sie sah Mairi an, die Fiona zur Linken saß. Sie ließ den Kopf hängen, ihre Wangen waren blaß und in ihrer ganzen Körperhaltung drückte sich völlige Trostlosigkeit aus. Wenn irgend etwas nicht stimmte, dann wegen jenes Mädchens!

Donal, der dem Blick seiner Mutter gefolgt war, hatte eine plötzliche Eingebung.

»Sir Kenneth«, sagte er, »ich glaube, der Schlüssel zu unserem Rätsel hat etwas mit Hexerei zu tun.« Er sah Mairi dabei so direkt an, daß jeder verstand, was er sagen wollte.

Kenneth schaute Mairi an.

»Was habt ihr zu sagen, Dame?« fragte er scharf.

Wenn Mairi an dieser Stelle nur geantwortet hätte, sie habe die Stute reiterlos umherstreunend gefunden, was ja tatsächlich der

Fall gewesen war, dann hätte sie sich viel Leid erspart. Sie war aber so überzeugt von der Wirklichkeit »ihres Volkes« und davon, die zauberische Stute sei ein Geschenk gewesen, als sie es brauchte, daß sie Sir Kenneth unbedingt von den hohen Steinen und dem alten Priester erzählen wollte, der zu ihr gesprochen hatte. Neil wollte sie unterbrechen und sie ablenken, aber mit geröteten Wangen und leuchtenden Augen erzählte sie rückhaltlos alles. Sie war sicher, alles würde sich aufklären, wenn sie nur die Wahrheit sagte.

Erst als sie ihre Geschichte geendigt hatte, merkte sie, wie still es im Raum geworden war. Wo sie auch hinsah, begegneten ihr nur verständnislose finstere und bitterböse Blicke. Bestürzt sah sie Neil an. Wenigstens in seinen Augen war Mitleid... aber auch Tadel.

Donal sprang auf.

»Ich bin im Heimatdorf dieser Frau gewesen«, rief er aus. »Ich habe gehört, wie ihr eigener Vater sie als Hexe beschuldigte. Sie geht regelmäßig zu diesen Teufelssteinen, von denen sie so zungenfertig spricht, und trifft sich dort mit bösen Geistern. Er ist klar, daß sie euren Bruder in ihren teuflischen Zeremonien geopfert und ihr zum Dank für ihren Beitrag das Pferd gegeben haben müssen.«

»Nein!« schrie Mairi mit aschfahlem Gesicht.

»Doch!« rief Donal aus.

»Doch!« riefen Dutzende von Stimmen.

Die Halle war im Aufruhr. Die Leute stampften mit den Füßen und stießen mit erhobenen Fäusten Verwünschungen aus. Sir Kenneth sah Mairi entsetzt an. Für ihn sah sie wie eine Hexe aus. Das weiße Gesicht... rabenschwarze Haare... und eine außergewöhnliche, fast unirdische Schönheit.

Neil nahm sie ungestüm in seinen linken Arm und griff mit dem rechten nach seinem Messer. Er würde sie, wenn nötig, bis zum Letzten verteidigen.

»Sie ist keine Hexe. Ich schwöre es!« rief er. »Glaubt mir...«

»Sie hat sich durch ihr eigenes Zeugnis gerichtet!« schrie Donal gellend.

»Sie hat dich verwunschen wie sie mich verwunschen hat!« rief Fiona Neil zu. Sie war von den überschäumenden Gefühlen der

Menge mitgerissen worden und hatte die Wahrheit wieder vergessen.

Plötzlich tauchte die hochgewachsene Gestalt des Einsiedlers aus den Schatten bei der Tür auf und schritt in die Mitte des Raumes. Er stellte sich hinter Mairi, sie hoch überragend. Er hob Schweigen gebietend die Hand. Seine Augen forderten die Wortführer einen nach dem anderen zum Zuhören auf. Als schließlich Ruhe eingekehrt war, blieb er stehen, wie der tiefe Schatten eines Felsens in der Nacht, seine Arme erhoben, seine Hände über ihnen. Jene, die mit den Anschuldigungen am schnellsten waren, wollten ihre Blicke zuerst zu Boden richten, aber sie konnten es nicht. Endlich, als das Warten kaum noch auszuhalten war, sprach er.

»Es ist jetzt ein dunkler Geist in diesem Raum, und er ist nicht im Leib dieses Mädchens. Er ist in deiner, deiner und deiner Seele....« Er richtete seinen Finger zuerst auf Donal, dann auf jeden, der so schnell zu Mairis Verurteilung aufgesprungen war. »Was wollt ihr tun? Sie in Stücke reißen? Ist es das, was Christus getan hätte? Ist es das?« Seine Augen funkelten.

Niemand antwortete. Es herrschte betroffenes Schweigen, und viele rutschten unruhig auf ihren Bänken und Stühlen hin und her. Manche fühlten sich schuldig, andere empfanden Reue, aber niemand wollte ihm antworten.

Es war Sir Kenneth, der schließlich den Mut hatte, zu sprechen.

»Aber wenn es stimmt...« begann er.

»Wenn es stimmt... selbst wenn es stimmen würde... würde Christus gutheißen, was in dieser Stunde in euren Herzen ist?« Bruder Durstons Falkenblick bohrte sich in Kenneths Augen.

»Aber Christus ist nicht hier«, meinte jemand.

Durston wandte dem Sprecher sein Gesicht zu, und der Mann zog den Kopf ein.

»Glaubt sonst noch jemand, daß Christus nicht hier ist?« fragte er mit ehrfurchtgebietender Stimme. Niemand sprach. Neil fühlte Mairi unter seinem Arm zittern wie ein in der Falle gefangener Vogel. Sie hatte ihr Gesicht an seine Schulter gedrückt, wie sie es schon einmal getan hatte.

Es war wieder Sir Kenneth, der die drückende Stille brach.

»Ob dieses Mädchen mit dem Teufel im Bunde ist oder nicht,

weiß ich nicht. Jene, die sie länger kennen, müssen das beurteilen. Was ich aber weiß, ist, daß sie die Stute meines Bruders hatte, und ich werde nicht ruhen, solange ich dafür keine befriedigende Erklärung habe.«

Neil ergriff jetzt das Wort. »Donal beschuldigt sie teuflischer Praktiken. Welche Beweise hat er? Wie ich es sehe, fand sie das Pferd, reiterlos und verlassen. Euer Bruder, Sir Kenneth, ist wahrscheinlich durch einen Unfall umgekommen – oder vielleicht von Räubern überfallen worden.«

Mairi löste ihren Kopf von seiner umklammernden Hand, als wolle sie seiner Erklärung widersprechen, welche, wie sie dachte, die Existenz »ihres Volkes« leugnete.

»Psst«, flüsterte er. »Sag' nichts.«

Sie gehorchte, zog sich aber von ihm zurück. Sie zeigte ihm die Schulter und blickte zu Boden. Ihre Hände rangen in ihrem Schoß.

Sir Kenneth war bereit, zuzuhören, war aber nicht überzeugt.

»Würden Räuber das Roß meines Bruders, seinen Dolch und sein Schwert zurückgelassen haben?«

Donal wurde der Mund trocken. Er schluckte mehrmals und befeuchtete seine Lippen mit seiner Zunge. Wie wünschte er, von Anfang an die Wahrheit gesagt zu haben. Jetzt wurde es immer schwerer, je mehr Zeit verging.

»Ich schwöre, ich habe sie gefunden«, murmelte er.

»Wo?« wollte Kenneth wissen.

»In der Nähe... der Teufelssteine«, antwortete er.

»Ist das nicht Beweis genug?« rief jemand aus. »Der Mann ist geopfert worden.«

Wieder erhob sich wütendes Raunen gegen Mairi.

»Nicht unbedingt«, sagte Donal schnell, der bereute, die junge Frau in solche Gefahr gebracht zu haben. »Wenn euer Bruder vom Pferd gefallen ist...«

»Dann wäre sein Leichnam bei seinen Waffen gewesen«, sagte Kenneth kalt.

»Die Diebe sind vielleicht von etwas erschreckt worden... und haben die Waffen in einiger Entfernung von der Stelle fortgeworfen, wo sie ihn erschlagen hatten«, fuhr Donal verzweifelt fort.

Es war Lorn, immer ein Friedensstifter, der sich jetzt von seinem

Platz erhob.

»Freunde«, sprach er begütigend. »Mir will scheinen, daß wir hier auf diese Weise überhaupt nichts herausbekommen. Ich schlage vor, daß morgen früh Sir Kenneth und meine Söhne nach Callanish reiten, die Leute dort befragen, die Gegend absuchen und versuchen, Sir Kenneths Bruders Spur zu finden.

»Aber die Hochzeit?« wand Fionas Mutter ein. »Morgen ist Fionas Hochzeitstag!«

Sir Kenneth sah sie ernst an. »Ich fürchte, bis dieser Schatten nicht beseitigt ist, meine Dame, steht mir nicht der Sinn danach, zu heiraten.«

Fiona biß sich auf die Lippen. Dann erhob sie sich von ihrem Platz und rannte – ohne einen Blick zurück – aus der Halle.

Der Bruder

Ganz früh am nächsten Morgen sammelte sich eine Gruppe im Hof und saß auf. Sie waren fertig zum Losreiten. Sir Kenneth und seine beiden Begleiter waren da. Auch Donal und Neil, Mairi auf Mondglanz und neben ihr Bruder Durston auf einem ziemlich struppigen Pony, das einem von Neils jüngeren Brüdern gehörte. Er war für das Tier viel zu groß. Seine Beine baumelten ohne Steigbügel ungelenk fast bis zum Boden. Die Hunde bellten aufgeregt und bettelten, mitkommen zu dürfen. Ingrid war geschäftig mit Paketen und Körben voller Wegzehrung zugange. Neils Vater gab ihnen Vorsichtsmaßregeln auf den Weg. Die jüngeren Brüder rannten hinein und heraus und standen überall im Weg.

Eben als Donal sich duckte, um sie unter dem steinernen Torbogen aus dem Hof hinauszuführen, kam Fiona aus dem Haus gestürmt.

»Warum habt ihr mich nicht geweckt?« wollte sie wissen. Sie war in ihr gewöhnliches, selbstgewebtes Kleid gewandet, ihr Sommerumhang war an den Schultern befestigt und ihr Haar trug sie offen. Keine Spur mehr von der vornehmen jungen Dame in Seidenbrokat, die wie eine von der Hauptinsel aussah. Sie erschien, wie sie war, eine derbe junge Frau von den westlichen Inseln. Die frische Luft der frühen Morgendämmerung prickelte.

»Aber du reitest nicht mit, Fiona!« rief ihre Mutter.

»Natürlich reite ich mit«, erklärte Fiona ungehalten. »Warum sollte ich nicht?«

Sie schnippte mit den Fingern, damit man ihr ein Pferd brächte. Mairi war sofort vom Rücken der weißen Stute herabgeglitten.

»Nein«, sagte Fiona. »Ich werde dieses Pferd nicht mehr anrühren, bis wir die Wahrheit wissen.«

»Die Wahrheit?« dachte Neil. »Und wie würden wir sie je wissen?« Aber er sagte nichts.

Sir Kenneth saß ab und versuchte fürsorglich, Fiona auf das Pferd zu helfen, das jemand gebracht hatte. Sie schob seine Hand fort und stieg leicht und behende allein auf. Seine beiden Freunde sahen sich belustigt an. Sie fragten sich, was für ein Leben Sir Kenneth mit einem solchen Feuerbrand haben würde. Fiona war schon durch den Torbogen davon und ritt der Gruppe voraus, ohne sich noch einmal umzusehen.

Lorn legte seine Hand auf den Arm seiner Frau, um sie davon abzuhalten, hinterherzulaufen und Fiona zurückzuholen.

»Laß sie gehen«, sprach er ruhig. »Es ist gut so.« Er war froh, daß Bruder Durston, der sonst nirgendwo hinging, diesmal eine Ausnahme gemacht hatte. »Es wird alles gut«, fügte er mit Vertrauen einflößender Stimme hinzu. Und dann, als die Hufgeräusche langsam verklangen, wandte er seine Aufmerksamkeit erleichtert wieder den Tieren und der stillen, alten Erde zu, die er verstand.

Regen hatte in der Nacht alles klar und rein gewaschen. Die Ebbe hatte das Meer weit zurückgezogen, als die Gruppe der Reiter den Sandstrand erreichte. Sauber und glitzernd lag die riesige Weite von puderfeinem weißen Kristall ohne ein Makel vor ihnen, als sei sie gerade neu geschaffen worden. Neil wünschte, es gäbe eine Möglichkeit, zum Beginn der Welt zurückzukehren und noch einmal neu anzufangen. So weit er zurückdenken konnte, hatte es Eroberungen gegeben, Haß und Krieg. Die Wikinger hatten nicht damit angefangen. Es hatte andere Eindringlinge gegeben, andere Schlachten, andere Eroberer. Die Sieger des einen Jahrhunderts waren die Opfer des nächsten. Christus war auf die Erde gekommen, um diesen Teufelskreis von Gewalt und Ausbeutung zu durchbrechen, und doch war erst vor wenigen Jahren ein christliches Heer aufgestellt worden, um in das Heilige Land einzudringen, es gewaltsam zu erobern und alle zu töten, die sich ihm in den Weg stellten. Wofür? Es war eine leere Hülle. Wie Bruder Durston sagte: Christus ist hier. Wo immer ein Mensch ist, ist Christus. Du sollst nicht töten. Du sollst deinen Gott und deinen Nächsten lieben. Du sollst vergeben, damit dir vergeben werde.

Neil hatte einmal einen Vogel gesehen, der sich in einem Zimmer verfangen hatte und vor einem Spiegel hockte. Wie wild hatte er auf sein Spiegelbild eingehackt, das er für einen Feind hielt.

Am Eingang zu Valtos Klamm saß die Gruppe ab und rastete eine Weile. Die Wasser des Regensturms waren versickert, und der ganze Ort schien Neil seit dem letzten Mal, als er hier durchgekommen war, wie verwandelt.

Fiona hatte sich auf einen Felsbrocken fast in der Mitte des Flusses niedergelassen und warf kleine Kiesel ins Wasser. Kenneth stand am Ufer und beobachtete sie. Mairi stand dicht bei Mondglanz und streichelte ihr die Flanken, als die Stute aus dem Fluß trank, und sprach sanft mit ihr. Bruder Durston saß etwas abseits. Die Augen hatte er geschlossen, sein Antlitz dem Himmel zugewandt. Er war allein, ein Einsiedler, selbst hier, umgeben von Menschen.

Neil sah sich nach den anderen um. Donal war bei den beiden Freunden von Kenneth und brüstete sich seiner Stärke als Ringer und wie die Frauen ihn bewunderten. Neil hörte ihr Lachen, als Donal eine Geschichte nach der anderen zum besten gab.

Ihn hatte plötzlich eine Unruhe gepackt. Er wollte nicht länger warten. Die Dinge mußten aufgeklärt und geregelt werden. Er wollte die Wahrheit wissen. Er pfiff Flamme herbei und sprang auf seinen Rücken. Es dauerte nicht lange, da waren die anderen zu ihm aufgeschlossen, und sie waren tief in der Schlucht.

Als sie an dem Sims vorbeiritten, wo er und Mairi die Sturmnacht verbracht hatten, sah er sich nach ihr um. Erinnerte sie sich auch? Ja, und zum ersten Mal seit Donal sie in der elterlichen Halle beschuldigt hatte, flackerte ein Lächeln über ihr Gesicht, als ihre Blicke sich trafen. Er verlangsamte Flammes Schritt bis er neben

Mondglanz war.

»Du mußt dir keine Sorgen machen«, sagte er. »Alles wandelt sich. Beim letzten Mal hätten wir nicht geglaubt, daß der Fluß so sanft sein könnte, wie er es heute ist.«

Donal und Kenneths Freunde ritten nun vorne, leichtsinnigerweise schneller als es in dieser engen Klamm klug war. Ihr Hufgetrappel und ihre lauten Rufe hallten von Felswand zu Felswand wider, so daß Kenneth mit einem gewissen Unbehagen die großen Felsbrocken beäugte, die vom Frost losgesprengt waren und jederzeit herunterpoltern konnten. Er wollte nicht an einem solchen Platz gefangen sein, wenn eine Geröllawine losbrach. Er dachte an seinen Bruder. Der war zu einem Besuch bei Jarl Erikson auf der Insel gewesen, aber lange vor Einbruch des letzten Winters zurückerwartet worden. Sie hatten keine Nachricht von ihm erhalten, obwohl andere, die nach ihm aufgebrochen waren, berichteten, er sei vor ihnen fortgeritten. Die westlichen Inseln waren, seit die harte Hand von Magnus Barfuß herrschte, befriedet worden, aber Gewalt und Unordnung waren nicht weit unter der Oberfläche. Manche der Inselbewohner leisteten der norwegischen Vorherrschaft Widerstand. Unzufriedene Söhne enteigneter Familien, entlaufene Sklaven und gewöhnliche Diebe trieben sich herum und raubten andere aus. Es war auch bekannt, daß auf den Inseln viele Menschen gälischer Abstammung von der Hauptinsel Zuflucht gesucht hatten, die der verhaßten englischen und normannischen Vorherrschaft, die zu Zeiten von Malcolm und Margaret begann, entkommen wollten. Ohne Angehörige und ohne Land lebten viele als Gesetzlose.

Kenneth hatte seinem Bruder immer sehr nahe gestanden, und als die Monate so ohne eine Nachricht vergingen, hatte Kenneth ein paar Männer gesammelt, ihn zu suchen. Er sah Mairi jetzt scharf an, die auf der weißen Stute seines Bruders vor ihm herritt. Er schwor, wenn sie für irgend einen Schaden, den sein Bruder erlitten hatte, verantwortlich war, würde sie um ihren Tod flehen, um seiner Rache zu entgehen.

In diesem Augenblick sah sie sich über ihre Schulter zu ihm um. Angst stand ihr ins Gesicht geschrieben. Es war, als hätte sie seine

Gedanken gehört! »Mein Gott!« dachte Kenneth. »Sie steht wirklich mit dem Teufel im Bunde!« Er erinnerte sich nicht mehr an die vielen Male, da er selbst aufgeblickt hatte, wenn jemand sehr stark an ihn gedacht hatte.

»Diese Hündin soll nicht auf ihr reiten!« schrie er plötzlich und sprengte zornig nach vorne. Neil sah noch, wie Kenneth an Mairi zog und sie vom Rücken der Stute zerrte.

Neil war augenblicklich an ihrer Seite und trieb Flamme zwischen die beiden.

»Was ist los mit euch?« schimpfte er. »Nehmt euch zusammen! Nehmt euch zusammen, sage ich.« Es sah fast so aus, als wolle Kenneth Mairi schlagen.

Neil beugte sich hinab, hob Mairi zu sich hinauf und setzte sie vor sich auf Flamme. Mit zornig blitzenden Augen aber ohne ein Wort ritt er vor, bis er Kenneth und den anderen ein ganzes Stück voraus war. Mairi klammerte sich verzweifelt an ihm fest und zitterte am ganzen Leib.

Sie ritten am Loch Roag entlang, und dann hatten sie eine Entscheidung zu fällen. Sie konnten ein Lager aufschlagen und übernachten, dann würden sie frisch und ausgeruht nach Callanish kommen. Oder sie würden so schnell wie möglich weiterreiten und gegen Abend ankommen – erschöpft. Trotz Bruder Durstons eindringlicher Bitte, das erstere zu tun, entschieden sie sich für das letztere.

Als sie die Gegend erreichten, wo der tote Mann lag, wurde Donal immer unwohler in seiner Haut. Er hatte die Zeit damit zugebracht, mit Sir Roger und Sir Geoffrey große Reden zu schwingen. Sie prahlten mit ihrer angeblichen Beliebtheit bei Frauen und Tapferkeit in der Schlacht, und Donal hatte nicht recht darüber nachgedacht, ob er Sir Kenneth zu seinem Bruder führen sollte oder nicht, bis das heidebewachsene Hochland von Callanish tatsächlich in Sicht kam. Donal redete sich ein, daß es nichts Schlimmes gewesen sei, den Mann liegenzulassen, wo er ihn gefunden hatte. Schließlich hatte er schon lange da gelegen. Wenn Donal nur die Waffen nicht genommen hätte – oder wenn er wenigstens nicht gelogen hätte. Er rang mit sich auf hundert verschiedene Weisen. Dieser Kampf war schwerer als alle, die er mit anderen gekämpft hatte. Wenn der Mann Kenneths Bruder war, und daran bestand kein Zweifel, dann war es nur richtig, wenn Kenneth eine Gelegenheit bekam, ihm seine Achtung zu bezeugen und ihn anständig mit Gebeten für sein Seelenheil begraben zu sehen. So jäh zu sterben, ohne gebeichtet zu haben, das bedeutete, daß die Seele des Mannes unglücklich in der Vorhölle umherirrte. Ein Priester konnte die Seele Gott anheimstellen. Und doch, wenn Donal zeigte, daß er wußte, wo der Mann lag, dann würde offenbar werden, daß er die Waffen weggenommen hatte wie irgend ein unchristliche Räuber, ohne der Seele des Mannes zu helfen. Er begann sich vorzustellen, wie der Mann an grauen und gestaltlosen Orten umherwanderte und verzweifelt um Hilfe rief, während Donal seine Augen verschloß und davonging.

Er schaute zu Bruder Durston hinüber, der so schlaksig auf dem kleinen Inselpony dahinritt, und wünschte, er hätte den Mut, ihm zu beichten. Doch die Scham darüber, was er Mairi angetan hatte, um sein Gesicht zu wahren, und die Furcht vor dem durchdringenden Blick des Einsiedlers hielten ihn davon ab.

Er ritt zu Neil und Mairi nach vorne.

»Ich... Ich habe deine Eltern gesehen«, sagte er zu Mairi. Seine Stimme war jetzt viel zurückhaltender als in der Halle am Abend zuvor. Mairi sah über Neils Schulter zu ihm hinauf.

»Das hast du schon einmal gesagt«, sagte Neil kühl. Er war noch immer böse auf seinen Bruder. Wie immer er die Grausamkeit Mairi gegenüber auch betrachtete, er konnte sie Donal nicht verzeihen.

»Dein Vater... «, beharrte Donal, der jetzt entschlossen war, die Wogen zu glätten. »Dein Vater... sagte die Dinge, die ich gestern Abend über dich erzählt habe, aber... « Er zuckte leicht zusammen, als Neil ihn wütend ansah. »Aber deine Mutter hat es bestritten. Sie liebt dich... und glaubt an dich... und bat mich, dir das zu sagen.«

»Es ist schade, daß du das gestern Abend nicht gesagt hast«, entfuhr es Neil.

»Er hat es jetzt gesagt«, sprach Durston ruhig, der auf der anderen Seite von Neil und Mairi aufgeschlossen war.

»Jetzt ist es zu spät.«

»Es ist niemals zu spät, Abbitte zu leisten«, sagte Durston trocken.

Mairi sah Donal dankbar an. »Danke«, sagte sie. »Geht es meiner Mutter gut?«

Wie Donal sehr deutlich heraushörte, wußte Mairi sehr wohl, wie die Dinge zwischen ihrer Mutter und ihrem Vater standen. Es war viel wahrscheinlicher, daß es ihrer Mutter nicht gut ging. Donal wollte Mairi keine weiteren Schmerzen zufügen. »Es geht ihr gut«, sagte er. »Sie liebt dich.«

Mairi blickte traurig über die Hügel in Richtung auf das Haus ihrer Mutter. Skena hatte ihre Tochter nie verstanden, aber sie hatte sie wenigstens nicht verurteilt. Mairi dachte an die Mutter ihrer Mutter zurück, die gestorben war, als sie den Engel gesehen hatte: eine sehr alte Frau von großer Weisheit. Mairi und sie hatten niemals über die Leute von dem Kristallauge gesprochen, denn zu der Zeit war Mairi ihnen noch nicht begegnet. Aber sie glaubte, ihre Großmutter würde sie verstanden haben, und manchmal fragte sie sich, ob ihre Großmutter »ihr Volk« nicht auch gesehen hätte. Mairi und ihre Großmutter hatten oft über die großen freien Geister gesprochen, die Gott nahe waren, doch nicht im Himmel noch tief in der Erde.

»Zeit und Raum sind etwas für Kinder«, hatte ihre Großmutter stets gesagt, ohne daran zu denken, daß sie zu einem Kind sprach. »Engel existieren in einer Weise, die für uns unvorstellbar ist – ohne Zeit und Raum.«

»Können sie uns hören, wenn wir sie rufen?« hatte Mairi gefragt.

»Sie haben keine Ohren. Worte können sie nicht hören.«

»Wenn wir sie zur Hilfe rufen wollen – wie können wir das tun?«

»Wir spüren es in unserem Herzen. Wir flehen in unserer Seele.«

»Manchmal habe ich es so gemacht, und sie sind nicht gekommen.«

»Vielleicht doch, und du hast sie nicht erkannt.«

Plötzlich stob einer der Hunde, die ihnen den ganzen Weg von Uig her gefolgt waren, davon. Er jagte hinter einem Hasen her, der durch die Heide sprang. Die anderen Hunde veranstalteten sogleich ein großes Gebell und rannten hinterher. Die beiden Freunde von Kenneth, die von zu Hause an baumbestandene Berge gewohnt waren, waren von der für sie eintönigen Landschaft angeödet, zumal Donal sie nicht mehr unterhielt, und so freuten sie sich über die Abwechslung und sprengten um die Wette hinter den Hunden her.

Der Hase mußte in einem Loch verschwunden sein, denn die Hunde blieben plötzlich stehen und sammelten sich an einer bestimmten Stelle, bellend und aufgeregt mit den Schwänzen wedelnd. Die beiden Männer zu Pferde galoppierten herbei, und Donal und die anderen sahen, wie einer von ihnen absaß.

Donal wurde übel. Er wußte, daß sie keinen Hasen in dem Loch finden würden – sondern Kenneths Bruder. Wurde jede Tat im Himmel bemerkt, wie der Priester sagte? Blieb nichts verborgen? Er begann zu schwitzen.

Sir Roger kam im Galopp zu ihnen zurück, während die Hunde und Sir Geoffrey an der Stelle blieben. Es war Donal, als könne er die Worte sehen, die sich im Kopf des Mannes formten, bevor er sie Kenneth zurief.

In Sekundenschnelle waren sie alle über das unebene Land geritten und versammelten sich um die Grube, die die Hunde gefunden hatten. Donal stand hinter Kenneth, und über dessen Schulter blickte er, als Geoffrey das Gebüsch beseitezog, in die leeren Augenhöhlen des Mannes, den er in der Vorhölle gelassen hatte.

Die aufrecht stehenden Steine von Callanish und all ihre Geheimnisse waren vorübergehend vergessen, als sie sich im verblassenden Licht des späten Abends abmühten, den Leichnam aus der tiefen Spalt zu holen. Es waren Steine und Erde hinabgefallen, und der Mann war schwer von der Stelle zu bewegen.

Der Himmel über dem Meerarm war scharlach– und zinnoberrot, als sie den Leichnam endlich an die Oberfläche gebracht hatten. Kenneth stand da und sah schweigend auf ihn hinab, als seine Freunde ihn in die dunkle Heide legten. Dann beugte er sich über ihn und bedeckte ihn mit seinem Umhang. Tränen standen in seinen Augen.

Still trat Fiona vor und nahm seine Hand.

In geringer Entfernung stand Mairi, ihre Hand in Neils Hand.

Donal stand hölzern nahebei. Die Hunde keuchten mit heraushängenden Zungen und wußten nicht, was sie getan hatten.

Nach einer Weile schien Kenneth sich aufzuraffen. Donal sah, wie er seine Schultern aufrichtete und tief Luft holte. Ihm sank der Mut. Jetzt würde die Abrechnung kommen.

Kenneth wandte sich um und sah den Mann an, der so kühn die Waffen seines Bruders getragen hatte, dann schritt er auf ihn zu. Donal ballte angespannt seine Fäuste und wünschte zum ersten Mal in seinem Leben, er könne sich jetzt umdrehen und vor einem anderen Mann davonlaufen. Er hatte keinen Nerv für diesen Kampf.

Kenneth stand vor ihm. Sein Gesicht war hart und kalt.

»Ihr habt ihn umgebracht«, sagte er, und seine Stimme war rauh und bitter.

»Nein!« keuchte Donal. »Ich schwöre es! Nein. Ich... ich fand ihn...«

»Ihr fandet ihn?«

»In dem Loch... Ich meine... er war schon lange tot... Ich bin selbst hineingefallen... so habe ich ihn gefunden. Sein Pferd muß...«

Die kleine Gruppe hatte sich um ihn versammelt. Jetzt wußte er, wie Mairi sich gefühlt haben mußte. Er hätte nie geglaubt, daß Menschen ihn so ansehen würden. Sir Roger und Sir Geoffrey, mit denen er auf dem ganzen Weg von Uig gescherzt und gelacht hatte, hatten ihre Schwerter gezogen... Ihre Gesichter waren die Gesichter von Fremden.

»Du hast einen Mann in einer Grube liegen sehen, und du hast ihn nicht für ein christliches Begräbnis in die Kirche gebracht?« sagte Sir Kenneth mit eisiger Stimme.

Donal errötete. »Ich... ich war in Eile... ich hatte vor, zurückzukommen... aber...«

»Warum habt ihr dies nicht gesagt, als ich euch beim ersten Mal nach den Waffen gefragt hatte? Warum lügt und lügt und lügt ihr?« Seine Stimme wurde mit jedem Wort lauter. »Warum habt ihr mich nicht geradewegs zu meinem Bruder geführt? Was hättet ihr getan, wenn die Hunde ihn nicht gefunden hätten.« Sein Gesicht war jetzt wutverzerrt. Er zog seinen Dolch und sprang auf Donal zu. »Ob ihr seinen Körper getötet habt oder ob ihr ihn habt liegenlassen, ohne christliche Segnung der Verwesung anheimgegeben, das ist für mich dasselbe! Stirb!« schrie er und hob seinen Arm. Entsetzt packte Donal Kenneths Handgelenk und versuchte mit aller Kraft, die Klinge abzuwenden. Er kämpfte verzweifelt. Die beiden Männer spannten jeden Muskel gegeneinander, blind für das Leben, das hinter oder vor ihnen lag. Alles warfen sie in den einen Augenblick der Wut.

Kenneths zwei Begleiter standen daneben und ließen sie kämpfen. Ihre Augen leuchteten vor Erregung. Neil legte seine Arme um Fiona, die schrie und weinte und die beiden auseinanderbringen wollte, und hielt sie zurück. Die Hunde bellten, die Pferde scheuten und wieherten verängstigt. Durston und Mairi standen dicht nebeneinander und sahen zu.

»Mach' Schluß damit!« rief Fiona Durston zu. »Warum läßt du sie sich umbringen!« Tränen rannen ihre Wangen hinab, und sie schlug jetzt in einem verzweifelten Versuch, sich zu befreien, auf Neil ein. Der Dolch war von Donal fortgeschlagen worden, und die Kämpfenden rollten sich nun auf dem Boden. Das Heidekraut knackte unter ihrem Gewicht.

»Kenneth! Donal!« kreischte Fiona wie wahnsinnig. »Halte sie auf!« rief sie Durston noch einmal zu.

»Und wenn ich sie aufhalte – wird das die Wut im Herzen des einen und die Schuld im Herzen des anderen tilgen?«

Fionas wütende Schreie hörten auf, als Neil ihr die Hand auf den Mund legte.

Doch im Widerspruch zu seinen Worten, trat Durston vor.

»Hört auf!« rief er mit donnernder Stimme. »In Gottes Namen, aufhören habe ich gesagt! Gott ist der einzig wahre Richter.«

Er hatte den Augenblick gut gewählt. Verdutzt sahen sie auf. Der letzte Widerschein des Himmels versah Durston mit einer gewaltigen, flammenden Aura aus Licht und Feuer. Er sah in diesem Augenblick wie einer der großen Erzengel aus.

Donal und Kenneth ließen von einander ab, zerzaust und blutig.

Sie standen auf und klopften sich den Staub ab, atemlos und unfähig zu sprechen.

Fiona sah vom einen zum anderen und weinte. Wen sollte sie verdammen, wen in Schutz nehmen? Sie liebte sie beide.

Mairi ging zu ihr und nahm still ihre Hand.

Als sie sich Kirkoway näherten, spürte Neil Mairi zittern, und er faßte sie fester.

»Es kommt alles in Ordnung«, flüsterte er in ihr Haar. »Ich werde nicht zulassen, daß sie dir auch nur ein Haar krümmen.« – »Wie will ich sie aufhalten?« dachte er bei sich. »Warum sage ich, alles wird in Ordnung kommen, wenn ich keine Ahnung habe, ob es geschieht?« Aber er fuhr fort, beruhigend auf sie einzureden wie auf ein ängstliches Tier. Er hoffte, der Klang seiner Stimme und die Wärme seines Körpers würden sie trösten.

Irgend jemand aus dem Dorf mußte sie schon längst erspäht haben, denn es schien, als habe sich die ganze männliche Bevölkerung von Kirkoway versammelt, um ihnen die Straße ins Dorf zu versperren. Alle Männer und Knaben waren mit Mistgabeln, Äxten oder Steinen bewaffnet. Ihre Gesichter waren hart und abweisend. Braden, ganz vorne an, hielt ein großes hölzernes Kreuz in seiner Linken hoch, während er mit der Rechten eine Axt umklammert hielt.

Die Dorfleute hatten zuerst eine Lichterkette über den Hügeln aus der Richtung der Teufelssteine kommen sehen und prompt vermutet, sie würden von Dämonen heimgesucht werden, die die rachsüchtige Mairi gerufen hatte. Braden hatte keine Zeit verloren, das Gerücht zu verbreiten, Mairi hätte in Uig eine junge Frau verflucht, die jetzt gelähmt sei.

Sir Kenneth zügelte sein Pferd scharf, überrascht von dem kriegerischen Aufzug der Leute. Seine Begleiter scharten sich um ihn, nur Neil und Mairi blieben zurück, außerhalb des Fackellichtes, und hofften, unbemerkt durchzukommen. Durston schloß, die Beine auf dem Boden schleifend, zu Kenneth auf.

»Was hat das zu bedeuten?« fragte Kenneth kühl. »Begrüßen Christenmenschen müde Fremde auf eine solche Weise?«

»Reist ihr in Christi Namen?«

Bevor Kenneth antworten konnte, trat Durston in seinem Mönchsgewand vor.

»Das tun wir, Bruder«, sagte er mit seiner tiefen, durchdringenden Stimme. »Du auch?«

Braden sah ihn unbehaglich an. Sir Kenneth und die beiden Männer an seiner Seite waren offensichtlich keine wilden Dämonen, sondern stattliche und gut gekleidete Angehörige des Adels, ihrer Kleidung nach von der Hauptinsel. Und es war sogar ein Priester bei ihnen.

Braden senkte das Kreuz und die Axt. Die anderen Dorfleute folgten seinem Beispiel.

»Vergebt uns, Bruder«, sagte Braden verdrossen, »aber wir hatten Dämonen erwartet.«

Durston warf seinen Kopf zurück und lachte.

»Dämonen kommen nicht, wenn du sie erwartest, Bruder«, sagte er, »noch kommen sie von Gottes Hügeln und Tälern. In deinem Herzen mußt du nach ihnen Ausschau halten«, fügte er ernster hinzu, »und dort wird keine Axt sie vertreiben.«

Braden fühlte sich durch Durstons Gelächter offenbar beleidigt und sein Gesicht verfinsterte sich. Er gab das Kreuz dem Nebenstehenden und nahm dafür dessen Fackel. Er hielt sie so, daß er den Mönch genauer anschauen konnte. Auf seiner Brust hing statt eines Kreuzes der silbernen Umriß eines Fisches. Durston sah, wie Braden ihn verständnislos anblickte, und beschloß, ihn zu beruhigen, indem er seinen Rosenkranz vom Gürtel nahm und hochhielt, so daß das Fackellicht auf die kleinen Kristallkugeln und das hölzerne Kreuz schien.

»Wußtest du nicht, daß Christus ein Menschenfischer war?« fragte er mild.

Braden biß sich auf die Lippen. Er hegte vom ersten Moment an eine tiefe Abneigung gegen den Einsiedler, aber eine Mönchskutte – und ein Rosenkranz – und drei Adlige – wie konnte er die abweisenen?

Doch in diesem Augenblick fiel sein Blick auf Mairi. Ein Wutschrei drang ihm aus der Kehle, und er schwang wieder seine Axt.

»Ihr tragt die Tracht des Herrn«, rief er aus, »aber bei euch habt ihr ein Kind des Teufels!«

Jetzt riß Sir Kenneth die Geduld.

»Wir sind keine Anhänger von bösen Geistern, Mann. Wir sind Freunde von Jarl Erikson und wünschen ein christliches Begräbnis für meinen Bruder. Sollen wir uns abwenden und nach einem anderen Dorf suchen, nach einer anderen Kirche, die uns willkommen heißt? Sollen wir dem Jarl berichten, daß Kirkoway uns keine Unterkunft gewährt hat, kein Brot, keine Gebete für unseren Toten?«

Jetzt traten andere Dorfbewohner vor und stießen Braden beiseite. Jarl Erikson war ein mächtiger Mann, wohl bekannt und hoch geachtet auf der Insel.

»Schon gut, Sir. Ihr seid willkommen in unserem Dorf. Vergebt unser Mißtrauen, aber...« Und da erkannten auch sie Mairi und zögerten.

»Dies ist eine junge Frau aus eurem Dorf, nehme ich an«, sagte Kenneth. »Wir wissen nichts von ihr, außer daß sie so freundlich war, uns hier herzuführen.«

»Sie wird keinen Fuß in dieses Dorf setzen«, knurrte Braden

Jetzt kamen Donal und Fiona nach vorne geritten.

»Mein Herr«, sagte Donal. »Dies ist meine Schwester. Ich befand mich im Irrtum als ich euch erzählte, sie sei verflucht worden und gelähmt. Wie ihr sehen könnt – sie hat nichts.«

Da ließ Neil Mairi zu Boden und ritt dicht an Braden heran. Von der Höhe des Pferderückens blitzte er den Mann an.

»Mairi ist kein Hexenkind, keine Teufelsbuhlin, und du weißt es wohl! Noch ist die weiße Stute ein Geisterroß. Sie gehörte einem Herrn vom Hauptland, dem Bruder dieses Ritters hier, der Opfer eines Unfalls geworden ist. Mairi hat die Stute ziellos und herrenlos umherirrend gefunden und mitgenommen, wie es jeder von uns getan hätte.«

In diesem Augenblick kamen die Frauen, die aus den Schatten zugesehen hatten, eilig hervor, um die Fremden willkommen zu heißen. So viele stattliche Männer! Und welch eine Vornehmheit! Und welch reiche Kleider!

Skena stürzte gleich auf Mairi zu, und Mutter und Tochter fielen sich in die Arme. Braden wurde beiseitegestoßen, und wenn auch keiner mit Mairi sprach, – tatsächlich machten sie einen weiten

Bogen um sie – so hielt doch niemand sie davon ab, zusammen mit ihrer Mutter das Dorf zu betreten.

Der Körper von Sir Kenneths Bruder wurde zu der kleinen Steinkirche auf dem Hügel getragen, der den Meerarm überragte, und ehrfürchtig, in Sir Kenneths Mantel gewickelt, vor den Altar gelegt. Der Wanderpriester, der für gewöhnlich die Begräbnisse abhielt, war zur Zeit nicht in Kirkoway, so kniete Bruder Durston sich neben dem Leichnam nieder und betete.

Auch Sir Kenneth und Donal verbrachten die ganze Nacht mit ihm in der Kirche und hielten die Totenwache.

Das Begräbnis sollte am nächsten Morgen stattfinden.

Die übrigen ihrer Schar wurden von den Dorfleuten aufgenommen und bewirtet. Neil und Fiona bestanden darauf, bei Mairi zu bleiben. Die beiden jungen Frauen schliefen in einem Bett und Neil davor auf dem Fußboden.

Kerzenlicht fiel auf den Mantel, der den traurigen Haufen abgelegter Knochen bedeckte, der einst ein lebendiger junger Mann gewesen war. Kenneths Wut war vergangen, und der darunterliegende Schmerz lag jetzt nackt und bloß. Erinnerungen stiegen in ihm auf; Erinnerungen an seine Kindheit auf der Insel, der Bruder sein ständiger Begleiter – wie sie den Strand entlang um die Wette gelaufen waren, sich mit hölzernen Schwertern gegürtet hatten und sich auf jede Weise, die bei Jungen üblich war, auf die Probe gestellt hatten – wie sie miteinander gerungen hatten und gelaufen und gesprungen waren... ...immer um die Aufmerksamkeit wetteifernd. Diese frühen Jahre waren ihnen vorgekommen, als wollten sie nie enden. Die Brüder waren unzertrennlich. Die Zuneigung füreinander ohne Schatten.

Doch dann war die Trennung gekommen. Der Umzug auf die Hauptinsel, als sie erwachsen wurden. Ian war in den Süden gezogen, hatte Abenteuer gesucht auf den Kreuzzügen. Kenneth war im Norden geblieben und freute sich eines angenehmeren, sicheren Lebens. Womit hatte Ian nur dieses schmähliche Ende verdient? Er war ein guter Kämpfer, der sich gegen Sarazenenhorden zur Wehr gesetzt hatte. Wie konnte es sein, daß er hier zu Tode gekommen war, so jung, auf dieser friedlichen Insel?

Kenneth schauderte es. An was für einem dünnen Faden hing doch unser Leben? Kenneth wußte natürlich alles über den Tod, doch nie hatte er sich seinem Schatten so nahe gefühlt. »Seltsam«, dachte er, »der Tod ist das einzig sichere in unserem Leben – und doch immer etwas Überraschendes, ein Schock.«

Er starrte auf die Stille, die einst sein Bruder gewesen war. Er starrte in das gähnende Loch, wo einst Gelächter und Rufen, Laufen und Lieben gewesen war.

Wo war er jetzt, sein Bruder? Wenn die Schrift und die Priester recht hatten, war er jetzt im Himmel oder in der Hölle. Orte jenseits unserer Vorstellung. Er dachte an die Beschreibungen, die er von beiden gehört hatte, und konnte keine von ihnen glauben. Allein die Tatsache, daß Ian mit auf den Kreuzzug gezogen war, sollte ihm einen Platz im Himmel sichern. Doch Christus hatte gesagt: »Richtet nicht, auf daß ihr nicht gerichtet werdet. Denn nach dem Richtmaß, nach dem wir richten, werden wir gerichtet werden, und das Maß mit dem du mißt, daran wirst du gemessen werden. Und was siehst du den Splitter im Auge deines Bruders und siehst den Balken in deinem eigenen nicht? ...« Wieviel leichter war es doch, unter Trommelklängen und Trompetenblasen auszureiten mit Männern in herrlichen Rüstungen, um Feinde aus Fleisch und Blut zu töten, als zu Hause zu bleiben und den Feind im versteckten Winkel seines eigenen Herzens zu tilgen. Ian hatte seine Feinde nicht geliebt, wie Christus es verlangte. War er jetzt deshalb in der Hölle? Kenneth schauderte, als ihm entsetzliche Bilder von Höllenqualen in den Sinn kamen. Doch es waren dies alles Bilder der Qualen, die sich die Menschen auf dieser Erde gegenseitig zufügten. Der mächtige dreifältige Gott war anders! Mußte anders sein, wenn er alles erschaffen hatte, was war. Er würde nicht auf solche dummen Grausamkeiten zurückgreifen. Nein. Solche Bilder in den Kirchen mußten verkehrt sein. Ian hatte seinen Körper nicht in die andere Welt mitgenommen, und so konnte er auch nicht so gequält werden wie auf Erden. Wenn noch etwas von ihm übrig geblieben war, dann war es von völlig anderer Art.

Kenneth sah auf seinen eigenen Körper hinab. Er war ihm vertraut. Er liebte ihn. Er wollte nicht von ihm getrennt werden. Alles würde er darum geben, seinen Bruder wieder in die Arme schließen zu können und den Druck seines warmen Fleisches zu spüren. Er wollte kein körperloser Geist sein, kein fremdartiges Wesen, das nicht fühlen und hören und sehen konnte...

Durston blickte auf und sah das Leid und den Widerstreit im Gesicht des jungen Mannes. Die Augen noch auf ihn gerichtet, betete er darum, daß er die Verschiedenartigkeit von dieser und der nächsten Welt annahm und sie nicht fürchtete. »Hattest du nicht Angst davor, auf die Hauptinsel zu gehen, als du jung warst? Hast du nicht immer das Unbekannte gefürchtet? Wenn es jedoch nicht mehr unbekannt war, dann hast du es nicht mehr gefürchtet?«

Kenneth fühlte sich allmählich ruhiger werden. Wenn die Welt, die er um sich herum sehen konnte, so mannigfaltig und verschiedenartig war, so vielschichtig und immer wieder überraschend, und er trotz der vielen Jahre, die er schon lebte, so wenig von ihr verstand – wer war er, zu fordern, daß das, was er noch nicht verstand, in das Bild passen sollte, das er sich in seiner Blindheit und Unwissenheit zurechtgelegt hatte.

Durston sah, wie Kenneths Augen sich schlossen und ihm der Kopf auf die Brust sank. Still stand Durston auf, durchquerte die Kapelle und half dem Mann, sich niederzulegen, bevor er umfiel.

Donal schnarchte unterdessen schon.

Das Auge schließt sich

Wie auf ein Alarmsignal hin fuhr Neil aus dem Schlaf auf. Zuerst konnte er keinen Grund dafür feststellen. Den einen Augenblick lag er noch in tiefem Schlaf und im nächsten war er hellwach. Die muffige Dunkelheit der Hütte war bedrückend. Neil hob den Kopf und suchte den Raum ab. Er hörte kein Geräusch, sah keine Bewegung, und doch war er überzeugt, daß sich etwas verändert hatte.

Er erinnerte sich an das letzte Mal, als er in diesem Raum geschlafen hatte, und wie er in der dunkelsten Stunde aufgewacht und Mairi durch die Heidemoore nach Callanish gefolgt war. Rasch setzte er sich auf und schaute zu dem hölzernen Bett, wo die beiden jungen Frauen lagen. Es war äußerst schwierig, in dem schwachen Widerschein des glimmenden Torffeuers irgend eine Form zu erkennen. Er konnte nur den Umriß einer Gestalt in dem Bett erkennen, aber es war auch möglich, daß es zwei waren. Er war sich nicht sicher. Nachdem er nun ganz wach war, beschloß er, hinauszugehen und zumindest etwas frische Luft zu schnappen. Vorsichtig kroch er hinaus, wobei er versuchte, sich jedes Hindernisses zu erinnern.

Sobald er draußen war, erstaunte es ihn, wie hell und pulsierend die Nacht war. Ein großer, voller, silberner Mond stand am Himmel, und zum Horizont hin funkelten herrliche Sterne. Er wußte, daß er nicht in die beengte Hütte zurückkehren konnte.

Er wollte zu dem großen Steinkreis nach Callanish reiten. Er wollte selbst erfahren, was Mairi beschrieben hatte, wollte selbst mit seinen Fähigkeiten herausfinden, ob etwas Übernatürliches da war oder nicht. Auf einen leisen Pfiff hin kam sein Pferd von den anderen zu ihm, und er glitt auf dessen Rücken, ohne Sattel, wie er es an jenem schönen, goldenen Tag getan hatte, der jetzt schon so lange zurückzuliegen schien – an jenem Tag, als er und Mairi an jenem kristallweißen Strand entlanggaloppiert waren, wild und frei und glücklich.

Mondglanz war nicht bei den anderen Pferden im Pferch, aber Neil wußte nicht sicher, ob Kenneth sie nicht woanders angepflockt hatte. Er wünschte, Mairi wäre nicht bei den Steinen. Er wollte allein dort sein...

Aber Mairi war bei den Steinen. Fiona war fast auf der Stelle eingeschlafen, und Mairi hatte sehr still eine lange Zeit neben ihr gelegen. Sie wollte Fiona nicht stören. Wenn es stimmte, daß die Stute nicht als ein Geschenk »ihres Volkes« zu ihr gekommen war, sondern durch einen bloßen Zufall bei den Steinen umhergestreunt war, hatte dann auch nicht vieles andere von dem, was ihr geschehen war, eine ganze andere Erklärung? Sie wußte, daß man sie wieder ins Dorf aufgenommen hatte, weil man sie für eine Lügnerin hielt und nicht mehr für eine Hexe. Sie schienen die anderen Vorfälle, die ihnen Angst gemacht hatten – die Prophezeiungen, den Engel am Altar, das Gedankenlesen, die Heilungen – verdrängt zu haben. War alles nur Einbildung? War das Leben wirklich nur das, was die anderen sahen, hörten und anfassen konnten? Wurden wir geboren, aßen und schliefen wir, pflanzten wir uns fort und starben wir, kamen wir dann in den Himmel oder in die Hölle, die nicht sehr verschieden waren von dieser Welt – und das war alles? War Gott damit zufrieden, wenn man seinen Namen möglichst häufig im Munde führte, ob man nun an ihn glaubte oder nicht, ihn wirklich liebte oder nicht, wirklich seinen Geboten folgte oder nicht? Es würde ihr schwerfallen, einen solchen Gott zu lieben. Es kam ihr vor, als hätten sich die meisten Menschen mit einer bestimmten Vorstellung eingerichtet und als wollten sie nicht darüber hinausdenken. Mairi aber wollte ihrem Gott an jeder Ecke begegnen. Sie wollte, daß ihre Wahrnehmung von ihm eine ständige Überraschung sei, jeder Tag eine neue Entdeckung und eine erneuerte Verehrung.

Mairi hatte sich erhoben und kroch aus dem dunklen Haus. Als sie über die silbern und schwarzen Hügel ritt, wahrscheinlich zum letzten Mal auf Mondglanz, fühlte sie eisig ihre Einsamkeit. Sie hatte sich nie zuvor so einsam gefühlt, noch nicht einmal, wenn ihr Vater sie schlug, denn da hatte sie zumindest gewußt, daß sie ihr geheimes Volk hatte, an das sie sich wenden konnte, wenn die Schläge vorbei waren. Wenn es das Volk gar nicht gab, dann wußte sie nicht, wie sie weiterleben sollte, ihr Lebenssinn wäre fort und nichts an seiner Stelle. Mit Fiona an den Hof von Prinz David zu gehen und eine feine Dame zu sein, erschien ihr wie die Verschwendung kostbarer Zeit, eine Verhöhnung des wirklichen Lebens. Was würde sie dort lernen außer wohlfeilen Reden, und was wäre ihr Leben anderes, als sich bis zum Tod die »Zeit zu vertreiben«.

Um sich her sah sie das mit Heide bedeckte Land öde und leer, wie sie es nie zuvor gesehen hatte. Die Wasserflecken des Meerarmes, die im Mondlicht lagen, kamen ihr wie die Augen eines Blinden vor, etwas widerspiegelnd, aber nichts sehend.

Endlich ragten die Steine vor ihr auf. Sie kletterte von der Stute, bevor sie dort anlangte, und stand lange zögernd da, bevor sie den Prozessionsweg betrat. Sie hatte Angst, den ersten Schritt zu tun, denn vielleicht fand sie dort nichts weiter als die klare, kalte Nacht und hohe Steinbrocken.

Aber sie mußte es versuchen. Sie mußte es wissen.

Sie tat den ersten Schritt. Es änderte sich nichts. Ihr brach fast das Herz. Sie tat einen Schritt nach dem anderen. Jener Teil von ihr, der ewig war, flehte den Großen Geist um Hilfe und Führung an. Jener Teil, der dem Zeitlichen unterworfen war, zweifelte, ja verzweifelte bald.

Schritt um Schritt tat sie, erst zögernd, dann regelmäßiger... langsam und gemessen bewegte sie sich vorwärts. Ihr Rücken streckte sich langsam, wurde gerade und hoch, ihr Kinn hob sich und sie nahm einen unglaublich hellen Stern, der direkt vor ihr hinter dem entferntesten Stein pulsierte, fest in den Blick. Um sie her, in ihren Federmänteln und mit Federhauben, gingen ihre Leute. Das weiße Licht des Mondes strahlte auf sie hinab, der Stern führte sie. Aus den Kehlen aller, oder aus den Steinen selbst, kam der Klang von widerhallendem Summen, der sich immer mehr verstärkte, bis er sich mit dem Klang zu vereinen schien, den das Weltall erzeugte, wenn es sich im Bewußtsein Gottes drehte und wirbelte. Leben war ein Geheimnis, das niemals gelüftet werden konnte, so fein, so erhaben, so herrlich... Und der Gott, der es erschaffen hatte, mochte im Sinn gehabt haben, daß wir danach greifen, danach streben, es erforschen und erfahren sollten auf allen Ebenen... Und dabei würden wir wachsen, bereit werden für immer neue Ebenen... bis wir schließlich bereit waren, den letzten Grund zu erfahren, das Göttliche, das sinnvolle Ganze.

Tränen strömten Mairis Wangen hinab. Dies war kein Traum. Dies war keine Lüge. Dies war doch Wirklichkeit. Sie war Teil eines großartigen Schauspiels, das größer war als Zeit. Mondglanz spielte darin ihre Rolle, wie sie die ihre spielte.

Die Sucher, die Reisenden aus dem Westen, Hüter der alten Steintafel, die der Große Geist ihnen im Vertrauen gegeben hatte, umkreisten den Mittelstein und sangen, als sie zu dem schwarzen Kristallauge aufblickten, das in dem weißen Monolithen funkelte und in die jenseitigen Welten starrte. In ihm sahen sie, was gewesen ist, was war und was sein würde auf ihrer langen, langen Reise, bevor sie nach Hause zurückkehren würden. Dies war die Nacht der Vorhersehung; dies war die Nacht, die Geheimnisse der Zeit zu ergründen. Mairi blickte unverwandt zu dem Kristall hinauf, als sie wieder und wieder den Kreis umrundete. Der helle Stern schien irgendwie in dem Auge zu sein – und hinauszusehen. Sie sah ihr Volk weit in viele Ländern zerstreut werden; sie sah Kriege und Eroberungen; Menschen geboren werden und sterben. Sie sah Religionen, die Blutopfer verlangten, und sah Religionen, die Gott vergessen hatten. Sie sah die Menschen sich vermehren – Dörfer wurden zu Städten – und Städte wurden zu Staub. Sie sah schwarzen Rauch über dem Land, der war so dick, daß die Menschen nicht atmen konnte... und sie sah die Menschen damit beschäftigt – und immer mehr damit beschäftigt, wie sie einander umbringen konnten...

»Wo ist die Weisheit, die wir lernen sollen?« rief sie. »Wo ist die neue Weisheit, dir wir zum Land unserer Ahnen zurückbringen sollen?«

Mairi fing an zu schluchzen, ging immer weiter im Kreis... die strahlend silberne Schönheit der wirbelnden Federmäntel und das ganze großartige Versprechen in ihrem Herzen wurden zu Asche...

»Es muß eine andere Zukunft geben!« sagte sie weinend. »Wir haben solche wunderbaren Begabungen... bestimmt... bestimmt werden wir sie nicht derartig mißbrauchen!«

»Da ist eine Gabe, die die Zukunft retten kann«, sprach eine Stimme – eine Stimme, die sie kannte. Sie kam von weit, weit her. Sie versuchte zu erkennen, wer an dem mittleren Stein unter dem Auge von Callanish stand. Die Gestalt hob sich dunkel gegen die Helligkeit des Steines ab. Geblendet und mit Tränen in den Augen, versuchte sie zu sehen, wer es war.

»Welche Gabe?« rief sie. »Welche Gabe?«

Er trat vor. Sein Gesicht war dunkel und freundlich, seine Kleider grob gewebt und schäbig. Es war Bruder Durston, der Einsiedler, der an die Gabe glaubte, die Christus auf die Erde gebracht hatte. Die neue Weisheit, die mit der alten zusammengetan werden mußte, damit beide erst einen Sinn ergaben.

Mairi erschauerte. Das Mondlicht schien in Millionen von silbernen Splittern zu zerspringen. Sie fiel ohnmächtig zu Durstons Füßen zu Boden.

Als Mairi ihr Bewußtsein wiedererlangte, lag sie auf einem kleinen Felsausbiß oberhalb der Steine. Bruder Durston waren auf der einen Seite von ihr und Neil auf der anderen.

Mairi setzte sich auf und blickte sich um. Die Nacht war eine gewöhnliche Nacht, mondbeschienen und sternenklar. Das Wasser strömte in das Loch Roag, denn die Flut kam. Die hohen Steine unter ihnen bildeten das Muster des keltischen Kreuzes. Sie hatte das vorher nie bemerkt.

Sie sah Neil fragend an. »Sie waren hier«, sagte sie. »Hast du sie gesehen?«

»Ich kann nicht sagen, daß ich sie gesehen hätte«, antwortete Neil, »aber ich habe noch niemals so viel Licht gesehen. Die Steine haben geradezu geleuchtet, und ich glaube, ich habe ein Summen gehört...«

»Du hast das Summen gehört!« rief Mairi entzückt. »Dann ist es wirklich so gewesen. Du hast sie gehört!« Sie wandte sich Durston zu. »Du hast sie gesehen!«

Er nahm ihre Hand in seine.

»Ich habe nicht gesehen, was du gesehen hast, mein Kind – aber ich sah, daß das, was du gesehen hast, dich sehr betrübt hat.«

»Du glaubst mir nicht!« rief Mairi verzweifelt.

»Das ist nicht wahr. Ich glaube dir. Ich glaube an einen unendlichen und geheimnisvollen Gott, und wenn es ihm beliebt, dir eine Offenbarung zuteil werden zu lassen, die er mir nicht zuteil werden läßt – dann sage ich nicht, es sei nicht geschehen!«

»Es war so traurig... so traurig...« seufzte Mairi und blickte auf die schönen Steine hinunter, die unterhalb von ihnen ganz still dastanden. Das Licht fing ganz allmählich an, sich leicht zu ändern. Es dämmerte.

»Was hast du gesehen?« fragte Neil leise. Daß sie überhaupt sprachen, kam ihm wie ein Sakrileg vor. Er hatte nichts gesehen und gehört, außer dem Summen, aber eine größere Strahlkraft des Mondes und ein Schwingen in der Luft empfunden. Selbst jetzt noch gab ihm das Zusammenspiel von Himmel und Fels und fernem Wasser im Mondlicht... die Sterne... und noch etwas anderes, das er nicht beschreiben konnte, das Gefühl, sich an einem heiligen Platz zu befinden. Durston und Mairi hatten mit leiser Stimme gesprochen, aber selbst das hörte sich grob an.

»Zuerst war es wunderschön«, sagte Mairi. »Mein Volk war hier... der Geistpfad war leicht zu beschreiten.« Unvermittelt runzelte sie die Stirn und sah sich verdutzt um. »Da waren Bäume, Wälder...« Neil hätte ihr sagen können, was mit den Bäumen geschehen war, aber sie dachte bereits an etwas anderes.

»Und dann war es häßlich«, sagte sie. Sie sah Durston nachdenklich an. »Glaubst du wirklich, daß es eine Chance gibt? Daß es die Gabe gibt, die die Zukunft retten kann?«

Er nickte. »Wenn wir sie nicht mißbrauchen«, sagte er. »Wenn wir den Mut haben, sie anzunehmen.«

Das unheimliche, silberne Licht des Mondes machte jetzt dem Gold der Sonne Platz. Die östlichen Berge hoben sich tiefpurpur gegen einen Himmel, der erst zartgrün war und dann im Glanz von Feuer und geschmolzenem Gold aufleuchtete.

Die drei auf dem Hügel bei den aufrecht stehenden Steinen betrachteten das uralte Mysterium der Erneuerung, jeder den eigenen Gedanken nachhängend. Mairi dachte an »ihr Volk« und an den großartigsten Geistpfad von allen, den zwischen Schöpfer und Schöpfung nämlich, der wie ein Feuerring die Welt umglänzte und sie über Zeit und Raum mit allem verband was lebte. Durston dachte an Christus in der Finsternis von Golgatha und dann strahlend aufsteigen am Tag seiner Himmelfahrt zu seinem Vater, der ihn gesandt hatte als Geschenk und Liebespfand. Neil dachte, wie wunderschön die Welt doch war und wie voll von Geheimnissen und Wundern, und wie glücklich er sich schätzen konnte, auf die Welt gekommen zu sein und dies alles zu erfahren.

Als sie nach Kirkoway zurückkehrten, hatten sich die Dorfleute auf der Straße versammelt. Sir Kenneth schien offenbar ihr Anführer zu sein. Sie waren im Begriff, sich nach ihnen auf die Suche zu machen. Als Mairi auf der weißen Stute herangeritten kam, schlossen sie sich feindselig um sie zusammen.

Neil hatte sich so erhoben gefühlt, als er den Sonnenaufgang betrachtet hatte, und seine Gedanken hatten sich so in die Höhe geschraubt – da hatte er ganz vergessen, daß Mondglanz nicht mehr Mairi gehörte und die Steine von Callanish noch immer mit Abscheu betrachtet wurden und mit üblen Verdächtigungen behaftet waren.

Sir Kenneth trat vor und auf Mairi zu. Er war sehr zornig.

»Wieder bei deinen alten Tricks, wie ich sehe!« schimpfte Braden dicht hinter ihm. Sein Gesicht war wutverzerrt, als er seiner Tochter mit der Faust drohte.

Mairi hatte vergessen, wie häßlich die Menschen denken konnten und wie grausam ihre Vorurteile waren. Sie sah ihrem Vater verständnislos ins Gesicht.

Braden streckte die Hand aus und riß sie vom Pferd. »Du bist wieder bei diesen Teufelssteinen gewesen, du teuflisches Kind!« schrie er, sie wild schüttelnd.

Neil drängte sein Pferd schnell nach vorne, konnte aber nicht mehr verhindern, daß Braden Mairi mit der Faust ins Gesicht schlug. Als die Knöchel gegen den Knochen krachten und Mairi vor Schmerzen aufschrie, verlor Neil alle Beherrschung und stürzte sich von Flammes Rücken auf Braden. Er konnte an nichts anderes denken, als immer wieder auf dieses verhaßte Gesicht einzuschlagen. Es hätte ihn in diesem Augenblick auch nicht gekümmert, wenn Braden ihn getötet hätte. Als Braden sich von dem ersten Schrecken erholt hatte, schlug er zurück, aber Neil spürte die Schläge kaum, hörte kaum das Schreien der Dorfleute, die sich um sie drängten. Er konnte an nichts anderes denken, als allen Widerstand gegen Mairi mit roher Gewalt zu zerschmettern.

Plötzlich spürte Neil zwei ungeheuer starke Arme ihn von hinten umklammern, er wurde buchstäblich von seinen Beinen gehoben und ein Stück weit von Braden entfernt grob auf den Boden gesetzt. Neil sprang sogleich wieder auf, jetzt noch wütender und entschlossen, den Kampf zu ende zu bringen. Aber die hochgewachsene Gestalt von Durston war zwischen ihm und dem verhaßten Mann. Braden wandte seine Angriffe blindwütig gegen den Mönch. Er schleuderte Schlag auf Schlag, die Durston ruhig mit seinen langen, eisenharten Armen abblockte. Durston parierte jeden Hieb mit außerordentlicher Geschicklichkeit. Die Menge hörte auf zu johlen und beobachtete gespannt, wie Durston ruhig dastand, ohne Gefühlsregung wie ein Fels, während Braden sich damit verausgabtte, einen Hieb zu landen.

Schließlich war es vorbei. Braden zog sich zurück. Mairi und Neil, beide blutig und zerzaust, fielen sich in die Arme. Durston stand bewegungslos – scheinbar noch nicht einmal angekratzt.

Ehrfürchtig hatten die Leute die Auseinandersetzung still mit angeschaut. Jetzt mußten sie dem Einsiedler in die Augen sehen. Denn er wandte ihnen, einem nach dem anderen, seine Aufmerksamkeit zu. Jeder hatte dabei das Gefühl, seine Augen würden bis zu ihren tiefsten und geheimsten Gedanken vordringen. Da sahen sie sich selbst, sahen sie ihre Unwissenheit, ihre Feigheit und ihre eigene Schuld. Es war, als stünden sie vor dem starken und freundlichen Christus selbst und hörten ihn sagen: »An ihren Taten sollt ihr sie erkennen.« Hatte Mairi ihnen jemals Schaden zugefügt? Sie hatte geholfen, andere zu heilen. Sie hatte einen Engel gesehen und ihnen den Glauben gegeben, daß es Engel wirklich gab, ihnen nahe waren und über ihnen wachten. Mairi hatte für ihre Eltern Holz gesammelt und Wasser geholt, obgleich ihr Vater sie gnadenlos geschlagen hatte. Sie waren es selbst, die die mörderischen Gedanken hatten, sie hatten die Steine geworfen in der Absicht, einen lebenden Menschen zu töten.

Einer nach dem anderen schlug die Augen nieder.

Als Neil als junger Mann mit Baldur nach Island weggelaufen war, hatte er einen Menschen getötet. Die Erinnerung war noch immer frisch. Auf Befehl des Wikingers hatte er sich mit anderen an drei Männer, die an einem Feuer saßen, herangeschlichen, und auf ein Zeichen von Baldur hin hatte er mit aller Kraft seine Axt auf einen der Männer niedersausen lassen. Noch heute konnte er den schrecklichen Schrei und den entsetzlichen Klang splitternder Knochen hören. Rote Flüssigkeit war von seiner Axt getrieft. Er hatte sich erbrochen aber danach nicht besser gefühlt. Wo waren das Siegesgefühl und die Erregung, die Krieger angeblich empfanden, wenn sie töteten? Er hatte nur Scham empfunden und Bedauern über das, was er getan hatte, und er hatte sich geschworen, das niemals wieder zu tun. Und doch – heute war er bereit gewesen, Braden zu töten.

Zu guter letzt kam Durston zu Sir Kenneth, der junge Mann senkte aber nicht seinen Blick wie die anderen. Kühn schaute er dem Einsiedler in die Augen.

»Das Mädchen stahl das Pferd meines Bruders«, sagte er zu seiner Verteidigung, »und nahm es mit zu den Teufelssteinen.«

»Zu den Steinen des Teufels!« sagte Durston beißend. »Wieviele von euch sind je bei diesen Steinen gewesen? Und wer hat den Teufel dort gesehen?«

Niemand antwortete.

»Der Teufel hat einen Tempel aus Stein wahrlich nicht nötig«, sagte Durston schneidend. »Er kann in euren Herzen wohnen, wann immer es ihm beliebt! Ich will, daß ihr mit mir kommt – auf der Stelle –, und wir werden zu den Steinen gehen, die ihr Teufelssteine nennt, und nachsehen, was sie wirklich sind.«

»Ich nicht! Ich gehe nicht«, knurrte Braden.

»Ich auch nicht«, sagte ein anderer.

»Und ich auch nicht«, murmelte ein dritter.

»Ihr haltet an alten Lügen fest, wie ich sehe. Angst, die Wahrheit zu sehen?«

»Laßt mich meinen Bruder beerdigen«, sagte Kenneth auf einmal, »und dann werde ich mit euch kommen, Herr Mönch.«

Fiona sah zu der jungen Frau hinunter, die jetzt neben ihrem Bruder Neil auf einer Bank saß und sanft und fürsorglich mit ihren Fingern ihm das Blut aus dem Gesicht wischte, den eigenen Schmerz vergessend. War es möglich, daß sie sich alle irrten hinsichtlich der Steine?

»Ich werde auch gehen, Bruder Durston«, sagte sie.

Da willigten die anderen Dorfbewohner widerstrebend nach und nach ein, auch mit zu den Steinen zu gehen.

»Wenn es euch lieber ist«, sagte der Einsiedler, »dann können wir das Kreuz vom Alter in der Kirche nehmen und vor uns hertragen.«

»Ja... das Kreuz... das Kreuz...« riefen die Leute, und sie waren jetzt so begierig darauf, zu den Steinen zu gehen, daß Sir Kenneth Mühe hatte, sie für das Begräbnis noch im Dorf zu halten.

Nach den Gebeten und nachdem die letzten Erdklumpen auf das Grab geworfen waren, nahm Durston das grob gehauene Holzkreuz vom Altar der kleinen Steinkirche und führte die Leute aus dem Dorf hinaus. Fast alle hatten sich jetzt angeschlossen. Nur die Kleinsten und die Ältesten blieben zu Hause. Bald bildete sich ein langer, weit auseinandergerissener Zug stiller und ängstlicher Menschen. Sie waren keineswegs glücklich, zu den Steinen zu gehen, jetzt aber viel zu neugierig, um das Abenteuer auslassen zu wollen. Mit dem heiligen Mann und dem Kreuz würde ihnen hoffentlich nichts zustoßen.

Wie die Sonne warm herabschien und der Morgen voranschritt, machte die Furcht bald einem erregenden Gefühl von Dabeisein Platz. Manche glaubten, Durston würde den Teufel zum Kampf herausfordern. Als sie sich den Steinen näherten, beeilten sich jene, die am Ende des Zuges waren, um nichts von dem Schauspiel zu verpassen.

Als Durston die Erhebung erreicht hatte, von der aus die Steine zum ersten Mal zu sehen waren, hielt er an und wartete auf die Nachzügler. Allmählich sammelten die Menschen sich um ihn. Wenn sie der Steine ansichtig wurden, blieb ihnen vor Schreck erstmal die Luft weg. Es gab verschiedene kleine alte Steinkreise in der Gegend und ein paar einzelne aufgerichtete Steine. Sie wurden alle gemieden, doch keiner jagte den Einheimischen eine solche Angst ein, wie die ungeheuer hohen Steine von Callanish.

Neil erinnerte sich mit etwas säuerlicher Miene noch an das erste Mal, als er die Steine aus den wirbelnden Nebeln hatte aufragen sehen. Heute lagen sie weiß und leuchtend im Sonnenlicht und schienen mit dem Teufel nichts zu tun zu haben. Mairi war dicht hinter ihm und klammerte sich an seinen Arm. Einige der Gedanken, die ihr durch den Kopf rasen mochten, konnte er erraten.

»Es ist das beste, wenn sie es selbst sehen«, flüsterte er ihr zu. »Nur so wirst du Frieden finden.«

Sie nickte, aber er spürte den Aufruhr in ihrem Herzen.

Durston wandte sich zu ihnen und winkte sie herbei. Mairi ging zu ihm, Neil ihr nach.

»Du mußt Mut haben, mein Kind. Ich tue dies für dich... und für dein Volk... aber auch für alle die hier...« Er wies mit weiter Armbewegung auf die sich sammelnden Menschen. »Es ist nicht gut, wenn sie hartnäckig an Lügen festhalten.«

Sie nickte und biß sich auf die Lippen. Neil sah, wie blaß und angespannt sie war.

»Dies ist dein Platz«, sagte Durston. »Es ist nur recht und billig, wenn du vorangehst.«

Ohne sich umzusehen, ging Mairi los. Die wartende Menge hielt den Atem an, als sie die Steine erreichte und nicht stehenblieb. Mütter faßten ihre Kinder fester und Väter murmelten vor sich hin.

Durston wandte sich an sie.

»Dies sind keine Teufelssteine. Ihr werdet hier nichts Böses finden, das ihr nicht selbst mitgebracht habt. Das Mädchen wird es euch zeigen, wenn ihr sie laßt. Folgt ihr. Berührt die Steine. Freut euch des Sonnenlichts. Dies ist ein Platz wie jeder andere auf Gottes Erde.«

Mairi ging weiter. Neil sah, wie sich ihr Rücken aufrichtete und sie ihren Kopf stolz erhob. Sie trat zwischen den ersten beiden Steinen des Prozessionsweges hindurch und ging beständig weiter. Es lag eine Schönheit und Anmut in ihrem Gang, die die Leute, die sie nur als Bradens Tochter kannten, sehr erstaunte. Neil und Durston gingen ihr nach. Kenneth und Fiona, Hand in Hand, schloßen sich an. Einer nach dem anderen kamen die Mutigsten hinterher, bis schließlich auch der Ängstlichste den geraden Weg betreten hatte. Zuerst sahen die Menschen sich ängstlich um, als erwarteten sie, daß etwas Furchtbares geschehen würde. Als aber nichts dergleichen eintrat, entspannten sie sich allmählich. Und während Mairi in der Mitte stand, gingen die anderen zwischen den Steinen umher. Sie schwatzten und lachten, zeigten hier auf einen besonderen Kristall oder dort zu einer bestimmten Insel, die sie unten im Meerarm wiedererkannt hatten. Die Kinder hatten sich von ihren Eltern gelöst und liefen rufend und lachend umher, sprangen auf umgekippte Steine und spielten Verstecken.

Durston und Neil standen bei Mairi und sahen zum Kristallauge hinauf. In der wirbelnden, geräuschvollen Menschenmenge war Mairi selbst still wie ein Stein. Die beiden standen jeder auf einer Seite von ihr, um sie vor Störungen zu schützen.

Donal trat hinter sie. Er erinnerte sich an jenes Auge und war entschlossen, noch einmal hineinzusehen. Jetzt war er ja nicht allein. Er nahm seinen Standpunkt ein und starrte in das Auge wie damals. Doch diesmal geschah nichts. Er zuckte die Schultern und entfernte sich.

»Nichts da«, sagte er fröhlich.

Braden lachte aus vollem Herzen. »Das ganze war ein Haufen Lügen!« Unbekümmert schwang er vor einer Gruppe Bekannter seine Reden. »Das Mädchen hat uns alle zum Narren gehalten. Teufel – puuh!« Er schien vergessen zu haben, daß er und nicht seine Tochter behauptet hatte, der Teufel wohne hier.

Mairi schien plötzlich alle Kraft zu verlassen. Durston und Neil griffen ihr sofort unter die Arme. Sie weinte.

»Bring sie fort von hier«, sagte Durston zu Neil. »Kümmere dich um sie. Ich werde zu den Leuten sprechen und sie nach Hause schicken.«

Neil führte Mairi fort. Er nahm sie auf der anderen Seite der Anhöhe ein Stück zum Meer hinunter. Als sie weit genug weg waren, setzen sie sich Seite an Seite auf einen Stein. Er legte den Arm um Mairi und sie schmiegte ihren Kopf an seine Schulter. Ihre Tränen waren versiegt, aber ihr Gesicht sah zu Tode betrübt aus.

»Was war los?« fragte er. »Hast du... hast du deine Leute wiedergesehen?«

Sie nickte.

Er wartete, daß sie etwas erzählte, aber als sie nichts sagte, stellte er Mutmaßungen an.

»Waren sie... ich meine... waren sie ärgerlich darüber, daß wir die ganzen Leute mitgebracht haben?«

Sie schüttelte den Kopf.

»Was... was haben sie gesagt?«

Sie hob den Kopf und wischte sich mit dem Handrücken die Tränen von den Wangen.

»Sie waren froh. Aber...« Ihre Stimme zitterte, und sie sah aus, als wolle sie gleich wieder anfangen zu weinen.

»Wenn du lieber nicht darüber sprechen möchtest...«

»Doch. Ich muß«, sagte sie und stand auf. Einen Augenblick schien sie mit ihren Gefühlen zu ringen, hatte dann aber ihre Selbstbeherrschung wiedergefunden.

»Ich weiß, daß es zum Besten ist und Bruder Durston recht getan hat. Aber... es ist bloß... daß ich so allein sein werde ohne sie.«

»Was meinst du damit?«

»Sie haben Lebewohl gesagt«, sprach sie bekümmert. »Sie sagten, sie hätten mir ihre Botschaft gegeben und ich würde sie nicht mehr wiedersehen. Die... die... Atmosphäre im Tempel, die all die Jahrhunderte lang nicht angerührt worden war, ist jetzt gestört worden durch die vielen lauten Leute...«

Neil war erschüttert. Er hätte nicht geglaubt, daß Durstons Handeln Mairis kostbare Verbindung zerstören würde... sondern nur die Vorurteile der Leute.

»Ich habe sie verschwinden sehen... Ich weiß, daß ich sie nie wiedersehen werde.«

Mairi versuchte, tapfer zu sein, aber Neil hörte den Schmerz in ihrer Stimme. Er wußte nicht, was er sagen sollte.

Hatte Durston etwa...?

Sie hörten einen Ruf und blickten auf. Leute winkten ihnen freudig zu.

»Kommst du auch nach Hause, Mairi? Wir gehen jetzt«

Neil sah schnell zu Mairi. Sie mochte ihre alten Freunde verloren haben, aber wie es den Anschein hatte, hatte sie jetzt neue. Er nahm ihre Hand.

Sie zuckte traurig die Schultern... doch dann lächelte sie.

»Niemand kann mir die Erinnerung an sie nehmen«, sagte sie. »Sie sind hier gewesen. Sie haben zu mir gesprochen! Sie werden auf immer in meinem Herzen wohnen und ich werde mich immer nach ihren Lehren richten...«

Neil lächelte.

»Das Alte und das Neue!« sagte er.

Sie hörten die Leute singen, als sie nach Kirkoway zurückwanderten.

Die Steine standen noch. Hochragend und schön... eine Mahnung...

Die Entscheidung

Bevor sie die Abbiegung nach Kirkoway erreichten, gesellte sich Durston zu Neil und Mairi. Er sagte Mairi, sie solle sich nicht grämen, daß ihr Volk nun davongegangen war. Es war unausweichlich gewesen und richtig so. Sie war jetzt stark genug, auf eigenen Beinen zu stehen und das umzusetzen, was »ihr Volk« sie gelehrt hatte.

»Wie meinst du das?« fragte Neil. »Was kann sie tun? Was soll sie tun?«

Durston sah Mairi an.

»Was meinst du?«

Mairi sah eine Weile in die weite Ferne. Neil spürte ihre innere Ruhe, ihre Sammlung, ihre neue Kraft.

»Ich würde, was ich von meinem Volk gelernt habe, gerne zum Heilen verwenden«, sagte sie.

Durston lächelte.

»Das ist eine gute Wahl«, sagte er und nickte befriedigt. Er streckte seine langen Glieder wie eine Katze, die nach langem Schlaf in der Sonne aufwachte. »Ich mache mich jetzt davon. Denk' dran – kümmere dich um sie«, sagte er Neil mit einem Grinsen, das halb scherzhaft und halb ernst gemeint war, wandte sich um und ging.

Er kehrte nicht nach Kirkoway zurück, sondern wanderte in

Richtung der Heidemoore und der fernen Berge. Soviel unter Menschen zu sein, hatte ihn verstört und ruhelos gemacht. Er sehnte sich wieder nach der Einsamkeit – der Einsamkeit, die ihn seinem Gott näher brachte.

Es war noch immer ein schöner Tag. Die Sonne schien, die Vögel sangen und flatterten manchmal so nahe an ihn heran, daß er das Schwirren ihrer Flügel hören konnte. Allmählich wurde sein Herz ruhiger, und die Erinnerungen an die Ereignisse der letzten Tage hörten auf, ihn zu bedrängen. Sie nahmen ihren Platz ein unter den vielen Erinnerungen, die er in seinem langen Leben gesammelthatte. Er betete für Neil und Mairi und für das junge Paar Fiona und Kenneth, für Donal und all die Dorfbewohner. Er betete darum, daß sie die Einsichten, die sie an diesem Tag empfangen hatten, nicht verlören, und daß sie nicht mehr so eilfertig den Schatten folgten und den Einflüsterungen der dunklen Seite ihrer Herzen nachkamen.

Das Moor war feucht unter seinen Füßen, die Heide an manchen Stellen so dicht, daß er sich kaum einen Weg bahnen konnte. Aber er wollte zu den Bergen. Ihn verlangte nach einem kalten Bergwind, der ihn durchpusten und all die bindenden Fäden abtrennen sollte, die ihn wieder an der Welt festhalten wollten.

Viele Jahre der Übung hatte er damit zugebracht, die Wünsche nach Weltlichem abzustreifen, nach Reichtümern, für die andere betrogen oder töteten, und nach Bequemlichkeiten, die den Geist träge machten. Er hatte die Erregung jener Augenblicke erfahren, da »alles einen Sinn ergab«, wenn er sich dem geheimnisvollen »Wachstumspunkt« des Geistes so nahe fühlte, daß es ein Schmerz war, sich von ihm zu lösen, und unmöglich weiterzuleben, ohne nach ihm zu suchen.

Er glaubte mit jeder Faser, die Welt, die wir sehen, sei nur ein ganz kleiner Teil der Welt, die wirklich ist, und nur in der sichtbaren Welt zu leben sei genauso eine Vergeudung, wie als Mensch in einem Käfig an einem Zweig zu leben, wenn man frei im ganzen Wald leben konnte.

Vor Jahren war er nach Uig gekommen, auf das Hochland, wo das große Meer an die Felsen donnerte und der Wind wild vom Meer her blies. Dort hatte er den Reichtum der »unsichtbaren«

Welt erfahren und das, was er gelernt hatte, eingesetzt, um zu helfen, zu führen, zu beeinflussen... manchmal in Träumen von Menschen, die hunderte Meilen entfernt waren... manchmal in ihren Momenten der inneren Führung oder Eingebung... Doch in der letzten Zeit war er immer mehr in die Angelegenheiten der Menschen einbezogen worden, die auf dem Hof in der Nähe seiner Einsiedelei lebten. Er hatte sich zu sehr auf Neil eingelassen... und zu sehr auf Mairi. Er war dabei, das Gleichgewicht zu verlieren, das für seine Arbeit unabdingbar war. Jetzt brauchten sie ihn nicht mehr, und um seines Seelenfriedens willen mußte er sich wieder zurückziehen.

Er wußte, Neil würde immer in der »sichtbaren« Welt leben, doch würden sein Wissen um die Existenz der anderen Welt und seine Achtung für sie ihm immer eine gute Richtschnur sein. Mairi war schon auserwählt für die größere, die »unsichtbare« Welt, und würde sich nie mehr mit weniger zufriedengeben. Ob sie Neil heiraten würde oder nicht, konnte er nicht sagen. Er hoffte es. Sie und Neil zusammen würden große Stärke entwickeln.

Er entschied sich, nicht nach Uig zurückzukehren, sondern in den Bergen zu bleiben, sich eine Hütte aus Steinen gegen die Stürme zu bauen und seinen Bund mit dem Ewigen zu erneuern.

Weitere Titel in unserem Programm:

Die Hohen Steine

Maal, der alte Priester der Hohen Steine, hat nicht mehr lange zu leben. Da tritt sein Nachfolger Wardyke auf den Plan. Aber der nutzt seine Stellung und seine Macht für eigennützige Zwecke und beseitigt Maal. Das junge Mädchen Kyra ist die einzige, die gemeinsam mit ihrem Bruder und dessen Freundin ihrem Dorf helfen kann, die Macht von Wardyke zu brechen. Dies gelingt ihnen durch ihre innere Stärke, nicht durch äußere Macht.

Dieser in der Bronzezeit spielende Roman zeigt das Bild einer hohen geistigen Kultur. Er schildert glaubhaft die übersinnlichen Fähigkeiten und geheimes Wissen, vermittelt zugleich zeitlose Wahrheiten; ein Roman, der seine Leser aufs tiefste anrührt und herausfordert.

Dieses Buch erschien bei
NEUE ERDE

Der Tempel der Sonne

In diesem zweiten Band, in dem die Geschichte von Kyra, Karne und Fern ihre Fortsetzung findet, machen sich die drei auf die Reise zum Tempel der Sonne.

Dort soll Kyra zur Priesterin ausgebildet werden, dort soll sie den Herrn Khu-ren wiedersehen...

...aber hier trifft sie auch wieder auf Wardyke, der seine Kräfte wiedergefunden hat. Selbst der Tempel der Sonne wird von seinen bösen Machenschaften erschüttert.

Zug um Zug schälen sich immer tiefere Bedeutungen und Zusammenhänge heraus.

Dieses Buch erschien bei
NEUE ERDE

Schatten auf den Steinen

Kyra ist nun, wie Khu-ren, eine geweihte und anerkannte Priesterin im Tempel der Sonne, und unter ihrer weisen Führung hat die Kultur der Heiligen Steine wieder ihre feste Verwurzelung in geistiger Kraft, psychischer Energie und im Frieden unter den Menschen gefunden.

Aber es fällt ein Schatten auf die Steine – der wachsende Einfluß des neuen und schrecklichen Gottes Groth, dem Gott des Chaos und der Barbarei.

Nur die Priester der Sonne haben die Macht, seiner zerstörerischen Kraft zu widerstehen... doch als sie sich anschicken, die alte Lebensweise zu beschützen, wird ihre Anstrengung unterminiert:

Deva, die Tochter von Kyra und Khu-ren, hat sich von ihren Eltern abgewandt... und ist dem Bann des neuen Gottes erlegen...

Die grüne Göttin

Der im Kloster von Glastonbury aufwachsende Waisenjüngling Lukas gerät plötzlich in seine frühere Existenz als keltischer Held der Sagen.

Und diese Vergangenheit lebt fort. Sein Widersacher aus damaliger Zeit ist auch in seinem jetzigen Leben.

Vom ersten Augenblick gefesselt, erleben wir, wie Lukas den Kampf von damals zuende führen muß.

Es geht um magische Kräfte, um die Unterjochung der Natur und ihre Befreiung, um Liebe und um unsere alte Mutter Erde.

Dieser esoterische Roman macht die Urkräfte und ihre Antriebe deutlich. Ein Roman, der auf zwei Ebenen – in grauer Vorzeit und im 10.Jahrhundert – unsere heutige Zeit und ihre Schicksale spiegelt.

BÜCHER AUS UNSERER REIHE
»NEUE NATURPHILOSOPHIE«

Für die Einheit von Wissen und Weisheit

Der Baum der Ekstase
Ein Handbuch der Sexualmagie
Dolores Ashcroft-Nowicki

Frieden mit der Natur
Ansätze einer »grünen« Wertordnung
Andreas Lentz (Hg.)

Weihnachten neu erleben
Alte Bräuche – Neue Formen
Andreas Lentz (Hg.)

Gaianerekowa
Das Friedensgesetz des Langhaus-Volkes
Helga Frank/Waltraud Wagner

Brett & Stein & Zauber
Welch tieferen Sinn Spiele haben können und was sie über unsere Lage und unsere Zukunft aussagen
Nigel Pennick